ATLAN
KRISTALLPRINZ IN NOT
(PANDORA 1650)

VON

HANNS KNEIFEL

Atlan

KRISTALLPRINZ IN NOT (PANDORA 1650)

VON
HANNS KNEIFEL

MOEWIG
fantastic

www.moewig-fantastic.de
Redaktion: Klaus N. Frick/Sabine Bretzinger
Titelillustration: David Martin, Agentur Thomas Schlück, Garbsen
Druck und Bindung: GGP Media, Pößneck
Printed in Germany 2000
www.atlan.de
ISBN 3-8118-4074-6

Vorwort

Kristallprinz in Not – Pandora 1650 ist ein völlig neues ATLAN-Zeitabenteuer, das Hans Kneifel exklusiv für die Reihe *Moewig fanastic* geschrieben hat.

Atlan, der Einsame der Zeit – das ist für Kneifel eine Figur, die wie eine Zeitsonde in die Epochen der Weltgeschichte eintaucht, die Nähe historisch entscheidender Personen sucht und diese Personen so dem Leser nahe bringt. In diesem Fall, der um das Jahr 1650 spielt, sind es unter anderem der englische Heerführer Oliver Cromwell und der französische Musketier D'Artagnan, die Atlans Wege kreuzen. Dazu tritt ein farbenprächtiger Bilderbogen von Wirten und Wegelagerern, hohen Damen, Alchimisten, Kaufleuten, Kutschern und Jongleuren, das ganze Panorama einer unsicheren und gefahrvollen Zeit.

Die größte Gefahr für Atlan aber geht diesmal von der neuen Pandora aus, einer schönen Frau mit einem unheilvollen Erbe. Und diese Gefahr ist so groß, daß sie nicht nur die volle Aufmerksamkeit Ricos und der anderen Roboter aus Atlans arkonidischem Maschinenpark beansprucht, sondern sogar die Superintelligenz ES auf den Plan ruft.

Folgen wir Atlan in das Europa des 17. Jahrhunderts, in die Zeit kurz nach dem Dreißigjährigen Krieg, ins Jahr, in dem er der neuen Pandora begegnet …

Hartmut Kasper

1.
Die Zelle

Zur Mittagsstunde, als der letzte Nachhall der Glocke sich in der reglos glühenden Weite des Hügellandes verloren hatte, setzte sich Sor Graciana de Carvajal y Lopez an den steinernen Tisch. Die Stille, wie an jedem Tag bisher, war betäubend, wie in der Mitte eines abgeernteten Kornfelds in den Hügeln der Extremadura. Im schütteren Schatten der Eiche, auf dem Tisch neben der Mauer, strich Graciana das Schreibblatt glatt und tauchte den Federkiel ins Tintenfaß. Der Tropfen schien zu gerinnen, wie Blut in der Hitze. Das Gesicht der Frau, schmal und großäugig zwischen der isabellfarbenen Habbe, trug einen Ausdruck zwischen Hoffnungslosigkeit und ungebärdigem Willen. Die Stille zerriß; im Eichbaum begann eine Zikade zu lärmen. Graciana löste die Blicke von den Quadern ihres Gefängnisses und betrachtete das Gras des Gärtchens, das vier zu sechs Schritte maß. Außerhalb des Schattens waren die Halme längst welk geworden, so wie manche Blätter der Eiche.

Jetzt, da ich weiß, daß ich niemals wieder mit einem Menschen außerhalb dieser Klostermauern reden werde, niemals wieder in ein anderes Gesicht außer dem einer Monja, einer Mitschwester, blicken werde, bewundere ich meinen Entschluß. Aber gleichzeitig hasse ich mich, meinen Körper, dieses Gefäß der Unreinheit, wie die Superiora sagte. So wie ich Halme, heruntergefallene Eicheln und Quader zähle, so wie ich die Anzahl der Steine in der Mauer und meiner Zelle kenne, weiß ich, daß ich vierzig, vielleicht fünfzig oder sechzig Jahre lang allein – schlimmer:

einsam – sein werde. Danach werden alle Bedürfnisse des Körpers und des Verstandes erloschen sein, werden sein wie Asche, die von wildem Feuer übrigblieb, und die der kalte Winterwind davonwehen wird in grauen Schleiern.

Gracianas gequälte Gedanken hatten im vergangenen Monat, in jeder einzelnen Stunde, in den Erinnerungen gegraben und sich zwischen die dicken Schichten des beginnenden Vergessens geschoben, die sich wie verrottende Laubschichten eines Waldes übereinander legten. Ein Dutzend oder mehr Jahreszahlen hatte Graciana entdeckt, die zutreffend oder ungenau sein mochten, die ihr ferner waren als der Ring des Saturn. An Namen und Geschichten, die ihr diese Zahlen zuwisperten, erinnerte sie sich, an Bedeutungsvolles und Sinnleeres, an das Entsetzen über sich selbst und alles, was wenige Schuldige und viele Unschuldige ihretwegen erlitten hatten. Graciana konnte über alle Zeit dieser Welt ebenso verfügen wie über ihre Gedanken und, in ausreichendem Maß, über sich selbst. Sie würde nicht vor der Zeit sterben; ihre Gesundheit glich der des Eichbaum, dessen Stamm die Wunde der fehlenden Korkrinde trug, und unter dessen Geäst sie weiterschrieb.

Der Raum, den ich für den Rest meines Lebens ausgesucht und mit Gold bezahlt habe, ist ein Vielfaches des Platzes, den die Sklavenverkäufer meiner Großmutter gaben. Zusammen mit 359 männlichen und weiblichen Sklaven, von falkengesichtigen Askaris geraubt, war sie unter Deck des Schiffes Virgen de Montserrat *angekettet.*

Es war im Jahr des Herrn 1609, wahrscheinlich, als das Schiff von África zum südlichen América segelte; und als die Virgen *im Hafen festmachte, lebten nur noch 219 Sklaven. Drei Dutzend Mädchen und Frauen waren von den Seeleuten vergewaltigt und geschwängert worden. Großmutter Mdanbai hatte*

Übelkeit, Kot, Wassermangel und dürftiges Essen überlebt, und trotz allem hatte sie ihre dunkle, jungfräuliche Schönheit behalten.

Graciana lächelte und legte die Feder gerade neben die rechte Kante des Papiers. Sie wäre nicht mehr am Leben, dürfte nicht mehr in der neu erbauten Zelle des Klosters und im Gärtchen leben, wenn sie nicht die Schönheit ihrer Großmutter und ihrer Mutter geerbt hätte. Sie entsann sich der Erzählungen ihrer Mutter Ysabel: Mdanbais Haut schimmerte in hellem Braun, der Farbe der nördlichen Afrikaner, ihre Gesichtszüge waren gleichmäßig, mit schmaler Berbernase und hellen Gazellenaugen – den gleichen großen Augen wie Graciana. Und, ohne es während ihres kurzen Lebens auch nur zu ahnen, lauerte schlummernd in ihren Adern, Muskeln und Organen, Knochen und der sanften Haut der Keim qualvollen, schnellen Todes, der wahllos und unausweichlich wie der Blitz kam.

2.
Der Caballero

Die Zikade schwieg. Gracianas Feder kratzte über das Papier; die Tinte trocknete viel zu rasch. *Die Sklavenkäufer nahmen nur junge Männer ohne Bart und junge Mädchen mit stehenden Brüsten. Aus den Kellern der weißen Festungen am Meer führten nur schmale Schlitze in den dicken Mauern ins Freie. Es war ein Weg ohne Rückkehr, wenn die Gefangenen im harten Sonnenlicht das Meer vor der Küste ihres Landes und die dümpelnden Schiffe sahen. Auch Mdanbai, die klirrend zusammengekettet mit den anderen Opfern in die Festung – von denen es ein halbes Hundert an jenen Küsten gibt! – verschleppt worden war, ging diesen hoffnungslosen Weg. Ihre Schönheit und die Größe ihres Körpers hatten sie davor geschützt, vergewaltigt und geschwängert zu werden; man wußte, daß im Generalcapitanat Cuba und überall im Vizekönigreich Nueva España viele Maravedis für künftige Konkubinen gezahlt wurden. Señor Rodríguez de Yuste, der Herr der Gold- und Silberschmiedezunft* Noble Arte de la Platería, *kaufte Mdanbai für eine große Anzahl Pesos, deren Menge ich nicht kenne.*

Er behandelte sie gut, wie alle Neger und Negerinnen; für ihn und seine Leute galten geprügelte, halbverhungerte Sklaven als Zeichen schlechter Haushaltsführung. Mdanbai erhielt reichliches Essen, angemessene Kleidung und, aus Rodríguez' Laune heraus, einen neuen Namen: Albadolores. Sie verstand, daß ihr altes Leben vor siebzig Schiffstagen unwiderruflich von einem Tag zum anderen geendet hatte, schickte sich darein und paßte sich den Wünschen des Herrn – den jedermann »Señor Caballero« oder »Señor Hidalgo« nannte –, dem Haushalt und den

Gebräuchen an, lernte die Sprache, sog jeden Funken, jedes Gran Wissen in sich auf und befolgte mit scheinbar unerschütterlichem Gleichmut jeden Befehl.

Sie flocht ihr starres schwarzes Haar zu dünnen Zöpfchen und hörte zu, wenn der Herr Caballero von Diego de Avarra erzählte, oder dessen Sohn Federico, und von dessen Capitán, dem weitgereisten Atlan de Gonozal y Arcón, einem Mann von einzigartigem Mut, Können und Wissen, mit einem großen Herzen und einem fröhlichen Lachen, das ihn als Freund begehrenswert machte.

Öfter und länger ruhten die Blicke des verwitweten Señor auf Albadolores, oft und lange schob er seine Hände in die schwellende Fülle unter ihrem weißen Wams, zunächst zögernd, dann begierig, und in einer Sturmnacht machte er sie, die sich lächelnd weder zierte noch sträubte, zu seiner Geliebten. Vier Monate danach war Albadolores geschwängert; sie begann den alternden Mann, wenn nicht zu lieben, so doch zu achten, und brachte ein Mädchen zur Welt, das den Namen Ysabel erhielt, und das, ein Jahr später, der Señor Caballero anerkannte.

Nach mehr als zwölf Jahren wollte Rodríguez de Yuste, alt, krank und reich geworden, nach Spanien zurückkehren. Bevor er, Albadolores und Ysabel an Bord der Santa Angela de Zaragoza gingen, starben Albadolores und Ysabels Halbbruder, der älteste Sohn, binnen einer langen Woche an einer unheilbaren Blutkrankheit, einer seltsamen Art von weißglühendem Wechselfieber, das weder die Spanier noch die Sklaven oder die Eingeborenen kannten.

Die kleine Ysabel hatte von ihrer Mutter erfahren, daß das Schiff viele Tage lang auf einem Kurs dorthin segelte, woher einst das Sklavenschiff gekommen war, auf dem gleichen Ozean, nach Sanlucar, Santander oder Gijón in Spanien; auch den Namen des Hafens, in dem sie anlegten, weiß ich nicht mehr.

Als armer Mann hatte Señor Rodríguez einst das verfallende

Schlößchen verlassen, das unter Korkeichen auf einem Hügel stand, von dem man an klaren Tagen in der Ferne Kloster Yuste sehen konnte. Im Lauf vieler Jahre hatte sein unregelmäßig geschicktes Geld geholfen, die Gebäude wiederherzustellen. Auf den Ländereien arbeiteten Dutzende Bauern für den Herrn des Dörfchens. Trotz seiner Greisenkrankheit, schweigend um Albadolores trauernd, vom König mit einigen Gerechtsamen und bedeutungslosen Titeln ausgezeichnet, ordnete, verschönerte und vergrößerte der Señor seinen Familienbesitz, auf dem Ysabel mutterlos aufwuchs, aber ebenso unbeschwert wie andere Mädchen – zwischen Kornfeldern, kleinen Herden schwarzer Schweine, Schafherden, Eichenwäldchen und hitzestarrenden Gebäuden, die in den Mittagsstunden ausgestorben waren wie tausendjährige Ruinen von Burgen, wie sie auf einigen Hügeln ringsum zu sehen waren; abgeschieden im Läuten der Glocken, deren Klänge sich über das Land legten wie Fetzen eines nassen Rahsegels. Die erstarrten Formen spanischer Erziehung und höfischen Benehmens lernten sie, aber weder der Schatten von Kloster Yuste noch der des Königshauses reichte bis ins verschlafene Städtchen oder gar durch die Mauern von Casa de Yuste.

Hauslehrer, die für Essen und ein Bett arbeiteten, und eine Gouvernante unterrichteten sie und den jüngeren Bruder. Seltsame Bücher lasen sie, aus der Bibliothek des Caballero; abergläubische Bauern, alte Frauen und Schäfer sagten, daß sie an beiden Kindern viele Zeichen zu erkennen vermochten, die vom fernen, feuchtheißen América sprachen, in dessen Ländern alles oder wenigstens vieles, das in Spanien gewöhnlich war, wunderbar und unverständlich blieb.

Als Ysabel de Yuste fünfzehn war, starb ihr Bruder, vom Huftritt eines scheuenden Pferdes neun Schritte weit durch die Luft und an eine Mauer gewirbelt. Als sie sechzehn war – eine großbrüstige Schönheit, mit blauschimmerndem schwarzen Haar und schwellenden Lippen, lachend und wild wie eine nicht eingerittene Stute, klüger als der eigene Vater, wagte nur Andrés de Carvajal y Lopez, der Sohn des benachbarten Großgrundherrn, um sie zu werben.

Mit ihm und seinen Altersgenossen hatte Ysabel außerhalb der Mauern des Dorfs gespielt, sich geprügelt, versteckt und wieder vertragen, als sie noch Kinder waren. Das Haus de Carvajal, größer und reicher als die Besitztümer der de Yuste, galt viel im kargen Land der Extremadura, dem Land der Klöster, Eichen und Burgen.

Andrés de Carvajal nahm Ysabel zur Frau.

Es war eine schöne Hochzeit beider Häuser, denn Andrés und Ysabel liebten einander. Nach zwei Jahren wurde Ysabel, meine schöne Mutter, von Andrés schwanger und gebar mich, Graciana de Yuste y Carvajal y Lopez. Vier Jahre danach kam mein Bruder zur Welt. Und während ich aufwuchs, geborgen im Schoß der Eltern, reifend im heißen Licht der Extremadura, von allen geliebt wegen meiner Schönheit, erzählte mir Vater von seinem ungefähr gleichalten Freund Gaspard de Rochemont, einem glänzend ausgebildeten, aber verarmten Herzog und Offizier des französischen Kardinals Richelieu, und von Atlan (oder Adlon), Graf von Le Sagittaire de Beauvallon, dem Sohn oder Enkel des Weltumsegler-Capitáns, dessen Freund Gaspard wurde. Rochemont war lange Gast im Schlößchen Sagittaire im Land der Franzosen gewesen, einem schlichten Gemäuer voller Seltsamkeiten, und ich lauschte, auf seinen Knien geschaukelt, jedem Wort von Vaters glühenden Schilderungen.

Wir wuchsen auf wie alle Kinder reicher Familien: sittsam und bildungshungrig, wild und frei. Die Freiheiten, die wir uns auf den Hügeln und in den Tälern des Landes nahmen, über dem Adler und Geier kreisten, hatte kein anderes Kind im Dörfchen. Es war leichter, sich zwischen eineinhalb Dutzend Mägden und Knechten in einem Schlößchen zu verstecken als in der Enge eines Bauernhauses. Und welcher Bauernjunge würde je mit einem einarmigen Fechtmeister üben dürfen so wie mein Bruder und ich?

Der Tod, das grausige Sterben um mich herum begann, als ich vom Kind zur Frau reifte, in der verstörenden Blutzeit nach meinem vierzehnten Lebensjahr.

Zuerst starb mein Vater.

Mutter Ysabels gelocktes, blauschwarzes Haar färbte sich binnen dreier Monde grau. Ich habe, anders weiß ich es nicht, an nichts anderes erinnere ich mich, keinen Menschen mehr geliebt, keinem mehr vertraut als Vater. Ein solches Glück widerfuhr mir erst viel später – unter einzigartigen Umständen.

3.
Leben und sterben

Pilar de Baeza zügelte ihren Schimmel, als wir den Schatten der Eichen auf dem Hügel erreicht hatten. Vor uns, auf einer riesigen weißgelben Fläche, brachten Bauern die Kornernte ein. Jeder heiße Windhauch wehte Schleier aus Staub und Spelzen über die Felder; Vogelschwärme pickten nach den gelben Körnern. Pilar stützte sich auf den Sattelknauf, sah mich mit müden Augen an und hob die Schultern, als ob sie fröre.

»Ich bin müde. Mein Hals tut weh.« Sie legte die Hand an die Stirn. »Und hier drinnen bohrt und klopft es.«

»Dann reiten wir nicht weiter«, sagte ich und winkte dem Reitknecht Pablo, der uns als Wächter folgte. »Ich bring dich zu euch, ins Haus; lege dich in ein dunkles, kühles Zimmer.«

»Das ist wohl das Beste«, sagte Pilar und kicherte dünn. Sie flüsterte: »Vielleicht waren wir auch etwas zu stürmisch, Enrique und ich, in den letzten Nächten.«

»Komm mit!« Ich ritt an, wendete und trabte neben ihr zu Pablo. Die Pferde trabten ins grelle Sonnenlicht, den Hang hinunter und unter den Alleebäumen zur Mauer, die den Besitz von Pilars Eltern umgab. Enrique und Pilar! dachte ich und lächelte in mich hinein. Ich hatte ihn mindestens ein halbes Jahr früher als sie verführt, trotz Hunderter wachsamer Augen, alles, was er konnte, gelernt und seine ausdauernde Leidenschaft genossen. Ich führte die Schwankende in die Halle des Hauses, fühlte ihren Puls und legte die Hand auf ihre Stirn.

»Fieber, liebste Freundin«, sagte ich leise. »Schick nach mir, wenn du dich erholt hast.«

»Ich versprech es. Schon bald.« Sie nickte schläfrig. Ihre Mutter und eine Dueña trugen sie halb ins dämmerige Innere des Hauses. Ich ging zu Pablo, der die Zügel hielt.

»Die junge Herrin ist bald wieder gesund«, sagte ich. Er half mir in den Sattel. »Du mußt mich nicht nach Hause begleiten, Pablo.«

»Ich hab' meine Befehle.« Er verbeugte sich und rückte den Hut in die Stirn. »Eure Mutter sorgt sich, Graciana.«

»Nun, sie soll sich nicht sorgen.« Ich kitzelte den Rappen mit den Sporen. Wir ritten zur Casa Carvajal; ich ließ mir die Reitstiefel ausziehen, öffnete ein Fenster der Bibliothek und suchte ein Buch aus, in dem ich bis zur Dunkelheit und der abendlichen Mahlzeit las. Die Erschöpfung, die während der Erntenächte die Menschen befiel, war ebenso wie die weltabgewandte Stille und die Burgruinen Teil dieses Landes. Unsere Welt endete, als läge sie zwischen Mauern oder breiten Flüssen, drei oder vier Reittage rund ums Dörfchen; was jenseits der Landesgrenzen um das Jahr 1640 geschah, erfuhren wir viel später, und unendlich wenig davon veränderte unser Leben.

Das Volk Lusitaniens – oder Portugals – stand gegen Spanien auf und krönte schließlich Herzog Johann von Bragança zum König Portugals; plötzlich teilte wieder jene alte Grenze unser Land. In England herrschte Bürgerkrieg: Gegen den rechtmäßigen König Karl den Ersten kämpfte der Bürgerliche Oliver Cromwell. Der Dreizehnte Ludwig, Frankreichs König, so hörte man, war ebenso krank wie Richelieu, der Kardinal Frankreichs. In Deutschland tobte seit langem ein Krieg, in dem alle Länder gegeneinander zu kämpfen schienen, und während sich die Katalanen gegen unseren König erhoben, kämpften Frankreichs Heere auch gegen Spanien, nicht nur gegen den Kaiser, den Dritten Ferdinand. So viele Kriege, so viele Verwundete, so viel Zerstörung! Im Dörfchen Yuste arbeiteten lediglich eine Handvoll Handwerker für den Krieg, und wir erfuhren nur von wenigen Bauernburschen, die sich als Soldaten anwerben ließen und aus dem abendlichen Paseo am Marktplatz verschwanden. Herzog Oliváres regierte unser Land, in dem die Armut auch wegen der Kosten der Kriege gegen die Niederlande zunahm; in den großen Landgütern, auch in Casa Carvajal, die sich gegen die Verarmung stemmten, gab es für Mensch und Getier genügend zu essen, denn wir hatten keine großen Ansprüche.

Drei Tage nach unserem kurzen Ausritt besuchte ich Pilar. Der große, kühle Raum, in dem ihr Bett stand, roch nach Krankheit und Fäulnis. Obwohl nur wenig Licht durch die Sprossenfenster einsickerte, sah ich, wie elend sie war: Ihre ältere Schwester und Mutter Baeza flüsterten, daß das Fieber gestiegen sei, und daß keine Medizin die Halsschmerzen und die Kopfschmerzen lindern konnte, und daß Pilar nichts im Magen behielt. Der Médico war ratlos.

Anfälle von blutigem Durchfall marterten ihren Körper. Die Stellen, wo Niere und Leber saßen, waren geschwollen und schmerzten. Im Fieberschlaf röchelte Pilar halb verständliche Fetzen ihrer Alpträume hervor. Mein Herz blutete, als ich meine Hand auf ihre Brust legte; ihr Körper unter der trockenen Haut schien innerlich zu verbrennen.

»Der Médico kann weder helfen noch lindern«, murmelte Pilars Mutter. »Er ist ebenso verzweifelt wie wir. Wir beten und zittern um sie – sie ist doch noch so jung!«

Als sie anfingen, die blutigen Laken zu wechseln, ging ich. Pilar lag besinnungslos da und hatte niemanden erkannt. Sie sah wie eine Sterbende aus; in vielen Büchern meines Vaters fand ich viele Zeilen über die furchtbare Pest, aber nichts über diese Krankheit.

Zwölf Tage, nachdem ich Pilar nach Hause gebracht hatte, starb sie. Rasendes Fieber schüttelt und verbrannte ihren Körper. Aus allen seinen Öffnungen trat Blut aus, das zuletzt nicht mehr gerann. Aus Pilars Mund kamen Worte, die von Vorstellungen der Hölle und den Martern furchtbarer Träume sprachen. Pilar war nicht mehr ansprechbar, und nur ihr Durst, der ebenso raste wie das Fieber, zeigte den Angehörigen und dem Médico, daß sie noch einen Funken Leben besaß.

Ich sah aus den blutigen Leichentüchern nur einen Teil ihres Gesichts, als wir sie ins Grab senkten. Die Haut war weiß wie eine Sommerwolke, das Gesicht glich einem Totenschädel, und überall war Blut.

Zwei Tage nach ihr – wir hörten es vom Médico und vom Schmied, der in unserem Stall Pferde beschlug – starb der Schmiedegesell Enrique, der Meister feinrankender Hoftore und Türbeschläge, auf die gleiche, furchtbare Weise. Als ich es erfuhr, wurde mein Körper zuerst eisig kalt und erstarrte, dann schien auch mein Blut zu kochen. Hatte Pilar ihre rätselhafte Krankheit auf Enrique übertragen? Oder hatte er sie angesteckt?

Ich rannte verwirrt weg, schloß mich in der Bibliothek ein und lauschte in mich hinein: Ich empfand mich als gesund.

Zwei Dienerinnen im Haus Baeza starben fünfzehn Tage nach Pilars grausigem Ende. Ihr Tod war ebenso qualvoll wie das lange Sterben Pilars und Enriques. Die Knechte und Mägde tuschelten und wisperten angstvoll: Ihre Hände hatten Pilar berührt, hatten die blutigen Tücher, Hemden und Laken fortgetragen und das Blut, das nicht gerinnen wollte, am Dorfbach und in den Zubern herausgewaschen. Die Strafe des Himmels für mangelnde Frömmigkeit und Gottesfurcht, rief der Pfarrer im Dorfkirchlein, und jeder, der davon hörte, bekreuzigte sich. Meine Mutter bekam es mit der Angst zu tun und schickte mich und Bruder Modesto ins Haus der Yuste, wo ich zwei Jahre im Haushalt meiner Großeltern blieb, ohne daß der blutige Tod wieder seine Sense schwang.

Anno Domini 1645, als ich achtzehn Sommer jung war, stellten mir nicht weniger als ein Dutzend junger Männer nach. Es waren Söhne der reicheren Familien, ein paar Studiosi und der kurzsichtige Sohn des Apothekers, der mir zuflüsterte, er kenne einige Geheimnisse der Alchimisten. Vielleicht glaubte er es sogar selbst. Ich war verwirrt, obwohl es mir gefiel, angestarrt und besungen zu werden.

Meine Jungfräulichkeit hatte ich Enrique geschenkt. Ich wußte, daß ich in den Augen vieler Männer eine Verworfene war, oder Schlimmeres, aber keiner würde es je erfahren.

Meine Mutter schob mich eines Abends vor den Spiegel des Ankleidezimmers, der aus vier übereinander haftenden Glasplatten bestand und unsere Körper dreiteilte. Mutter Ysabel lächelte; ihr Atem roch nach Wein.

»Sieh dich an, Liebes«, sagte sie. »Du und ich, wir und unsere Blutlinie, wir stammen von einer Negerin ab, von der schwarzen Albadolores aus África, die eigentlich Mdanbai hieß. Wir haben die großen, goldfarbenen Augen und das feine Bräunliche unserer Haut. Und die schönen Brüste, die alle Männer *loco* machen, die langen Beine.« Sie seufzte und wickelte eine graue Strähne ihres hüftlangen Haars um den Finger. »Allen Männern fallen die Augen aus den Köpfen. Aber was sie nicht sehen, ist hier drinnen.«

Sie legte die Spitzen der Zeigefinger an unsere Stirnen und an die Brust. Ich bemühte mich zu verstehen, was sie meinte; schlief etwa ein Raubtier tief in uns? Ihr Blick schien den Spiegel durchbohren zu wollen. »Du wirst es verstehen, wenn du alt genug bist, Graciana. Wir erkennen die Welt mit den Augen, mit allen Sinnen und in der Art von Tieren, die handeln müssen, weil sie nicht denken. Schnelle, schlanke Raubtiere. Das Erbe der dunklen Wälder und der Wüsten. Vieles werden wir nie wissen, aber wir spüren mehr als andere Menschen.«

Ich zuckte mit den Schultern. »Ich spüre vieles, aber nicht so wie ein Tier.«

Sie streichelte meine Arme und wandte sich ab.

»Du bist noch zu jung. Eines Tages wirst du sagen: Meine Mutter hat recht gehabt.«

»Das mag sein.« Ich sehnte mich nach einen atemlos schnellen Ritt, nach Hitze, Wind und Leidenschaft in den Armen eines kräftigen jungen Mannes. »Eines Tages werde ich die Extremadura verlassen und selbst erleben, was in der Fremde geschieht.«

Wir wechselten einen langen Blick voller Verständnis im Spiegel. Ich wußte nicht, wie es in der Welt außerhalb Spaniens aussah. Alles, was wir erfuhren, war einen langen Weg über viele Boten gegangen, und jeder, der zuhörte und weitererzählte, mochte etwas weggelassen oder hinzugefügt haben. Meine Mutter starrte mich an; es war wie ein vorweggenommener Abschied. Ich wandte mich vom Spiegel ab.

»Der Tag ist noch nicht gekommen, Mutter«, sagte ich leise. »Ich glaube, daß ich noch nicht reif genug bin, um mich in einem anderen Land durchzuschlagen. Es muß etwas Gewaltiges geschehen, bevor ich Casa Carvajal verlasse.«

Mutter nickte nur. Es schien, als habe sie alles verstanden und weit in die Zukunft hineingesehen. An der Art, in der wir in der Abgeschiedenheit des Hügellandes weiterlebten, änderte sich nichts. Der Einfluß des Klosters San Jerónimo de Yuste, in dem König Karl der Fünfte vor einem knappen Jahrhundert sein Leben beendet hatte, fiel weit ins Land, aber er reichte nicht in die Verschwiegenheit unserer Kammern.

Seit jenen Blicken in den Spiegel trug ich die Gewißheit in mir, mehr zu sein – oder anders zu sein als andere junge Frauen: In mir verbarg sich das ferne, wilde Erbe aus der Geschichte eines Landes, das ich nicht kannte. In der Tiefe meiner Selbstbetrachtung war África ein Land wunderbarer, lockender Begebenheiten.

Zwei Jahre lang warb Guillermo Sarás, der Apothekersohn, um mich. In dieser Zeit las ich begierig jedes Buch, das ich in die Hände bekam, lernte vom Dorflehrer einige Brocken der französischen Sprache und von einem Deserteur, der sich bei uns versteckte, einigermaßen gut den Umgang mit der Sprache der Engländer. Ich ritt, focht mit meinem Bruder Modesto und übte das Schießen mit der alten, rostigen Reiterpistole unseres Vaters, ließ mich von Guillermo betasten und entzog mich seinen Griffen, und während ich ihn quälte, ohne mir dessen bewußt zu sein, lernte ich von ihm die Kunst, aus den Wurzeln, Pflanzen, Blüten und Rinden verschiedene Arzneien zu machen; ich kannte bald jede Medizin, die einschläferte, die Sinne verwirrte, Schmerzen vergessen machte oder rasch tötete. Vielleicht von einer Dienerin, der es Großmutter Albadolores gelehrt hatte, kannte Mutter Pilar einen Kräutersud, in dem eine Frau Leinenstreifen eintauchte und auf kundige Weise vermied, schwanger zu werden.

Dies lernte Guillermo von mir, und als er begann, den Frauen des Dörfchens, den Mägden und Dienerinnen damit zu helfen, verdiente er gutes Geld; erst als sein Selbstbewußtsein gefestigt war, verführte ich ihn inmitten seiner dampfenden und rauchenden Kräuterküche.

Eines Nachts, Ende Anno Domini 1647, im strömenden Regen, schleppte sich ein dürrer, entkräfteter Klepper stolpernd in unseren Hof, brach zusammen und zuckte, bis ein Knecht dem Rappen die wild pochende Kehle durchtrennte, mit den Läufen. Den Reiter, der nicht viel weniger erbärmlich aussah, führten die Diener in die Wohnhalle. Er stand da, triefend und schlammverdreckt, ausgezehrt, hungrig und durstig, aber seine Stimme war kräftig, als er sich nicht ohne Stolz verbeugte und sagte:

»Ich habe lange nach Casa Carvajal gesucht. Andrés de Carvajal mag von mir erzählt haben – Gaspard de Rochemont ist mein Name. Mir scheint, ich bin am Ende, und bevor mich mein Stolz verkommen läßt, nahm ich seine Einladung an.«

Mutter Ysabel, einen Becher heißen Würzwein in den Händen, ging auf ihn zu. Gaspard stand mit dampfender Kleidung vor dem Feuer. Er blickte unsere Mutter an, als erscheine sie ihm wie ein Wunder.

»Mein Mann Andrés ist seit Jahren tot. Ich bin Ysabel de Carvajal, die Herrin des Hauses«, sagte sie leise. »Willkommen auf dem Gutshof der Carvajal. Wir haben hundert verwegene Geschichten von Euch und über Euch gehört.«

Sie reichte ihm den Becher. Er leerte ihn in kleinen Schlucken und ließ sich den nassen Mantel abnehmen.

»Kaum die Hälfte davon ist wahr, Edle Herrin«, sagte er und schwankte. »Danke für das Willkommen. Darf ich Euch um ein trockenes Strohlager bitten – ich glaube, daß ein Mundvoll guter Schlaf mich vor vielem retten kann?«

»Andrés würde es mißbilligen«, jetzt lächelte meine Mutter so herzlich, wie wir es schon lange nicht mehr gesehen hatten, »wenn wir Euch nicht das weichste Bett bereiten würden. Setzt Euch zu uns; an gutem Essen mangelt es nicht.«

»Daß Andrés tot ist, betrübt mich zutiefst.« Er senkte den Kopf. Ich blickte ihn unverwandt und schweigend an. Er war aus einer der fremden Welten zu uns gekommen, die jenseits der Grenzen mit ihren Wundern und Wunderlichkeiten auf mich warteten. »Ich war sicher, daß wir noch etliche fröhliche Abende miteinander ...«

Er schwankte, ließ den Becher fallen und sackte zusammen. Mit gräßlichem Klirren zerbarst das leere Tongefäß auf den Bodenfliesen. Wir kümmerten uns um Monsieur de Rochemont, und eine halbe Stunde später schlief er im breiten Bett einer warmen Kammer, zwar halb besinnungslos, aber mit einem zufriedenen Lächeln im Bartgestrüpp seines hageren Gesichts.

Heute weiß ich nicht mehr, auf welchem Schlachtfeld, in welchem Krieg und in welchem Land sich mein Vater Andrés und Gaspard de Rochemont getroffen hatten; in den Niederlanden, Deutschland, Frankreich oder Spanien. Ich hab's vergessen, obwohl es mein Vater berichtet hatte. Gaspard war zu stolz, darüber zu reden, aber es schien, als habe jeder dem anderen einige Male das Leben gerettet. Gaspard schlief mit kurzen Unterbrechungen zwei Tage lang, verschwand im Waschzuber, ließ sich Bart und Haar scheren und zog einige Kleider an, die Mutter von den Dienern und meinem Bruder lieh oder in der Hinterlassenschaft ihres Gatten fand. Die Schwäche und der lange Schlaf zitterten noch in Gaspard, als er sich zum späten Frühstück zu uns setzte. Fahles Licht der Wintersonne ließ Rußflocken und Staub in der Luft tanzen.

»Der Krieg«, sagte Gaspard, trank einen Becher honigsüße Milch und sah sich um, »den man wohl den Krieg der dreißig Jahre nennen wird, ist zu Ende. Unzählige sind gestorben, noch mehr verstümmelt, und Deutschland ist von einer Grenze zur anderen verwüstet. In Frankreich, woher ich komme, begehrt der Adel gegen die absolute Herrschaft des Königs auf. Das Land ist kaum weniger arm dran als das unselige Deutschland; Kardinal Mazarin, Vorsitzender des Kronrats und Richelieus Nachfolger, vermag gerade die Armeen zu bezahlen, nicht aber andere Rechnungen, die Renten und die Gehälter. Jeder, der Steuern zahlen muß, wimmert und flucht über deren Höhe. Bald wird es auch deswegen im Inneren

Frankreichs große Unruhe geben, wenn nicht gar den Bürgerkrieg.«

Gaspard aß, als müsse er drei Verhungerte satt machen. Er zählte vielleicht vierzig, fünfundvierzig Sommer; ein großer, fast dürrer Mann mit grauem Haar und grauen Augen, flinken Bewegungen und einer zwingenden Stimme. Seine Hände, mit ausgebrochenen Fingernägeln und schlanken Fingern, waren ungewöhnlich schön und zugleich kraftvoll. Er trank Kräutersud, mit Wein vermischt, betupfte die Lippen mit dem weißen Tuch und redete weiter, zu Mutter gewandt:

»Der einzige Ort, an dem es friedlich zugeht, ist offensichtlich ein Tausendseelenkaff, tief in den französischen Bergen des Südens, an einem Nebenflüßchen des Allier. Atlan de Beauvallon, mit dem ich im Krieg dreimal zusammentraf, hatte mich eingeladen, aber ich fand im Schlößchen – Le Sagittaire – nur seinen Milchbruder an, Ciron de Beauvallon.«

Wir baten ihn zu bleiben, und er blieb gern. Gaspard de Rochemont, ein hochbezahlter Söldner und Geschützführer, hatte in vielen Schlachten meist für sein Land, Frankreich, gekämpft und gesiegt. Er sprach ein Spanisch, um das ihn Hernando de Herrera beneidet hätte, ebenso gut Englisch wie seine Heimatsprache, er kannte sogar ein paar deutsche Redewendungen. Ich fragte ihn, und er bestätigte, als ob er sich dafür entschuldigen wollte, daß er in allen wichtigen Kriegskünsten und im Gebrauch einer jeden Waffe nur noch wenig dazulernen konnte. Bruder Modesto war ebenso von Gaspard hingerissen wie ich – wenn auch aus anderen Gründen: Er versprach sich einen erwachsenen Spielkameraden.

»Ihr wart nicht zum erstenmal dort?« sagte mein Bruder.

»Zum zweitenmal. Deswegen fand ich ohne Schwierigkeiten den Weg. Beauvallon liegt weit abseits aller wichtigen Straßen, daher läßt der Krieg seine fleißigen Bewohner meist ungeschoren.«

Gaspard warf mir scheue Blicke zu, während er zu Mutter und meinem Bruder sprach. Ich sah in ihm einen Boten aus Teilen der Welt, die ich nur aus Büchern und Erzählungen kannte. Ich tat nichts, um ihn durch Blicke in mein Mieder oder in meine Augen unsicher zu machen, sondern hörte nur zu.

»Nur wenige Menschen, Männer und Kriegskameraden zumeist, kennen Le Sagittaire. Graf Atlan oder Adlon, wie er sich mitunter nennt, der Sohn des alten Grafen, der wahrlich uralt wurde, lädt selten jemanden ein«, sagte Gaspard. »Ich hatte das Glück und durfte – dies erlaubte mir Ciron – auf Graf Atlan warten. Als er dann kam, erzählte er von den eisengepanzerten Reitern Oliver Cromwells, den Schönheiten Carundel Courts, der Schlacht des Parlamentsheers gegen die Schotten, die wohl unausweichlich war, und, bei vielen Gläsern erstklassigen Ardèche-Weines, von vielen seiner Reisen. Von einigen seltsamen Erlebnissen, die ich in Le Sagittaire hatte, erzähl ich Euch, Herrin, beim abendlichen Kaminfeuer.« Er deutete eine Verbeugung an. »Zum Holzhacken, Schreinern von Wagenrädern, Einreiten von Pferden und zum Schutz gegen Räuber bin ich ausgebildet – wie kann ich die Wohltaten Eurer Gastfreundschaft ein wenig ausgleichen?«

»Es wird sich etwas finden, Monsieur«, sagte Mutter. »Bisweilen begnügt Euch damit, im Regen und Sturm, bei Nässe und Kälte, unter einem festen Dach zu sein.«

»Mit dem jungen Herrn Modesto werde ich Fechten üben«, sagte Gaspard. Ich hob die Hand.

»Und mir dürft Ihr den Kampf mit dem schweren Säbel lehren.« Ich lächelte auffordernd; Gaspard warf mir einen Blick von verzweifelter Unschlüssigkeit zu.

Der Winter bestand aus einer grauen Folge regnerischer Tage und Nächte und wenigen Tagen, in denen sich wolkenloser Himmel über dem Land spannte. Wir übten, lauschten

Gaspards Erzählungen, ritten bisweilen aus, und unter seiner Aufsicht begann in allen Gebäuden, Scheunen und Werkstätten ein großes, lärmendes Instandsetzen von Spinnrocken, Webstühlen, Räderpflügen, Wagen und Karren, vom Innengestänge des Taubenturms bis zum Dachstuhl des Stalls. Ich schlich nachts zu Guillermo und tat so, als ließe ich mich verführen; er beschenkte mich mit giftfarbenen Heilsalben, stechend riechenden, aber wirksamen Kräutermischungen, Lebenstränklein und den Erinnerungen an seine verzweifelten Versuche, aus zerstoßenen Fledermäusen Silber herzustellen. So kam ich durch den Winter und wurde, ohne daß sich viel änderte, einundzwanzig Jahre alt.

Im Frühling, in der dreizehnten Woche, starb Guillermo an der gleichen grausigen Blutkrankheit wie Pilár de Baeza. Zwei Wochen nach ihm starb Julia, die Magd, die bei ihm lag, wenn ich nicht da war. Abermals elf Tage nach Julia verblutete Guillermos Vater, der Julia in sein Bett gezerrt hatte, wenn sein Sohn inmitten schwefliger Dämpfe die alchimistischen Formeln murmelte und seltsame zermahlene Substanzen mit Krötenblut mischte. Mich hatte Guillermo nicht angesteckt. Der Leichenwäscher und sein stumpfsinniger Gehilfe starben auf die gleiche Weise, dann wurde der Tod von den warmen, aber heftigen Frühlingsstürmen in einen anderen Teil des Landes fortgeblasen, oder er verhungerte über den Hügeln des grünenden Landes. Als im Schilf am Rand der Pferdeschwemme die Frösche quakten und in den Eichen die Nachtigallen sangen, wagte ich bewußt den mutigen Schritt, der aus meinem Traum in die Wirklichkeit hineinführte.

Gaspard mit den grauen Augen und den geschickten Fingern war für jeden, der in Casa Carvajal lebte, wie ein Sonnentag im stürmischen Regenmonat. Mutter Ysabel und er hatten besprochen, daß er so lange bleiben durfte, wie es ihm beliebte – unter seiner behutsamen, fröhlichen Führung gediehen Haus und Hof, als läge göttlicher Segen auf uns. Gaspard sagte uns, daß er abwarten würde, was sich in Frankreich während der Regierung des Vierzehnten Ludwig änderte; unser Gast glaubte nicht an das Wunder menschlicher Vernunft, die Kriege zu verhindern wußte.

In dieser Nacht schien es, als treibe der Vollmond durch die Lücken nächtlicher Frühsommerwolken. Der Wind atmete die sinnverwirrenden Gerüche blühender Pflanzen und feuchter, warmer Erde aus, und die Holzstufen, die feucht geworden waren, knarrten nicht, als ich zu Gaspards Dachkammer hinaufstieg.

Die Nacht war erfüllt vom metallischen Schnarren der Grillen. Nachtigallen und Frösche wechselten sich ab, die Menschen und andere Tiere zu verwirren. Fledermäuse huschten zuckend zwischen den Dächern und dem Geäst der Bäume umher. Unter Gaspards Tür leuchtete ein Streifen Kerzenlicht. Ich klopfte nicht, tastete nach der Klinke und öffnete langsam die Tür.

»Erschrick nicht, Gaspard«, sagte ich leise. »Graciana kommt ohne Waffen. Habe ich deine heißen Blicke und deine Zurückhaltung richtig gedeutet?«

Gaspard hatte die Kammer geputzt und recht wohnlich eingerichtet. Das Fenster, von ihm vergrößert und erneuert, stand weit offen. Nachtfalter tanzten um das Windlicht. Langsam stand er auf, drehte sich zu mir herum und hob unschlüssig die Schultern.

»Die schönste und klügste Jungfrau in der Extremadura«, sagte er nachdenklich und ein wenig spöttisch. Seine Blicke schienen mich zu durchbohren wie Nadeldolche. »Die Tochter meines Freundes Andrés. Deine Schönheit hat mich betroffen gemacht, seit ich bei euch wieder zu mir gekommen war.«

»Ich bin nicht zerbrechlich«, sagte ich und ging einige Schritte ins Zimmerchen hinein. »Du brauchst nicht zu befürchten, mich heiraten zu müssen.«

»Ich hab' alle Schlachten überlebt«, murmelte er. »Andrés' Tochter ... ein Kind von mir ... ich wäre gefesselt, unglücklich, unfrei.«

»Kein Mann wird mich schwängern, wenn ich es nicht will.«

»Du bist ... du warst unerreichbar, Graciana.« Gaspard deutete auf das niedrige Lager, die einzige Sitzgelegenheit außer dem hochlehnigen Sessel, den er selbst aufgepolstert hatte. »Ich kann nicht recht glauben, was ich sehe.«

Ich hob den schweren Tonkrug; ich wußte, daß der Wein vorzüglich war. Gaspard nahm mir das Gefäß ab, mit seinen schönen Händen, auf denen sich harte Adern verzweigten. Er vermochte seine flackernden Blicke nicht von meinem Gesicht zu lösen.

»Ich hab' mich entschlossen, Gaspard, dich zu lieben«, sagte ich. »Du bist, außer meinem Vater, der einzige Mann, von dem ich lernen kann. Du sollst mir alles erzählen, was du den anderen nicht erzählt hast. Auch dafür werde ich dich lieben.«

»Und das ist nicht gerade wenig«, murmelte er zweideutig. »Ich habe sogar zwei Gläser für deinen Wein.«

»Es ist unser Wein.«

Gaspard verhielt sich so, wie ich es mir in vielen Nächten vorgestellt hatte. Innerlich schien er sich vor Sehnsucht nach mir zu verzehren, aber er hatte nicht gewagt, die Tochter seines Freundes zu entehren oder zu heiraten. Undenkbar wäre ersteres gewesen, und eine Heirat hätte ihn gezwungen, sich für ein ereignisloses Leben nahe des winzigen Städtchens Yuste zu entscheiden. Ich legte die Hände auf seine Schultern und flüsterte:

»Denke nicht an die Zukunft, Gaspard. Genieße den

Frühling. Wir haben viel Zeit füreinander. In einigen Nächten wirst du wissen, warum ich mich entschlossen habe, zu dir zu kommen.«

»Ich kann's noch immer nicht glauben.«

Die Flamme des Windlichts flackerte. Wir tranken Wein und lauschten einige Atemzüge lang der unermüdlichen Nachtigall. Es war ein einzigartiger Augenblick: Wir sehnten den Kuß herbei und fürchteten ihn gleichermaßen, weil wir wußten, daß er alles verändern würde. Die Gegenwart, unser Leben und die Zukunft hingen davon ab. Als mich Gaspard endlich küßte, war es ein zärtliches, leidenschaftliches Versprechen. Unsere erste Liebesnacht, die bis zum Sonnenaufgang dauerte, war die Erfüllung unserer Träume, und jeder Schluck Wein, den wir tranken, war ein Tropfen köstlicher Nektar einer herrlichen Zukunft.

In fünfunddreißig langen Kriegsjahren hatte Gaspard auch alles über die Liebe gelernt; von wem auch immer. Die vollkommene Schönheit meines Körpers, sagte er staunend, blendete ihn und machte diese Nacht zu einem lustvollen Fest. Meine Finger tasteten über Gaspards Narben, und als sich der Morgenhimmel zu färben begann, wußten wir, daß wir zur richtigen Zeit das Klügste getan hatten – und in heiterer Leidenschaft das einzig Richtige.

Zunächst änderte sich nichts in der Verlassenheit unseres Landstrichs. Nur wenige Nachrichten sickerten aus der Welt zu uns herein. Casa Carvajal füllte sich mit lärmendem Leben, die Herden gediehen ebenso wie das Korn, der Wein, die Ölbäume und alle Saaten. Frauen und Männer heirateten, Kinder kamen zur Welt; Säuglinge, Mütter, Heranwachsende und Alte starben. Modesto wuchs heran, wurde kräftiger und übte mit Gaspard Waffenkunde, Reiten und die Kunst des Grobschmieds. Wir hörten Mutter Pilar so oft und laut lachen wie nie zuvor. Jene qualvolle Blutkrankheit schien vergessen, wütete vielleicht an Orten, deren Namen wir nicht kannten. Die Tage gehörten der Arbeit und den Ausritten, die Nächte gehörten Gaspard und mir.

Oft lagen wir im Dunklen auf Gaspards breitem Lager, und ich stellte Fragen und lauschte seinen Erzählungen. Aus hundert kleinen und großen Geschichten erwuchs, auch für ihn unerwartet, eine Gewißheit: Jener Mann oder jene Männer, die sich Atlan, Adlon oder ähnlich nannten, waren überall dort bekannt, geachtet oder beliebt, wo andere Menschen große und wagnisreiche Dinge erdachten und gewaltige Taten vollbrachten, im Guten wie im Verderblichen. Und Atlan de Beauvallons Freunde – wie auch immer sich Großvater, Vater und Sohn nannten – folgten stets dann, wenn sie am Ende all ihrer Kräfte waren, krank, verwundet oder verfolgt, der Einladung. Irgendwie und durch Himmels Fügung schafften sie es, in den Schutz eines Atlans zu kommen. Zweimal war es Gaspard gelungen, Atlan oder seinen Diener zu treffen.

Gaspard richtete sich neben mir auf, küßte mich und murmelte:

»Ich sage dir, Graciana: In Sagittaire und in Atlans Nähe gibt es viel Wunderbares und Unverständliches zu erleben.«

»Erzähl's mir, Liebster!«

»Nicht jetzt.« Seine Hände wanderten über meinen Körper. »Laß noch etwas übrig für die Sommernächte und die langen Abende im Herbst.«

4.
Liebe und Tod

An einem der glutheißen Nachmittage, als die ersten Felder geerntet waren und die Trauben prall zu werden begannen, wuchsen im Westen Gewitterwolken in die Höhe. Die Rinder versammelten sich unter den Bäumen; Bauern und Knechte beluden die Wagen, packten die geduldigen Esel voller Bündel und suchten ihre Häuser auf. Die Sonne wurde zu einem schwefliggelben Kreis und verschwand hinter den Wolkentürmen. Gaspard und ich führten die Pferde in den Stall, wuschen und striegelten sie und pumpten Brunnenwasser in das Faß, dessen Boden durchlöchert war. Im Tropfenstrom des kalten Wassers wuschen wir uns, schlüpften in dünne Kleidung und liefen, müde, hungrig und braungebrannt, in die Wohnhalle zum Mahle.

Wetterleuchten und Donnergrollen kamen näher. Ein einzelner Sturmstoß fuhr über die Hügel und wirbelte große, gelbe Wolken auf.

Als wir in Gaspards Kammer unsere Kleider abstreiften, den alten Wein mit kaltem Wasser mischten und uns küßten, schlug der erste Blitz hinter dem Eichenhügel ein. Ein Krähenschwarm fuhr auf und flüchtete nach Osten.

Ich flocht mein langes, feuchtes Haar zu einem dicken Zopf und streckte mich auf dem sonnengebleichten Laken aus.

»Komm, Liebster«, flüsterte ich. »Sommerliebe im Gewitter. Die beste Stunde, wenn Wind und Regen die Leidenschaft kühlen.«

Gaspards Körper, kraftvoll und sonnengebräunt, zeigte mir, wie gut er sich erholt hatte. Er war gesund, wohlgenährt und fröhlich wie ein Hengstfüllen auf der Weide, fast dreißig Jahre älter als ich. Er setzte sich, die Weinbecher in den Händen, neben meine unruhigen Hüften.

»Ich hab' oft daran gedacht, und ich hab's mir gewünscht«, sagte er lächelnd. »Daß es mir aber im Haus meines Freundes so unendlich gut ergeht, ist ein Geschenk des gütigen Gottes.«

Wir tranken, und er fügte hinzu: »Ich hab' gelernt, daß man für alles bezahlen muß. Dereinst wird die Rechnung gestellt, schönste Graciana. Sie wird so hoch sein, daß ich sie nicht bezahlen kann.«

»Denk nicht daran.« Ich umarmte ihn und hielt ihn fest. Im kreidigen Flackerlicht des Blitzes sah ich sein Gesicht, das den Ausdruck der beginnenden Verzweiflung trug. »Ich bin ein Geschenk, und unsere Liebe ist ...«

Jetzt trank Gaspard seine Verzweiflung hinweg; er lachte. »... sündig, herrlich und unbezahlbar!«

»Unbeschreiblich! Unendlich! Unbesorgt!«

Wir küßten uns, tranken, erregten einander, während das Gewitter wie eine Riesenwoge, so breit wie die Extremadura, über das Land blitzte, donnerte und mit Sturzbächen schweren Regens das ausgedörrte Land tränkte.

Im Rauschen des Regens schliefen wir ein. Ich wachte auf, als Gaspard mit der brennenden Kerze vom Herdfeuer zurückkam und in der Truhe kramte, in der er seinen wenigen Besitz und seine Waffen aufbewahrte. Ich sah in seinen Fingern etwas schimmern, wie eine Münze oder ein Amulett. Er setzte sich an den Tisch, dessen Holzplatte sich von Wand zu Wand spannte.

»Ich muß dir etwas zeigen. Komm zu mir«, sagte er, neigte den schmalen Kopf und löste die geflochtene Lederschnur von der knapp handtellergroßen Scheibe. Ich sah, daß sie aus Stein und Kupfer gefertigt war, das durch häufiges Tasten und Greifen wie Gold glänzte, und aus tiefschwarzem Leder.

Auf beiden Seiten sah ich ein Wappen und wenige Worte, die ich nicht zu lesen vermochte. Gaspard hielt die Scheibe auf bestimmte Weise, in ihrem Inneren klickte es, dann hielt er sie vor mein Auge und sagte:

»Sieh hinein. Es sind wunderbare Bilder. Frage mich nachher.«

Ich legte die Hand auf das linke Auge und blickte mit dem rechten in das milde Licht, in dem die Scheibe zu glühen begann. Mir war, als begänne eine Stimme in meinen Gedanken zu wispern und mir die Bilder zu erklären, die ich sah; mit angehaltenem Atem, wild klopfendem Herzen und Schweiß auf der Stirn.

Ich erlebte ein Wunder.

Heute weiß ich mehr darüber. Damals – o Jungfrau von Guadeloupe! – verstand ich nicht, was mit mir geschah. Ich sah viele Bilder, die sich bewegten; so, als ob ich das Geschehen aus großer Entfernung sähe. Ein schroffes Tal, ein langgezogenes Dorf, ein Schlößchen und ein Bach, der zu einem kleinen See aufgestaut worden war. Das Dorf lag inmitten saftiger Felder, von Wald an den Berghängen begrenzt. Winzige Menschen arbeiteten, winzige Tiere weideten oder zogen Spielzeuggespanne. Ich sah die Fenster, die Terrassen und die unregelmäßigen, kunstvollen Bruchsteinmauern und wußte, daß dies Beauvallon und Le Sagittaire waren. Das Bild wechselte.

Nun war es, als ob ich im Sattel eines Pferdes auf der ansteigenden Straße in den kleinen Schloßhof hineinritte. Ein Tor öffnete sich, und ich trat in eine Welt ein, die seltsam vertraut schien, aber deren Teile ganz anders als gewohnt waren. Bilder in merkwürdigen Rahmen, Wandteppiche, die aufregendere Geschichten als Gaspard erzählten, herrliche Truhen, Tische und Stühle, Sessel und kostbares Geschirr. Ein Kamin, schwere Vorhänge und lächelnde Dienerinnen von ausgesuchter Schönheit: Jedes Bild verwirrte mich mehr. Eine Gestalt, ein wertvoll gekleideter Mann mit verwegenem Schnurrbart hantierte in einem Arbeitszimmer, das von funkelnden Gerätschaften, Bildern und Statuen starrte. Ich dachte, es wäre der Milchbruder Atlans, den ich sah: Ciron de Beauvallon, und eine innere Stimme sagte mir, daß es so war. Er breitete, als hätte er nur darauf gewartet, mich begrüßen zu können, die Arme aus. Wieder wechselte das Bild.

Eine schnelle, verwirrende Folge mächtiger Bilder drängte durch meine Gedanken.

Kriegsszenen, voll von Kämpfen, feuernden Geschützen, sterbenden Männern, verblutenden Pferden, angefüllt mit Flammen, Feuer und Rauch von brennenden Kirchen und Häusern. Vereinzelt brachten sich verwundete, waffenlose Reiter durch rücksichtslose Flucht in Sicherheit. Ich glaubte meinen Vater zu erkennen und Gaspard, aber sicherlich irrte ich mich. Und wieder sah ich gänzlich veränderte Bilder:

Als ob ich mit den Augen eines Adlers oder Geiers sehen könnte, sah ich unter mir das Land liegen. Welches Land? Es war ein Teil der Welt, der nur aus Formen und Farben bestand, aus Flußläufen, Gebirgen, Wäldern, Straßen und Ansammlungen von Häusern, bunten Dörfern und Städten. Einige dieser Häufchen von Gebäuden schienen zu blinken wie ein blinzelndes Auge, und ich brauchte lange, um zu verstehen, daß ich die Länder und das Meer sah, von denen Spanien umgeben war. Ich versuchte mir zu merken, was ich sah, zu entdecken, was ich vermutete oder zu bestimmen, was ich wußte. Ich wußte so wenig! Ich verstand nichts; und als ich Gaspard fragen wollte, änderte sich, mitten im Licht der Blitze und in den schmetternden Donnerschlägen, die Winzlingwelt abermals.

Gewölbe aus Metall, Treppen aus Eisen, Lichter, die strahlten, aber nicht brannten. Fremdartige Möbel und Wandbilder, die aus sich heraus leuchteten und abermals Dinge und Landschaften zeigten, die es nicht geben durfte. Ich spürte meinen Herzschlag bis in die schweißnassen Schläfen und merkte, daß Gaspard, auf dessen Knien ich zitterte, den Arm fest um mich gelegt hatte und mich hielt.

Schwebende Dinge, die menschlich aussahen, aber keine Menschen waren. Lagerstätten, auf denen eisbedeckte Gestalten ausgestreckt waren, und zwischen all dem Unverständlichen ein Mann, hochgewachsen, mit schulterlangem weißem Haar. Sein Lächeln war streng, mild, freundlich und unendlich klug, abgeklärt, wie die Züge eines toten Ritters auf seinem Katafalk. Seine Augen, die mich in meiner verschwitzten Nacktheit betrachteten, schimmerten rötlich. Er war der Herr dieser Welten, der Besitzer aller Geheimnisse, der Freund Gaspards, der über das Wohlergehen seiner Freunde verfügte. Sein Name war, nach allem was ich wußte – oh, es war so wenig! – Atlan von Beauvallon.

Ein Märchen. Eine Gestalt aus alten Sagen. Ein Mann wie El Cid, jemand, den es nur in den Legenden gab, die ich in vergilbten Büchern las.

Er kam näher heran und lächelte.

Er war in ein weites Hemd aus maurischer Seide mit Goldstickereien an den Säumen, in lange Hosen aus weißem Leder und kurze Stiefel gekleidet, an denen gekreuzte Lederbänder für Sporen glänzten. An einer Goldkette um seinen Hals hing ein eiförmiger goldener Klumpen.

Seine Überlegenheit war unermeßlich. Seine Freundlichkeit schloß mich einfaches Menschenkind ebenso ein wie Gaspard oder die anderen Männer, von denen ich gehört hatte. Diesem Mann wäre ich bedingungslos überall hin gefolgt, wäre auf Knien gekrochen, wenn er mir gewinkt hätte. Noch immer lächelte er, hob die Hand und wandte sich einer braunhaarigen, wunderschönen Frau zu, die aus dem dämmerigen Hintergrund auf ihn zuschritt, nicht weniger selbstbewußt lächelnd als er.

Im Inneren des Amuletts schnurrte es, das Leuchten der Scheibe verging, und alle die winzigen Bilder verschwanden.

Ich ächzte auf, schloß von einem Blitz geblendet die Augen und verlor auf Gaspards Knien die Besinnung.

5.
Signale: Ciron de Beauvallon

Der Roboter Rico, Herz und Verstand des submeerischen Überlebenszylinders, beschäftigte sich dank seiner riesigen Rechnerkapazitäten mit mehreren Funktionen zur gleichen Zeit. Er vervollkommnete sich selbst, erstellte schwierige Leistungsparameter für seine potentiellen »Vertreter«, die Roboter Synonymus Eins und dessen weibliches Pendant, Lilith, kontrollierte und beschützte Atlan während dessen riskanten Aufenthalten außerhalb der Schutzkuppel, wertete die Informationen einiger Handvoll Spionkugeln aus und achtete auf mannigfaltige Signale, die von Sendern und versteckten Beobachtungspunkten kamen, die nach dem Zufallsprinzip über die gesamte Weltkugel des dritten Planeten von Larsafs System verstreut waren. Überdies steuerte Rico zusammen mit dem Zentralrechner sämtliche Anlagen, Maschinen und Schaltungen des Unterwasserverstecks – und sein Gedächtnis war, wenn auch nicht völlig fehlerlos, so doch gigantisch und von positronischer Zuverlässigkeit.

Das Ich-Bewußtsein, das er seit nahezu neuneinhalb Jahrtausenden hatte entwickeln müssen, bestätigte diese Selbsteinschätzung.

»Hochsommer 1648«, sagte er laut. Seine Worte widerhallten in der riesenhaften Anlage der Kontrollstation. »Für Atlans Protokoll. Eines seiner Findelkinder hat die positronische Landkarte aktiviert. Es ist ...« eine Pause, die kein menschliches Wesen hätte wahrnehmen können, trat ein. »Es handelt sich um Gaspard de Rochemont, Offizier bei Mazarin, Lagerfeuer-Kamerad des Arkoniden, Besucher von Le Sagittaire, der dank unserer Gastfreundschaft, der positronischen Kunstfertigkeit von Medorobots, einem zweimonatigen Tiefschlaf und einem kurzen, großmütig-riskanten Einsatz des Zellschwingungsaktivators wiederhergestellt worden ist. Ich steuere eine deflektorgeschützte Spionsonde dorthin, nämlich ...« wieder eine kaum meßbare Unterbrechung, »... in die dürregeplagte Mitte Españas, vulgo Hispaniens, in die Extremadura. Interessant! De Rochemont weilt, nachdem er sich in Sagittaire erholt und dort ein herumliegendes Amulett an sich genommen hat, noch unter den Lebenden.«

Rico brauchte keine zusätzlichen Systeme einzuschalten: Atlan, Herr der Masken und der neugierigste Arkonide auf Larsaf III, lag wohlbehalten im kontrollierten Kältetiefschlaf, und wegen dieser unbedeutenden Schaltung brauchte der Arkonide nicht gestört zu werden. Rico führte, ohne sich zu bewegen, eine Serie blitzschneller, unhörbarer Schaltungen aus, steuerte die Spionsonde auf den richtigen Kurs und widmete sich, mit einem Bruchteil seiner positronischen Kapazität, der Frage, wie Atlans gegenwärtige, einstige und tiefschlafende Freundinnen – die rothaarige Monique und Amiralis Thornerose alias Ullana – in einigermaßen zufriedenstellende logistische Reihenfolge zu bringen wären.

Aber auch der arkonidische Höchstleistungsrobot fand in seiner durch ständige Zusätzlichkeiten ergänzten Weltsicht die Einschränkung, daß selbst einer intensiven Überwachung einzelner Individuen bedauerlich viele Informationen entgingen; logischer- und verständlicherweise.

Die Dagor-hochgeschulte Amiralis lag im Kältetiefschlaf. Die unendlich liebenswerte Monique würde vermutlich in absehbarer Zeit geweckt werden. Erst vor wenigen Monaten, noch bevor nach dem langen Krieg endlich Friedensverträge geschlossen wurden, nachdem der Arkonide auf den Spuren seiner Freunde im getarnten Gleiter, im Sattel, in Kutschen und auf Schiffen in England, Frankreich und Italien umhergereist war, hatte sich Atlan auf sein kaltes Ruhelager begeben. Nebenbei beobachtete Rico den Fortgang der (dies war Ricos positronisch fundierte Analyse) persönlichen Tragödie eines vielversprechenden Mannes, der Atlans Freund hätte sein können: *Protektor Oliver Cromwell*

Der heiße, regenreiche Sommer und der frühe Herbst Anno Domini 1648 sind in der Chronik von Yuste und Carvajal als ein Jahr des Reichtums, der Gesundheit von Mensch und Tier und als Zeit des Friedens und gottgefälliger Prozessionen verzeichnet. Als die ersten Schwärme der Zugvögel über die Hügel flogen, verkauften wir einen Teil unserer Ernten und erhielten dafür gute Münzen; aus nicht mit Kupfer gestrecktem Gold und schierem Silber. Casa Carvajal leuchtete weit ins Land hinein als Beispiel für gutes Wirtschaften und viel Arbeit.

Meine leidenschaftliche, innige Liebe zu Gaspard de Rochemont war, wenn dies überhaupt denkbar und möglich war, tiefer und stiller geworden. Wir vertrauten einander völlig. Daß Gaspard alles über mein Leben wußte, war verständlich: Es gab nicht viel zu entdecken und wenig Geheimnisvolles. Aber ich blieb wohl die Einzige, die nach und nach alles aus seinem Leben erfuhr. Wir hatten beschlossen, Casa Carvajal und die Extremadura zu verlassen und gemeinsam jene Länder zu bereisen, die Gaspard nur in Kriegszeiten kennengelernt hatte; um die fremden Städte in den Jahren des Friedens zu besuchen, mußten wir warten, bis mein Bruder Modesto alt genug und fähig war, den Gutshof zu verwalten.

Noch zwei oder drei Jahre ...

Wir hatten den Arbeitern das Essen auf die Felder gebracht und luden das Packtier ab. Rund um den dicken

Stamm der Kastanie hatte Gaspard einen Tisch und Bänke zimmern lassen. Aus allen Richtungen kamen hungrige und durstige Frauen und Männer in den Schatten. Am Mittag, als die Bauern mit Ochsengespannen die Schollen der Kornäcker aufbrachen, erschreckte uns hämmernder Hufschlag. Wir erkannten im staubigen Monte-bajo-Buschwerk meinen Bruder Modesto, der uns aus dem Sattel seines abgehetzten Pferdes zurief:

»Ein Unglück. Mutter ist verwundet! Sie verblutet ... schnell zum Haus!«

Wir rannten zu den Pferden, schwangen uns in die Sättel und preschten zum Gutshof.

»Was ist geschehen?«

»Mutter ist mit einem großen Messer ausgerutscht. In den Schenkel. Ein furchtbarer Schnitt!«

»Sie darf nicht zuviel Blut verlieren«, schrie Gaspard und setzte die Sporen ein. Wir sprangen vor der Wohnhalle von den Pferderücken. Alle Knechte und Mägde waren zusammengeströmt und hatten Mutter auf den Tisch gehoben, ihre Röcke zurückgeschlagen und den Oberschenkel mit Leinenbinden fest umwickelt. Die Haut und die Binden waren blutgetränkt, von der Tischkante tropfte helles Blut zu Boden.

Gaspard war es, der alles richtig zu machen schien. Er brüllte Befehle, ließ sich das Nähzeug der Hausbesorgerin bringen, tröstete Mutter und ließ ihr viel Wasser und Wein einflößen; sie lag mit schmerzverzerrtem Gesicht, bleich und wimmernd, auf dem harten Holz.

»Branntwein! Viel und – schnell!«

Gaspard wickelte die Binden ab. Modesto und ich mußten den Schnitt zusammenhalten. Gaspard träufelte Branntwein in die Wunde und säuberte die Wundränder. Mutter schrie gellend auf und verlor die Besinnung. Gaspard tauchte Nadel und Garn in die stark riechende Flüssigkeit und begann, die zwei Handbreit lange Wunde mit sorgfältigen Stichen zuzunähen, schob die Nadel durch die ausgeblutete Haut, und mir wurde übel, als ich zusehen mußte.

»Wischt das Blut weg«, sagte er. »Dann ein Bett mit sauberen Laken ins große Zimmer. Sie kann lange nicht Treppen steigen. Und die Salbe aus meinem Zimmer, mit der ich euch immer helfe! Schnell!«

Er biß den Faden entzwei, säuberte die Wunde und schob ein Holzbrettchen unter Mutters Schenkel. Daran band er das Knie und den Oberschenkel fest, hob Mutter an, und ich zog ihre blutigen Röcke herunter.

Wir alle, auch die Diener, waren blutbespritzt. Schweigend, mit ruhigen Bewegungen, wischte Gaspard Mutters Haut mit Tüchern ab, die er in heißes Wasser und schließlich in Branntwein getaucht hatte. Die Wohnhalle roch wie ein Keller, dessen Weinfässer ausgelaufen waren.

Gaspard richtete sich auf, ich wischte den Schweiß aus seinem Gesicht und sagte laut:

»Du hast es besser gemacht als der Doctor Medicus. Ich weiß: Im Krieg lernt man auch Wunden nähen.«

»Und noch viel Schlimmeres«, sagte er erschöpft. »Sie muß viel trinken, denn sie hat zuviel Blut verloren.«

Er setzte den Krug an und trank den letzten Rest scharfen Branntwein, keuchte auf und grinste.

»Die Señora«, sagte eine Magd und hielt das unterarmlange Messer mit zwei Fingern in die Höhe, »hat den Braten vorbereitet. Sie ist vom Knochen abgerutscht. Dort drüben liegt das Lämmlein, junge Herrin.«

»Es wird uns, mit vielen Zutaten gebraten, trotzdem schmecken«, sagte Gaspard. »Hilf mir, Liebste.«

Vorsichtig trugen wir Mutter zum Bett. Sie kam wieder zu sich und trank einige Becher Wein, in den ich viele Tropfen von jenem Schlaftrunk geträufelt hatte, der von Guillermo Sarás stammte.

6.
Tod im Herbst

Drei Tage lang schmerzte die Wunde, dann begann sich Mutter zu erholen. Mit einem Messerchen trennte Gaspard die Garnknoten und zog, ohne daß wir im entzündeten Fleisch einen Tropfen gelben Eiter fanden, die Nähfäden, einen nach dem anderen, aus dem Fleisch. Er trug eine dicke Schicht Salbe auf und wickelte Leinenstreifen um das halbe Bein.

»Du wirst eine häßliche Narbe behalten, Herrin«, sagte Gaspard. »Und – deine Schenkel sind die einer jungen Frau.«

Blut schoß in Mutters Gesicht. Sie zuckte mit den Achseln.

»Besser eine Narbe als einbeinig, Gaspard. Es wird schwerlich einen Mann geben, der meine Schenkel betrachten will.«

»Die Wege der Liebe und des Herrn sind unerforschlich.« Gaspard lachte und streichelte ihre Wange. Mutter griff nach seiner Hand, hielt sie fest und hauchte einen Kuß darauf. »Sei gesegnet und bedankt, mein Freund. Ohne dich wäre das Leben trostlos wie der Winter im Land.«

»Übertreibt nicht, Herrin!« sagte er. »Es hat sich noch nicht einmal der Herbst eingestellt.«

»Der Herbst meines Lebens«, sagte Mutter nachdenklich, mit schmerzlichem Lächeln, »hat angefangen, als Andrés starb. Vor langer Zeit.« Sie atmete flach. »Es wird einen langen Winter geben, Freund Gaspard, aber keinen Frühling. Nun – ich schicke mich darein.«

Sie wandte das Gesicht zur Wand, seufzte und schlief

wieder ein. Auf Zehenspitzen verließen wir das Schlafgemach. Joselito, der junge Diener, kam zu uns und verbeugte sich.

»Was gibt's?« sagte ich freundlich.

»Sie sind krank geworden, junge Herrin. Zwei Mägde und Manuel.« Joselito deutete auf die Quartiere des Gesindes und hob drei Finger. »Sie haben Fieber, der Hals ist dick, sie können kaum reden, und in ihren Köpfen dreht sich alles.«

»Wir sehen gleich nach ihnen«, beschied ihn Gaspard. In meiner Erinnerung regte sich kaltes Unbehagen. Gaspard wußte von Guillermo und den anderen; wir wechselten einen langen Blick voller Besorgnis. Gaspard nahm meine Hand, und wir gingen hinüber zu der Zeile einstöckiger Häuschen.

»Sie haben alle geholfen, als Mutter auf dem Tisch lag«, sagte ich. »So wie du und ich. Wir haben alle Blut auf unserer Haut gehabt.«

»Ich hab' noch nie gehört, daß jemand stirbt, nur weil er mit dem Blut eines anderen Menschen in Berührung gekommen ist«, sagte Gaspard. Er versuchte, auch sich selbst zu beruhigen. Wir traten an das Lager des Knechts.

Manuel lag fiebernd, bleich und schwach auf seinem Bett, trank aus einem Tonkrug und hob den Kopf. Seine Augen schienen doppelt so groß zu sein, sein Atem ging rasselnd.

»Herrin!« keuchte er. »Ich werde sterben müssen. Das Fieber, und ich hab' so böse Träume. Ich bin zu schwach und kann nicht selbst zum Abtritt gehen.«

Er hob den Arm eine Handbreit an und stöhnte.

»Alle Muskeln, Herrin, sind voll Schmerz. Und ohne Kraft. Es tut so weh ...«

»Nicht anstrengen«, sagte ich und legte das nasse, kalte Tuch auf seine Stirn. »Du wirst bald wieder gesund.«

Unkühlbares Fieber, dachte ich, Halsschmerzen und rasende Kopfschmerzen, dazu furchtbarer Durchfall, der die

Kranken hilflos machte. Dann steigerte sich das Fieber, und das Blut, das aus der Nase und dem Mund kam, gerann nicht mehr. Ich ging ins Haus und mischte starken, alten Wein mit den Mohnsäften und dem starken Schlaftrunk, die ich von Guillermo hatte. Wir ließen Manuel und die Mägde genug davon trinken, und noch während wir mit ihnen sprachen, schliefen sie ein.

»Jetzt schlafen sie«, sagte ich leise zu Gaspard, »aber in zehn oder einem Dutzend Tagen sind sie tot. Sie verbluten. Zuerst fangen sie, im glühenden Fieber, mit wirren Reden und Schreien an. Das Blut gerinnt nicht mehr, sie verbluten bei lebendigem Leib.«

»Was können wir tun?«

»Nichts«, sagte ich. »Nur hoffen, daß sie durch ein Wunder gerettet werden. Diese Krankheit kommt aus der Luft, vom Gewitter oder als Strafe des Herrn. Plötzlich ist sie da, und die Menschen sterben.«

Gaspard zuckte mit den Schultern. In den Kriegen, überall in den fremden Ländern, hatte er viele Seuchen kennengelernt. Sie ähnelten einander nicht, aber alle endeten mit dem Tod. Kaum jemand genas von der Pest oder den Schwarzen Blattern. Aber diese unheilbaren Krankheiten wurden von Mensch zu Mensch weitergereicht und entstanden nicht plötzlich, mitten an einem Ort, an dem es nur Gesunde gab.

Zehn Tage lang quälten sich Manuel und die beiden Dienerinnen. Die Krankheit verlief so, wie ich sie kannte: zuletzt schwoll die Leber an, und aus Nase, Ohren, Mund und After liefen dünnes Blut und schwärzlicher Brei, tropften zu Boden und stanken. Das Blut verklumpte nicht, noch gerann es. Laken, Decken und Stroh waren blutgetränkt, und die Schmerzen in den Bäuchen der Sterbenden machten sie halb wahnsinnig. Nichts half; tagelang und in den Nächten hörten wir ihre Schreie.

Manuel erbrach seine Eingeweide, seine Zunge und die Mundhöhle lösten sich zu blutigen Fetzen auf. Alle Höhlen des Körpers waren voll wäßrigem Blut, und er starb als erster, eine Stunde, nachdem er zu schwach zum Schreien war.

Im Abstand von ein oder zwei Stunden starben auf die gleiche schreckliche Weise die Mägde. Weit abseits der Häuser ließ ich ein tiefes Grab ausheben, und wir häuften Erde und Steine auf die Gräber. Die Strohsäcke wurden verbrannt, die Laken stundenlang in Wasser gekocht, das wir im Ödland ausschütteten.

»Wie haben wir diese Strafe verdient?« fragte ich den Priester. »Casa Carvajal ist kein Sündenpfuhl.«

Er hob die Arme, als wolle er Hilfe vom Himmel herabrufen; er war ebenso ratlos wie wir alle.

Wenn die göttliche Fügung und das Schicksal mit uns spielten, so war es ein hinterlistiges, undurchschaubares Spiel. Trotz einiger schwerer Herbstgewitter fuhren alle Gutshöfe rund um Yuste die reichsten Ernten seit Menschengedenken ein. Die Kirchenglocken läuteten Dankgottesdienste ein, uns schädigten weder Feuer, noch Mutterkorn oder andere Seuchen. Von solchem Sterben wie bei uns hörte man in anderen Dörfchen nichts. Niemand vermochte uns zu erklären, wie der Name dieser Seuche war, und woher sie kam.

Im Blut aus den Adern meiner Mutter, so schien es mir und Gaspard, schienen Keime zu schwimmen, die Manuel und die Mägde angesteckt hatten, ähnlich der Pest.

Aber warum waren er und ich und alle anderen nicht angesteckt worden?

Und ... vor Jahren, als Guillermo und die anderen sterben mußten, gab es keinen Blutsturz; erst bei denen, die sterben mußten. Ich und Guillermo hatten miteinander geschlafen, und ich war gesund geblieben.

Rätsel über Rätsel.

Gaspards und meine Hände waren voll Blut aus Mutters Wunde gewesen. Wir hatten uns seit diesem Mittag unzählige Male leidenschaftlich vereinigt und spürten in uns nichts anderes als Kraft, Gesundheit und Wohlbefinden. Gab es hier eine verständliche Erklärung, die unser Verstand fassen konnte?

»Nein!«

Mutters Bein heilte rasch. Die Narbe blieb, wurde zu einem dünnen weißen Strich im gebräunten Schenkel. Einen Monat lang ging Mutter mit einer Krücke, dann brauchte sie die hölzerne Hilfe nicht mehr. Auch Mutter war gesund geblieben!

Nachts lagen wir wach und marterten uns mit Fragen, auf die wir keine Antworten hatten. Obwohl uns die Arbeit an den Tagesstunden erschöpfte, fanden wir während langer Stunden keinen Schlaf. Einmal, bevor wir gähnend einschliefen, vor Müdigkeit unfähig, uns zu lieben, murmelte Gaspard: »Atlan und sein Milchbruder wüßten, was es mit der Seuche auf sich hat.« Er lachte kurz, halb verzweifelt. »Sie wissen alles, sage ich. Nichts bleibt ihnen verborgen. Wenn wir bei ihnen wären, könnten sie uns heilen. Sie würden nicht zögern, uns zu helfen.«

Ich legte den Kopf auf seine Brust. Er war eingeschlafen. Ich dachte:

Was hier und jetzt geschieht, was unser einfaches Leben zu zerstören beginnt, bleibt ihnen verborgen. Wie sollten sie davon wissen?

Der Herbst, der uns reich gemacht und auch die Kassen der Stadtkämmerer gefüllt hatte, endete in Nordwind, Kälte und Sonnenschein. Die fahrenden Händler kamen mit ihrem Angebot an Nützlichem und Unnützen, und mit ihnen kamen Nachrichten und Neuigkeiten, die Kunde von Frieden und Krieg, von Wundern und Mißlichkeiten.

Ohne daß wir allen andern gegenüber je ein Wort über unsere Furcht verloren, warteten wir – nicht nur auf Casa Carvajal – auf den nächsten Ausbruch der Seuche. Der Nordwind brachte eisige Kälte und Schnee; seit einem Vierteljahrhundert war kein Schneesturm über die Extremadura hergefallen. Auch Mutter erinnerte sich nur schwach an das seltsame Bild verschneiter Hügel; weiß statt gelb und braun lag das Land unter dem Himmel, der die gleiche Farbe hatte wie Gaspards Augen.

Beim Schleifen seines Dolches schnitt er sich in die Daumenwurzel. Er leckte den Schnitt ab und preßte, wie wir alle es taten, die Zunge auf die Wunde.

Da wir beschlossen hatten, zusammenzubleiben und eines Tages fortzureiten, lachte ich, fügte mir einen winzigen Schnitt in der Fingerkuppe zu und preßte sie auf Gaspards kleine Wunde.

»Blutsbrüderschaft«, sagte ich lächelnd und lehnte mich an seine Schulter. »Blutsgeschwister. Du hast erzählt, daß ihr Männer es vor den Gefechten so gehalten habt, vor einem Angriff oder in der Nacht vor einem Tag, der viel Wagemut und die Hilfe von Freunden erforderte.« Ich küßte ihn und spürte den Schmerz nicht mehr. »Jetzt mußt du mich retten, Liebster, und ich rette dich. Für immer und ewig, nicht wahr?«

»Ja«, sagte er und fuhr mit gespreizten Fingern durch mein Haar. »Ich rette dich, wenn ich kann. Überall und zu jeder Zeit.«

Wir blickten zwischen Eiszapfen, die von der Dachtraufe hingen, auf die makellose weiße Schicht, die mit dem hellen Horizont verschmolz.

Wie ein frisch gebleichtes Leichentuch, sagte ich mir, aber ich sprach es nicht aus. Während sich alles Leben ins warme Haus zurückzog, zu dem gewohnten beschaulichen Tageslauf, in Küche, Kammern und Gewölbe, die nach eingekochten Früchten, gärendem Wein und frischen Broten zu duften begannen, feierten wir unsere Liebe, die schon so lange dauerte, mit neuer Leidenschaft und altem Wein.

Zwei Tage danach, als wir gegen Kälte und Schneetreiben tief vermummt ausritten, auf dampfenden Pferden, verlor Gaspard seine Stimme. Eine rasende Furcht packte mich, denn ich dachte, die Blutkrankheit habe ihn überfallen. Aber ein heißer Halswickel, Einreiben mit Schnee und ein Krug Würzwein halfen zunächst. Er sank halb betrunken in die Kissen. Am nächsten Mittag jedoch klagte er über Kopfschmerzen und Schmerzen in den Gelenken und Muskeln.

»Wenn es die Krankheit ist, die wir fürchten«, sagte er und schluckte, »gibt es vieles, das ich dir zu sagen habe, meine Liebste.«

»Sprich nicht so!« rief ich. »Du bist nicht krank!«

»Wenn ich sterben muß, bringe mich zu der Steinbank. Versprich es, Graciana!«

»Ich versprech's«, sagte ich. »Du wirst nicht sterben, weil du nicht sterben darfst!«

Er lächelte. »Man wird sehen.«

Als das Fieber kam, rieben wir seinen Körper mit Schnee ab, wickelten ihn in Laken und Decken, aber schon an diesem Tag glaubte er nicht mehr, daß er gesund würde. Er ließ mich neben sich sitzen und sagte:

»Wir wollten zusammen nach Beauvallon reiten. Oder besser: Uns dorthin durchschlagen. Sterbe ich, mußt du allein reiten.«

»Ich will das nicht hören!« schrie ich.

»Wenn ich wieder gesund bin«, tröstete er mich mit leisem Lachen, »vergessen wir alles. Also ... verkleide dich als Mann. Schneid das Haar ab.« Er hob den Arm, seine Finger öffneten mein Hemd. »Deine Brust mußt du mit Leinenbinden so eng an den Körper pressen, daß du dich bewegen und gut atmen kannst. Nimm ein Pferd, ein Packpferd und alle meine Waffen. Wie du damit umgehen mußt, hast du besser gelernt als manch ein Krieger.«

Ich schwieg und hörte zu. In meinem Herzen wuchs und wucherte die Angst, denn ich begann zu verstehen, daß Gaspard jedes seiner Worte todernst meinte.

»Du wirst Wegelagerern begegnen und Schurken jeder Art. Du mußt töten, sonst wirst du getötet. Für mich ist es zu spät, aber Atlan und Ciron werden wissen, was zu tun ist.«

Gaspard schlief ein, aß fette Suppe und trank Honigmilch, und während die ersten Stöße des Durchfalls ihn zu quälen begannen, redete er weiter.

Er schilderte mir, rückwärts berichtet, seinen Weg von der Grenze zu Frankreich nach Casa Carvajal. Jede Einzelheit, tausend Namen, tausend Straßen, Brücken, Schluchten und Verstecke, abermals Namen von Kirchen, Pfarrhöfen und Gehöften, in denen Menschen wohnten, denen man vertrauen konnte.

»Du bist eine wunderschöne Frau«, sagte er. »Wenn Männer – fast jeder Mann! – dies spüren, trotz der Verkleidung, bist du freies Jagdwild geworden. Denk immer an alles, was ich dich gelehrt habe. Dieses Wissen entscheidet jede Stunde auf fremden Straßen über Leben und Tod!« Er hustete, bis ihn die Erschöpfung übermannte. »Lerne schnell die Sitten und die Sprache!«

Ich hielt seine fieberheiße Hand und nickte. Jetzt wußte ich, daß er tief in seinem Inneren schon dem Tod begegnet war, der Qual seines eigenen Sterbens.

Gaspards Sterben dauerte vier oder fünf Tage.

Mutter, Modesto und ich taten alles, um sein Dahinsiechen zu erleichtern. Wir schliefen abwechselnd wenige Stunden lang, selbst Gaspard gelang es, sich scheinbar durch fiebrigen Schlaf zu erholen. Sein Geist blieb klar, seine Sprache verständlich.

Jeder, der in Casa Carvajal lebte, war zutiefst erschrocken und traurig. Wir gingen auf Zehenspitzen, und eine unheilvolle Stille erfüllte das Haus. Jeder Hahnenschrei oder jedes Brüllen eines Rindes erschreckte uns. Wenn Gaspard mich neben sich erkannte, redete er weiter und schilderte den Weg durch die Gascogne, entlang der Garonne, bis hin zum Fluß Allier und nach Beauvallon.

Er ließ mich sein Medaillon holen und bestand darauf, daß ich es um meinen Hals hängte; wenn ich bestimmte Stellen nach einem einfachen Muster drückte, würde ich Bilder anderer Landschaften erkennen können. In Beauvallon und Le Sagittaire diente die wundersame Scheibe als Beweis, daß er mich geschickt habe.

Gaspard verbot uns zu weinen, als er zwischen glühenden Fieberanfällen wieder klar redete. Er befahl, ihn zur Steinbank zu tragen, als wir einsahen, das Blut aus seinen Ohren nicht mehr aufhalten zu können. In frische Laken und viele Decken gehüllt schleppten wir ihn durch den Obstgarten bis zur Hügelkante, unter die entlaubten Eichen. Der Blick von der steinernen Bank reichte bis zum Horizont.

Es war Mittag, als wir dort ankamen.

Zwischen den Wolken brachen strahlende Säulen goldfarbenen Sonnenlichtes und wanderten über das Land. Nach endlos langen Stunden, während denen er ebenso seine unverständlichen Fieberphantasien hinausschrie wie alle die Gestorbenen, fiel er in einen kurzen, tiefen Schlaf. Er wachte auf, als er den Stein unter sich spürte. Als Gaspard und ich allein waren, sagte er:

»Komm näher, meine schöne Geliebte. Das Sprechen strengt mich an.«

Er begann zu weinen. Ich hatte keine Tränen mehr. Sein röchelndes Flüstern riß immer wieder ab, während aus allen Körperöffnungen unaufhörlich sein Blut strömte. Ich versuchte mit Schneeballen zu helfen, bis ich meine Finger nicht mehr spürte.

»Deine Großmutter – und das ist, ich hab's erkannt, die böse Wahrheit – hat in ihrem Körper aus Afrika unsichtbare Keime mitgebracht. Sie hat diese Seuchenkeime an deine Mutter vererbt. Ysabel, deine Mutter, hat die Keime dir vererbt; weder sie noch du werden an der Seuche sterben. Vielleicht an der Pest, aber nicht an der Blutkrankheit.«

Als ich zu verstehen begann, was er sagte, zweifelte ich nicht an der Wahrheit seiner Worte. Das Verstehen war wie eine Folter mit weißglühenden Dolchspitzen.

»Es ist das Blut gewesen, Graciana, das Manuel und die Dienerinnen umgebracht hat. Oder die nasse Vermischung anderer Körpersäfte, sie hat Guillermo angesteckt. Dein unsichtbares Erbe von Großmutter Mdanbai an deine Mutter und dich weitergereicht, hat auch mich erreicht. Ihr habt es nicht gewußt; ich habe lang darüber nachgedacht.«

Er schwieg erschöpft. Die Laken färbten sich rot. Die Kälte aus meinen Fingern hatte mein Herz erreicht. Ich war es gewesen! Ich hatte meine einzige, größte Liebe getötet!

»Blut, kleine Wunden, große Wunden, Samen und Schweiß, der Speichel unserer Münder, wenn wir uns küßten – nicht immer wurde die Seuche übertragen. Und nicht auf jeden. Ich hätte nach unserer ersten Liebesnacht sterben müssen.«

»Das alles … hat keiner gewußt!«

Ich war zu erschöpft, zu traurig, um es herauszuschreien. Blut sickerte durch die Decken, in die Gaspard gehüllt war. Als es an den Flanken des Steinblocks herunterlief, gerann es nicht, aber es gefror.

»Bis vor ein paar Tagen hab' ich es selbst nicht gewußt.«

Wie Wachs einer heruntergebrannten Kerze verklumpte Gaspards Blut am eisigen Stein. Daß er noch reden konnte, war ein Wunder, denn die Haut seines Gesichts und der Hände war weiß wie der Schnee.

»Was soll ich tun ohne dich, Geliebter?«

In meinem Herzen gefror das Blut. Meine wenigen Gedanken erstarrten zu Eis, wie die Tränen an meinen Wimpern. Alles Elend, alle Trauer und alle Schmerzen dieser Welt suchten mich heim.

»Warte auf den Frühling. Reite nach Beauvallon. Berichte Ciron, was du erlebt hast. Atlan wird dir helfen. Bleibe bei mir, bis ich tot bin – es dauert nicht mehr lange.«

»Warum bin ich nicht gestorben«, wimmerte ich. »Ich habe das ganze Elend in die Welt gebracht!«

»Du wirst den Sinn in deinem Leben erkennen.« Gaspard hustete. Aus seinem Mund quoll ein Strom wäßriges Blut, zusammen mit schwärzlichen Brocken. »O Herr, in der Stunde meines Todes ... Graciana ... eines habe ich mir nicht vorzuwerfen. Daß ich dich nicht ... ich habe dich geliebt, mit jeder Faser meines Körpers, mit jedem Gedanken; immer.«

Gaspards Hände zitterten wild. Unter den Fingernägeln trat Blut aus. Seine Augen schienen aufzuglühen, dann legte er den Kopf zur Seite und starb.

Ich saß da und spürte die Kälte nicht mehr. Das Verbluten hatte aufgehört. Ich wischte Gaspards Gesicht sauber und schloß zärtlich seine Augen; er war wie eine Marmorstatue; kalt, reglos und weiß.

Ich hatte ihn umgebracht. Meine einzige große Liebe, den Mann, der das Glück nach Casa Carvajal zurückgebracht hatte. Modesto und Mutter kamen und führten mich zur Seite.

Ich besaß noch so viel Kraft, ins Haus zurückzugehen und mich in unser Bett zu legen. Bevor ich einschlief, zitternd vor

Kälte und Verlassenheit, glaubte ich noch die Wärme von Gaspards Körper zwischen den Laken und Fellen zu spüren; einem Körper, der einem Mann gehört hatte, der einzigartig auf dieser Welt gewesen war.

7.
Der schlafende Arkonide

Erst seit wenigen Monaten, vor Abschluß des Friedens nach dem langen Krieg in Deutschland, lag der Arkonide im Kältetiefschlaf. Für den Höchstleistungsroboter Rico waren die Informationen der Spionsonden nur ein winziger Teil der einkommenden Signalimpulse. Da es sich im Umkreis von Casa Carvajal um Informationen handelte, die einen Mann aus Atlans Bekanntschaft und zudem einen zweimaligen Besucher des Schlößchens handelte, verwandte Rico eine Spur positronischer Aufmerksamkeit mehr auf die Geschehnisse. Obwohl er auf optische Eindrücke nicht angewiesen war, blieb ein holografischer Projektor ständig eingeschaltet. Rico addierte die Bedeutung, die der Tod einzelner Menschen für ihn hatte, mit den Merkmalen einer endemischen Seuche wie der Pest, erkannte bestimmte Gesetzmäßigkeiten und rief den Archivsektor der Zentralen Recheneinheit auf.

Afrika war nicht nur das Land unendlicher Äquatorwälder und dunkelhäutiger Larsaf-Drei-Bewohner, nicht nur das wahrscheinliche Zentrum der Evolution, sondern auch ein Hort schrecklicher Krankheiten. Die Wahrscheinlichkeit, daß durch die Betroffenen des Sklavenhandels auch Krankheitskeime in die Länder des Mare mediterraneums oder auf die Hälften des neuentdeckten Doppelkontinents Amerika verschleppt wurden, war groß.

Die Anzahl der Menschen, die in der Extremadura an diesem Keim oder der Spore gestorben waren, blieb nahe der völligen Bedeutungslosigkeit.

Der Umstand, daß die Gefährtin de Rochemonts – die offen-

sichtlich seit der pubescentia, *also dem Zeitpunkt, an dem Knaben zeugungsfähig und Mädchen empfängnisfähig wurden, die Sporenträgerin war – versuchen würde, Hilfe in Beauvallon zu bekommen, wog einen positronischen Hauch schwerer. Es blieb nicht auszuschließen, errechnete Rico, daß sich entlang ihres Weges die Todesfälle häuften, denn nicht nur das hochinfektiöse Blut oder geschlechtlicher Kontakt steckten an, sondern auch winzige Verletzungen oder die gemeinsame Benutzung von Trinkgefäßen mit schartigen Rändern. Diese Überlegungen entsprachen nicht Ricos augenblicklichen Feststellungen, sondern waren extrapoliert und aus den Beobachtungen einiger Jahrhunderte zusammengetragen.*

Eine Seuchenträgerin im Dorf Beauvallon – eine Vorstellung, die Atlan dazu bringen würde, sich aufwecken zu lassen.

Noch war es nicht soweit, errechnete Rico. Er würde jener etwa zweiundzwanzigjährigen Frau Graciana de Carvajal y Lopez notwendigerweise mehr Aufmerksamkeit schenken und die Spionsonde entsprechend steuern müssen. Rico gab lautlos das positronische Äquivalent eines Seufzers von sich und widmete sich anderen seiner vielen Aufgaben.

Als der Schnee geschmolzen und die Erde nicht mehr gefroren waren, im Frühling Anno Domini 1649, begruben wir Gaspard de Rochemont neben dem steinernen Sitz. Noch nie war im Dörfchen und in der Casa Carvajal so viel geweint und geklagt worden. Ich war mit meinen Gedanken ganz allein und, in schlaflosen Nächten, allein auf den verborgenen Wegen nach Beauvallon.

Der Tag meines Abschieds kam näher.

8.
Gracianas Weg

Nächtelang redeten Mutter und ich über Vergangenes, Gegenwärtiges und Zukünftiges. Nur langsam schmolz das Eis in meinem Herzen; einen Monat lang war ich, schwarzgekleidet und schweigsam, wie eine verstörte Betrunkene umhergegangen, deren einzige Stütze weggebrochen war. Ich mußte versprechen, zurückzukommen, wenn ich geheilt war. Überdies glaubte Mutter Ysabel weder an die Wunder, die Atlan bewirken konnte, noch daran, daß ich lebend Beauvallon erreichte.

Modesto, mein braver, tüchtiger Bruder, der von Gaspard und Mutter gelernt hatte, den Gutshof zu verwalten, ihn bedauerte ich. Es war viel zu viel, es wog viel zu schwer, was er auf seinen Schultern zu tragen hatte, die noch nicht die Schultern eines erwachsenen Mannes waren. Gaspard fehlte uns allen. In jedem Winkel spürte man, daß er fort war.

Ich befolgte jeden Rat, den mir Gaspard gegeben hatte. Zuerst lernte ich beim Schmied, wie ein Pferd zu beschlagen war und kaufte ihm ein paar Hufeisen ab; mit scharf geschliffenen Kanten waren sie zudem gefährliche Schleuderwaffen. Ich suchte zwei Pferde aus, die ich an mich gewöhnte und ließ sie besonders gut füttern. Ich schnitt mein Haar ab und trug es wie ein Mann der Extremadura, lernte in ledernen Reiterhosen zu gehen und prüfte alle Waffen Gaspards. Alles, was ich brauchte, mußte in zwei geräumigen Satteltaschen Platz finden, denn vielleicht mußte ich das Saumtier mitsamt dem Gepäck zurücklassen – wenn ich unvermittelt flüchten mußte. Gaspards Sattel war längst wiederhergestellt worden; ich nahm sein Zaumzeug, seine Sporen und, als Ersatz, seine kniehohen Reiterstiefel. Wenn ich nicht schlafen konnte, wiederholte ich seine Anweisungen, mit deren Hilfe ich den langen, schwierigen Weg nach Beauvallon finden sollte, ohne mich mehr als nötig zu verirren.

Trockenes Pulver, gegossene Bleigeschosse, beide Reiterpistolen, Dolch, Degen und Säbel, Messer in den Stiefelschäften, das Amulett und, im Gürtel, in den Stiefelsäumen und an anderen Stellen versteckt, wenige Gold- und viele Silber- und Kupfermünzen – immer wieder prüfte ich, ob ich nichts vergessen hatte.

Nach all dem vielen Reden, viel vergossenen Tränen und vielen Versuchen, mich zurückzuhalten, sattelte ich in der Nacht des vollen Mondes eine Stunde vor Sonnenaufgang den Rappen, wuchtete die Packen auf den Rücken des Apfelschimmels und verließ langsam Casa Carvajal. In halber Dunkelheit trabte ich durchs Dörfchen, und als mich die Sonne blendete, war ich schon zwischen den Feldern. Ich drehte mich im Sattel um und sah lange auf die Mauern und Dächer unseres Gutshofes; vor mir lagen ungefähr sieben Tagesritte auf guten, ungefährlichen Straßen, die nach Avila und Segovia führten.

In meinem ganzen Leben war ich nie weiter als bis Segovia gekommen.

Ich, jetzt Garcia de Carvajal, ein Mann, den es nicht gab, ein Reiter, der bemüht war, niemandem aufzufallen.

Vielleicht einen Monat, nachdem ich unseren Besitz verlassen hatte, nördlich von Coca und nahe des Flusses Duera, zügelte ich den Apfelschimmel und betrachtete die schmale, von Löchern übersäte Straße, die sich in Windungen im Norden verlor. Manchmal, wenn ich im Sattel ein wenig träumte, war es, als würde Gaspard neben mir reiten und zu mir sprechen und mir raten, was ich tun mußte. Bisher war ich nicht angegriffen, nicht überfallen worden, niemand hatte versucht, mich zu betrügen oder zu bestehlen. Mein Ritt führte durch leeres Land und, im Umkreis der Weiler, Dörfchen und Städte, durch Felder und Äcker, auf denen Bauern und Knechte arbeiteten. Meist schlief ich in Scheunen von Gutshöfen; den Besitzern sagte ich, ich sei auf dem Weg nach Santander, um dort die Soldaten auf einem königlichen Schiff zu befehligen.

Heute war das Bedürfnis nach einem Bad und einem tiefen, ungestörten Schlaf übermächtig geworden. Man hatte mir gesagt, daß viele Bäche zum Duero führten, und daß die Brücke bei Valladolid vom Hochwasser zerstört worden war – eine Furt gab es weit flußaufwärts.

»Weiter!« sagte ich. Ich war zwei Stunden Schritt und Trab außerhalb des Dörfchens, und links von mir, zwischen Bäumen und Monte-bajo-Gestrüpp, weidete eine große Schafherde. Sie hatte die Invernadero, die Winterweide, verlassen und zog zu den Sommerweiden, die wir Agostaderos nannten. Ich ritt hinunter zur Straße, trabte an und folgte den Windungen, später einem Schafs- oder Ziegenpfad, bis ich den schmalen Streifen des wirklich hohen Uferwaldes vor mir sah.

Ich schien allein zu sein. Fernes Hundegebell, tausend zwitschernde Vögel, Habichte und Sperber hoch in der Luft, unter den weißen Wolken. Die Nachmittagshitze trieb mir und den Pferden den Schweiß aus der Haut; meine Lederkleidung begann zu stinken.

Ich achtete, als ich am Waldrand entlangritt, auf jedes noch so kleine Zeichen. Es gab keine Hufspuren, ich vermochte keinen kalten Rauch zu schmecken, ich hörte weder Axtschläge noch Pferdewiehern oder menschliche Stimmen. Eine halbe Stunde später vernahm ich das leise Plätschern des Bachs und fand eine Stelle, an der ich, ohne aus dem Sattel steigen zu müssen, in den Uferwald hineinreiten konnte, zwischen die höheren Gewächse des Monte alto.

In all den Tagen hatte ich nur hilfsbereite, wenn auch mißtrauische Menschen getroffen. Katalonien, das von der Krone abgefallen war, der Krieg gegen die Niederlande, schließlich deren Anerkennung im vergangenen Jahr, all das hatte zur Folge, daß sich Heerhaufen auflösten und einzelne Söldner oder Gruppen von Kriegsknechten durch das Land streiften, und nicht nur durch Spanien. Man redete von Räubern und Überfällen, fürchtete sie, aber weit außerhalb der großen Städte war das Land einsam, arm und oft noch in dem Zustand, wie Cervantes es beschrieben hatte.

Die dämmerige Kühle eines wild wachsenden Waldes nahm mich auf. Ein lehmiger Pfad, ohne Hufspuren, führte tiefer hinein, und mit jedem Schritt kam ich näher an den Bachrand. Nachdem ich im Bachbett der Strömung gefolgt war, weitete sich eine Lichtung, der Bach wurde breiter und tiefer, und ich sah das zerfallene Gemäuer einer Mühle – oder eines anderen Hauses, dessen Zweck ich nicht mehr recht erkannte. Ich hielt die Pferde, die saufen wollten, mit hartem Zügelzug an und lauschte.

»Wenn sich hier jemand versteckt«, murmelte ich, »dann tat er's gründlich.«

Ich zwang den Schimmel den Hang hinauf, stieg ab und wickelte den Zügel um einen Ast, zog die schwere Waffe und spannte den Hahn.

Fast ohne Geräusche durchsuchte ich die Ruine. Seit etlichen Monaten hatte hier niemand Schutz gesucht. Rund um die Fundamente wuchs saftiges Gras.

Ich umrundete die dachlose Ruine dreimal, in immer größeren Kreisen. Ohne Zweifel: Meine Reittiere und ich würden eine ruhige Nacht verbringen können.

Ich sattelte den Schimmel ab, nahm die Lasten vom Rükken des Rappen, versteckte beides neben dem zerfallenen Eingang und nahm die Trensen aus den Mäulern der Pferde. Ich zog die Stiefel aus, schlüpfte in Sandalen und führte die

Tiere zur tiefsten Stelle, an der sich das Wasser vor einer gebrochenen Dammauer schäumend staute.

Während sie soffen und ich sie wusch und striegelte, hielt ich immer wieder inne und lauschte. Fünf Schritte entfernt lagen beide Pistolen mit gespannten Hähnen und der Säbel auf einer zusammengefalteten Decke. Nichts. Kein Vogelschwarm, der erschreckt und zeternd aufflog. Keine anderen Geräusche als das Plätschern des klaren Wassers.

Ich untersuchte und reinigte die Hufe, trug an wenigen aufgescheuerten Stellen auf den Rücken und den Flanken der Tiere grüne Salbe auf, klaubte Kletten aus Mähnen und Schwänzen und bürstete die langen Haare glatt. Ich war mit Pferden und wilden Ritten aufgewachsen; ich sah, daß die Tiere gut im Futter standen und ich sie nicht überanstrengt hatte. Nicht einmal die Hufeisen waren über Gebühr abgeschliffen. Eine Stunde später führte ich die Tiere den Hang hinauf und ließ sie neben der sonnenbeschienenen, moosüberwucherten Giebelmauer weiden.

Ich wartete, bis sich das Bachwasser wieder geklärt hatte, mischte sauer gewordenen Wein mit kaltem Wasser und trank, füllte die beiden Ziegenbälge, schnitt Scheiben vom Schafskäse und aß Fladenbrot und geräucherten *Jamón*. Die Sonne verschwand hinter den Wipfeln der höchsten Bäume, und ich entschloß mich, das Wagnis einzugehen.

Zuerst wusch ich, so gut es ging, den Schmutz aus den Satteldecken, wrang sie aus und legte sie zum Trocknen über ein Mäuerchen. Ich reinigte meine Reiterstiefel, schlüpfte aus der nassen Hose und vergewisserte mich, daß die Pistolen in Reichweite lagen und der Säbel an anderer Stelle im weichen Boden steckte. Dann zog ich das Wams und das Hemd aus und wickelte die verschwitzten Binden, die nach kaltem Schweiß stanken, von den Brüsten. Als nach einigen tiefen Atemzügen die Erleichterung vergangen war, wünschte ich, Gaspard würde meine Brust streicheln und küssen.

Kurz drauf war ich im Wasser, wusch mein kurzes Haar, rieb und scheuerte, immer wieder prustend untertauchend, meine Haut, bis sie sich rot färbte. Scharf zeichneten sich die sonnengebräunten Stellen ab, und ich ging mit dem Klumpen »Sauberfett«, das Gaspard aus Fettabfällen und einem geheimnisvollen Gesteinsmehl hatte kochen lassen, sorgsam um. Die Sonne trocknete mich, und das Gefühl, zwischen den Zehen und in der Sitzspalte wüchse kitzelndes Moos, war völlig vergangen.

Mit Olivenöl, in dem verschiedene Kräuter ein halbes Jahr lang eingetaucht gewesen waren, knetete ich meine Haut und verschloß das Gefäß sorgfältig. Die Reiterhosen waren getrocknet, die Stiefel auch, ruhig grasten die Pferde, und im handtellergroßen Spiegel sah ich mein Gesicht und erkannte mich kaum wieder. Mehr und mehr ähnelte ich jenem Garcia, der auf dem Weg ins fremde Frankreich war.

Dies alles und noch vieles mehr hatte ich von meinem Liebsten gelernt. Es war nicht so sehr der richtige und zielstrebige Umgang mit Ausrüstung, Tieren und Waffen, sondern der unbedingte Wille, mich nicht zu vertrödeln, nicht zu träumen und mich nicht gehenzulassen. Der Einzelne, hatte er immer wieder gedrängt, ist nur dann hilflos und der Gefahr ausgeliefert, wenn er Fehler gemacht hat, die er hätte vermeiden können. Äußerste Wachsamkeit war bei jedem Atemzug gefordert.

»Erst in Beauvallon, bei Ciron und Atlan, kannst du dich fühlen wie im Schoß Abrahams«, hatte er lächelnd gesagt, und seine schönen grauen Augen hatten gestrahlt.

Ich wischte ein paar Tränen weg und schlief eine Stunde, überlegte lange, ob ich ein Feuer anfachen sollte, entschied mich aber dagegen. Die Pferde fraßen, tappten ab und zu zum Bachrand und soffen, und ich bereitete mir aus trockenem Laub, Moospolstern und frischen Zweigen ein Nachtlager im Inneren der Ruine. Hinter einer halbhohen, bröckligen Mauer, von der aus ich den einzigen Eingang sehen konnte, legte ich den Sattel und die Packen ab, entnahm der Satteltasche die lange Lederkordel und spannte sie, so weit sie reichte, als Stolperfalle aus. Einen zweiten, größeren Raum befreite ich oberflächlich von modernden Balken und Abfall; dorthin würde ich nachts die Pferde führen.

Ein wenig später hängte ich das Säbelgeschirr um, steckte die Pistolen in den Gürtel und unternahm ohne jede Eile einen Rundgang um dieses Gebäude mitten in der Einsamkeit. Ich stieß nach vielleicht dreihundert Schritten am Hang des Bachs auf zwei gemauerte, halb zusammengebrochene Pfeiler und auf einen dritten, am gegenüberliegenden Ufer; vor vielen Jahren hatte der Bach so viel Wasser geführt, daß man eine Brücke errichtet hatte.

Sie verfiel, als der Bach und seine Quellen weniger Wasser führten oder versiegten, wie so viele Brunnen dieses Landes. Aber wo eine Brücke stand, gab es auch Straßen, von denen es in meiner Nähe nichts mehr zu sehen gab. Dennoch, sagte ich mir, auf jeder Straße findet sich jemand, der sie benutzt, und sei sie noch so erbärmlich. Ich war das beste Beispiel dafür.

Die Pferdedecken und meine Brustbinden waren ebenso getrocknet wie das Hemd und die Tücher. Ich brachte sie in Sicherheit, aß und trank und holte, als es dunkelte, die Pferde zwischen die muffigen Mauern.

Während ich auf den Schlaf wartete, oder auf ein Geräusch, das nach Gefahr klang, gingen meine Gedanken seltsame Wege. Nach Gaspards Schilderung hatte ich ein Viertel, jedenfalls nicht mehr als ein schwaches Drittel des Wegs nach Beauvallon zurückgelegt. Jenseits der Provinzen Navarra und Katalonien sperrten die unbezwingbaren Berge des Pyrenäengebirges die Grenze zu Frankreich. Ich wollte sie vor Beginn des Winters erreichen – oder in Pamplona oder San Sebastián um irgend eine Arbeit nachsuchen.

Ich nahm das Amulett ab, drückte auf den Rand und auf eine der eingeätzten Teile und hielt die kleine Scheibe vor das Auge. Jedesmal, wenn ich mich in dem lautlosen Wunder verlor, sah ich andere Bilder. Heute vermochte ich weder Katalonien noch das Meer oder gar einen Gebirgspaß zu erkennen. Einmal, als ich ein weißes Städtchen mit rotbraunen Dächern sah, das sich auf einem bewaldeten Hügel lagerte, glaubte ich zu hören: *Reite ins herrliche Arcanjuiz, Fremder!* Ich wollte nicht dorthin, und so gab ich das Suchen nach Ratschlägen und Straßen auf, schob das Amulett ins Hemd zurück und schlief ein.

Einmal weckte mich ein Käuzchenruf. Ein zweites Mal wurde ich wach, als eine Eule ein kleines Tier schlug, das erbärmlich schrie. Vor dem Morgengrauen, als der volle Mond mit eisig weißem Licht zwischen den Mauerresten auf mich herunter leuchtete, rannte grunzend und schmatzend eine Rotte Wildschweine durch den Bach.

Jedesmal fand ich mit einem Griff den Knauf der Pistole und den Griff des Säbels neben mir. Ich schlief wieder ein und erwachte erst eine Stunde nach Sonnenaufgang.

Abermals eine Stunde später saß ich im Sattel des Rappen und ritt auf dem Pfad, den ich gestern genommen hatte, wieder in die Wirklichkeit meines Vorhabens hinaus.

Um Mittag herum flogen vor mir zwei Geier auf. Ein halbes Dutzend Aasvögel kreiste hoch über einem Tal voller Buschwerk, das von der schrundigen Sandstraße durchquert wurde. Seit drei Tagen war mir auf diesem Weg nicht eine Menschenseele begegnet. Der Mittelpunkt des Kreises, den die Aasgeier beschrieben, befand sich in diesem Gestrüpp.

Ich wandte an, was mich Gaspard gelehrt hatte.

Ich ritt an und lenkte die Pferde in leichtem Trab nach links, in ein Gebiet aus braunem Gras, Felsen und kargen Büschen, die der Windschliff zu seltsamen Figuren verformt hatte. In einem weiten Halbkreis, so gut wie irgend möglich versteckt, ritt ich zwischen wilden Ölbäumen und Corbezuol-Erdbeersträuchern auf die Stelle zu, an der die Straße wieder aus dem übermannshohen Gebüsch herausführte.

Ich lockerte die Waffen in den langen Lederhüllen, zog den Säbel eine Handbreit heraus und sicherte meine Stiefel in den Steigbügeln. Einige Atemzüge später hörte ich Pferde wiehern, einen Schrei, einen zweiten, einen Fluch, dann nur noch das hastige Prusten meiner Tiere. Ich stob über eine Sandfläche und hoffte, daß niemand den Hufschlag hörte.

Rechts öffnete sich im Gestrüpp ein breiter Durchlaß. Vor kurzer Zeit hatte ein Brand alle Gewächse vernichtet. Ich sah ein wildes Durcheinander von Pferden, kämpfenden Männern, blitzenden Waffen und einigen rennenden Frauen oder Mädchen. Der Rappe stieg hoch, ich riß ihn herum und setzte die Sporen ein. Ich galoppierte, das Saumpferd an meine rechte Seite zerrend, auf die Kämpfenden zu. Eine männliche Stimme brüllte:

»Hierher, Hidalgo! Helft uns!«

Mein Strohhut wehte davon. Die Pferdehufe wirbelten ebenso wie die Stiefel der Kämpfenden graue Aschewolken auf. Ein Mann, ähnlich gekleidet wie ich, kämpfte mit einem Säbel, einen kurzen Stoßdegen in der Linken, gegen drei Männer, die in abgerissene, einstmals teure Jacken und Hosen gehüllt waren. Ich ließ die Zügel los, zog die Waffe, spannte den Hahn und visierte über den langen Lauf den Mann an, der mit einer Lanze auf den Gutgekleideten eindrang. Ich hoffte, daß meine Stimme tief genug klang, als ich schrie:

»Zurück!« Ein Pferd mit durchgeschnittenem Hals lag in einer Blutlache auf der Straße und zuckte mit den Läufen. Einer der Angreifer wandte sich herum und rannte mit einer langstieligen Axt auf mich zu. Ich rief:

»Aus dem Weg! Laß die Axt fallen!«

Er sprang zur Seite und führte, wie ich erwartet hatte,

jenen waagrechten Hieb, der mich in die Brust treffen und aus dem Sattel schleudern sollte. Aus einer Entfernung von zwanzig Schritt feuerte ich die Reiterpistole ab, ritt durch die Wolke beißenden Pulverdampfes und sah, daß ich den Mann mit der Axt in den Kopf getroffen hatte; sein Körper überschlug sich halb und wurde fünf Ellen weit in die Büsche geschleudert.

Mit zwei kurzen Bewegungen hob ich die andere Waffe, schob die leergeschossene zurück und spannte den Hahn, während ich den langen Lauf herumschwenkte und den Lanzenträger in die Brust schoß. Er stolperte mit verdrehten Beinen zur Seite und fiel in einen aufstiebenden Aschehaufen.

Mit der Linken zog ich den Säbel, die Pistole rutschte in die Schutzhülle, und ich schlug mit der flachen Hand auf die Kruppe des Schimmels. Er galoppierte geradeaus und rammte einen Mann um. Der Rappe unter mir bäumte sich wieder auf; mein Blick glitt über den Kampfplatz. Als ich nach rechts blickte, stieß der junge Soldat oder Edelmann einem Angreifer das kurze Rapier ins Herz und sprang, den Arm ausgestreckt, zurück.

»Gesindel!« keuchte er. »Ist noch einer übrig?«

Ich ritt langsam auf ihn zu. Der Schimmel stand am Straßenrand und fraß Blätter von einem Busch. Neben seinen Hinterläufen lag ein Mann, dessen Beine offensichtlich gebrochen waren, wahrscheinlich hatte der Zusammenprall seine Schulter geprellt. Er zitterte und stöhnte, während ich das Pferd vor dem Mann anhielt und aus dem Sattel glitt.

»Garcia de Yuste, zu Diensten«, sagte ich. »Vier gegen Euch; ein ungerechtes Verhältnis. Was ist geschehen?«

»Geht ein paar Schritte geradeaus, Herr Garcia«, sagte er und wischte mit einigen Blättern das Blut vom Stichdegen. »Da seht Ihr, was die Schurken angerichtet haben. Ich bin Federico de Ayala, Söldner eines Kaufmanns.«

Ich nickte ihm zu und ging auf der Straße in die Richtung, in die er deutete. Eine ältere Frau mit, vermutlich, zwei Töchtern, rannte auf Federico zu. Ein nackter Körper mit tiefen Wunden in den Beinen hing kopfunter an einer Krüppelpinie. Ich folgte dem durchdringenden Summen, hob den Blick zu den kreisenden Geiern und zuckte zusammen. Ich machte ein paar zögernde Schritte und begann das schaurige Bild in allen seinen Einzelheiten zu erfassen. Etwas Kaltes legte sich auf die Haut zwischen meinen Schulterblättern, die Härchen meiner Arme stellten sich auf.

In meinem Rücken rief Federico im Tonfall tiefsten, kältesten Zorns:

»Unser Diener. Seit zwanzig Jahren in unserem Haus. Er sollte in Burgos Quartier für uns machen. Damit haben sie uns gezwungen, anzuhalten und abzusteigen.«

Der nackte Leichnam eines vielleicht fünfzigjährigen, grauhaarigen Mannes, dem man einen langen Nagel durch beide Fußgelenke getrieben hatte, war mit beiden Armen an die untersten Äste angebunden. Von der Kehle bis zur Scham klaffte der Leib auseinander. Gedärme und Organe lagen, von Tausenden glänzender Schmeißfliegen umschwärmt in einer längst getrockneten Blutlache. Die Sandkörner trugen einen rostroten Überzug, und ich sah an vielen Stellen der Haut die Spuren eines breiten, glühend gemachten Dolches.

Ich wandte mich schaudernd ab, suchte in der Asche meinen Hut und klopfte ihn ab.

O Krieg, o Spanien, o Armut, die zum Verbrechen führt, dachte ich. *Was tut der Mensch dem Menschen an!* Was bringt mich, eine junge Frau, dazu, zwei Männer zu töten, ohne lange nachzudenken? Hatte ich auch dies von meinem Liebsten gelernt? Oder war ich zum Teil einer Gemeinschaft geworden, die brüchig und voller Löcher war, in der alle Formen von Verbrechen und Tod als gewohnte Bestandteile des allgemeinen Lebens begriffen wurden? Jeder Herrscher, dachte ich, ohne davon überzeugt zu sein, schickte Tausende und Zehntausende in Kriege, die niemand wollte und die keinem nützen … es waren richtige Gedanken zum falschen Zeitpunkt. Ich drehte mich um.

»Sie haben Euren Diener abgefangen, gemartert und ausgeplündert«, sagte ich und schob meinen Hut in die Stirn. »Sucht bei den Toten nach Eurem Geld und fangt Eure Pferde ein. Und, wie das Schicksal spielt, führt mich mein Weg auch nach Burgos.«

Federico de Ayala nickte, blieb nachdenklich neben dem Mann mit den gebrochenen Knochen stehen und zog einen langen, juwelenverzierten Dolch. Die Frau, die ich für seine Gattin hielt, näherte sich dem Wimmernden, raffte ihre Röcke und trat ihm aufkreischend mit einem spitzen Reiterinnenstiefel und mit aller Kraft zwischen die Beine. Mich schauerte; ich erstarrte, als der Getretene schrill aufheulte und, wie ein blinder Bachkrebs, zur Seite kroch, um den Schmerzen zu entkommen.

Mache die Probleme anderer Menschen niemals zu deinen, wenn du nicht völlig Herrin der Lage bist! hatte mich Gaspard gelehrt. *Sei hilfreich, versichere dich ihres Dankes, aber geh deiner eigenen Wege. Wenn sie etwas taugen, laufen sie dir nach.*

Ich verdrückte ein karges Lächeln, begann meine Pistolen zu laden und band den Stoßzügel des Saumtiers an den Sattel. Der Landedelmann hatte sich nicht einmal bedankt. Als ich den Fuß in den Steigbügel stellte, sah ich, wie die drei Frauen die Räuber ausplünderten und wie Federico mit einer fachmännischen, fast gleichgültigen Bewegung dem letzten Überlebenden die Kehle aufschnitt, von einem Ohr zum anderen.

»Virgen de Montserrat!« keuchte ich. »Hilf mir, Liebster. Blut. Wieder Blut. Überall Blut. Wie entkomme ich diesem flutenden Meer aus geschliffenen Schneiden und Bächen aus Blut?«

Ich steckte die geladenen Pistolen, ohne die Hähne zu spannen, in die schlanken Ledertüllen. Über den Rücken des Rappen – die Geier kreisten noch immer; ihre Zahl hatte sich erhöht – blickte ich in Federicos hochrotes, verzerrtes Gesicht.

»Ich glaube, ich reite allein zur Furt. Wenn Euer Kaufherr bewaffnete Begleitung durchs Gebirge braucht ... Ihr findet mich in Burgos. Dort, wo wenig Blut fließt.« Ich hob den Arm und zwang mich zu einem Lächeln. »Bei den Jesuiten oder als Helferlein bei einem anderen Orden.«

Ich schwang mich in den Sattel, hob den Zügel und kitzelte das Reittier mit den Rädersporen. In kräftesparendem Trab ritt ich an dem ausgeweideten Diener vorbei und zwang mich dazu, alles, was ich erlebt hatte, in Ruhe zu überdenken; viel später.

In einem ärmlichen Gasthof, in dem ich der einzige Fremde war, bekam ich ein einfaches Essen und Wein, der seinen Namen verdiente. Der Kampf mit den Wegelagerern hatte mir zweierlei gezeigt: Von Gaspard hatte ich gelernt, wie ich kämpfen mußte, um weiterzuleben. Mein Entsetzen darüber, daß ich zwei Menschen getötet und den geschundenen Mann gesehen hatte, schien vergangen zu sein. Über das wirkliche Leben außerhalb des Schutzes eines Gutshofs mußte ich noch viel lernen.

Ich versperrte die Tür, legte meine Waffen zurecht und lockerte die Binden über meiner Brust. Niemand störte meinen Schlaf.

9.
Gefahr für Atlan?

Bewegungslos stand der Roboter vor einem der Schaltpulte, deren Instrumentarium die Spionsonden steuerte. Rico berechnete verschiedene Szenarien und spielte sie bis zur letzten Konsequenz durch. In einer Nacht, in der die Sonde an einer anderen Stelle geschwebt war, verschwand Graciana de Carvajal plötzlich. Als kurze Zeit später das Gerät Kreise um den Gutshof zog, blieb Graciana unauffindbar. Einen Reiter oder gar einen einzelnen Wanderer in diesem unwegsamen Land aufzuspüren, bereitete selbst Ricos hochentwickelter Arkontechnik erhebliche Schwierigkeiten; schließlich trug Graciana keinen Peilsender.

War es vorstellbar, und wenn ja, mit welch hoher Wahrscheinlichkeit, daß Atlan und Graciana zusammentrafen? Die Zentrale Rechenanlage war zu der Feststellung gelangt, daß bisher unbekannte Seuchenkeime aus dem Inneren Afrikas über die mütterliche Linie vererbt worden waren. Es war nicht vorstellbar, daß die Menschen den Mechanismus der Übertragung und Ansteckung begriffen und, wie schon bei der wirkungslosen Bekämpfung der Pest, ein wirksames Medikament gegen die potentielle Seuche fanden, deren Verlauf und wahre Natur nicht einmal Rico und der Zentrale Rechner hatten ermitteln können.

Atlans Zellschwingungsaktivator, errechnete Rico, war ein fragwürdiges Heilmittel gegen eine Spore oder ein Bakterium dieser Art. Die zutreffende Bezeichnung in Latein, der allgemein benutzten Sprache der Wissenschaft und der Kirche, war höchstwahrscheinlich DAS VIRUS.

Der Umstand, daß Gaspard de Rochemont über einen solch langen Zeitraum hinweg nicht infiziert worden war, lag mit ebenso großer Wahrscheinlichkeit daran, daß er sich während seines Aufenthalts in vielen Kriegslagern mit so vielen Krankheiten angesteckt und Abwehrkräfte gegen sie entwickelt hatte. Dies würde bedeuten, daß nicht jeder Mensch in gleichem Maß gefährdet war. Aber vollständige Immunisierung hatte auch Gaspard nicht besessen.

Graciana war, auch nach den objektiven Maßstäben Ricos, eine der schönsten Frauen, deren Bilder je in seinen Speichern gelagert worden waren. Die Begeisterung, um nicht zu sagen: Leidenschaft des Kristallprinzen für schöne, selbstbewußte Frauen kannte Roboter Rico seit mehr als neun Jahrtausenden. Noch war Atlan ungefährdet; friedlich ruhte er im Kältetiefschlaf. Rico errechnete auch für die Unterbrechung der geplanten Schlafperiode eine sehr hohe Wahrscheinlichkeit: Zu viele Freunde hatte der Arkonide zurückgelassen, nicht nur in Britannien und Frankreich. Die Anweisung an Rico, der einige von ihnen beobachtete, lautete, Atlan zu wecken, wenn bestimmte Parameter gegeben waren.

Rico erwachte aus seiner Reglosigkeit. Das schwache Signal des Rochemont-Medaillons wurde von der umherstreifenden Sonde angemessen. Rico definierte auf der Karte des Landes den Standort, steuerte die Sonde durch die nächtliche Dunkelheit und fand nach kurzer Zeit die schlafende Graciana.

Dreizehn Stunden später beobachtete er den Kampf und stellte mit gewisser positronischer Verblüffung fest, daß Graciana ihr Aussehen drastisch verändert hatte und sich Garcia nannte.

»Eines ist zum gegenwärtigen Zeitpunkt sicher«, sagte der Robot mit seiner volltönenden Stimme in die Stille des Kontrollraums, »Garcia-Graciana, eine junge Person von erstaunlicher Zielstrebigkeit, ist auf dem Weg nach Beauvallon ein gutes Stück vorangekommen. In Maske, Arkonide, du Meister der Masken. Dein Schlaf sollte beginnen unruhig zu werden, Kristallprinz.«

Rico schwieg und nahm an den Optiken der Sonde einige

Feineinstellungen vor. Wenige Sektoren seiner Kapazität beschäftigten sich mit den Bildern aus den letzten Tagen der verheerenden Kriege und Atlans letztem Aufenthalt im Kreis der wenigen extraterrestrischen Überlebenden.

Was wußte ich über dieses Gebirge, das angeblich über dreihundert Meilen lang und bis zu 6000 Ellen hoch war? Im Westen, dem Meer zu, nahe Bilbao im Baskenland und Pamplona in der Provinz Navarra, war die mächtige natürliche Grenze zwischen Spanien und Frankreich am leichtesten zu überqueren. Das wußten seit Jahrhunderten die Heerführer, die Händler und die Straßenräuber.

Die Mönche zu San Sebastian, bei denen ich meine Pferde untergestellt und dafür – und für ein wenig mehr als Gotteslohn – als Stallknecht gearbeitet hatte, hatten mich viel gelehrt. Besser: Sie hatten mich über vieles belehrt.

Dank der Stallarbeit waren meine Muskeln hart wie Eisen, aber mein Körper war nicht zu einem männlichen Körper geworden. Ich spürte dies in jeder der Nächte, in der ich mich unruhig nach der Umarmung eines Mannes sehnte.

»Die Kaufleute bleiben bis Bayonne zusammen«, sagte Gringeure, der Vertrauensmann der zwei Dutzend Händler. »Dort teilt sich der Zug. Die Hälfte der Waren geht nach Bordeaux. Kannst du Französisch, Garcia?«

»Nicht besonders gut.« Ich hatte meine Schläfenhaare, die Augenhöhlen und die Lider mit Pflanzensaft grau gefärbt. Gringeure, braungebrannt und grünäugig, meinte, ich sähe aus wie ein Mann, der bald zu sterben beabsichtigte, nur sei ich dafür viel zu jung. Wir hatten die Pferde auf einem Hügel angehalten und beobachteten die schmale Straße, auf der sich die Spitze eines langen Zuges schwer beladener Maultiere, Esel und Pferde näherte. Hinter uns und links, bis zum nebligen Horizont, ragten die Berge auf. Auf vielen Gipfeln strahlten große Dreiecke aus Eis oder Schnee. Wahrscheinlich waren wir die letzte Händlerkarawane, die sich von Süd nach Nord durch die Quertäler wagte: Der Herbst und der gefürchtete Winter begannen hier früher als in der Mitte Spaniens.

»Kennst du Toulouse und Le Puy?« fragte ich. »Drüben in Frankreich.«

»Die Namen hab' ich schon gehört. Mehr weiß ich nicht«, sagte Gringeure und beschattete die Augen mit der flachen Hand. Er spähte umher wie ein Falke; wir hatten auch am zweiten Tag unserer langsamen Wanderung keinen Rauch von Feuern sehen können. Aber hungrige Wegelagerer, wußte jeder, hielten sich meist vorzüglich versteckt und überfielen die Wanderer und Händler selten an Stellen, die von früheren Räubereien bekannt waren. Gringeure, ein hochgewachsener Mann, der sein graues Haar zum Nackenzopf geflochten trug, zeigte auf den nächsten, von dichtem Wald bestandenen Taleinschnitt und brummte: »Was willst du in Frankreich?«

»Freunde haben mich seit langem eingeladen«, sagte ich und ritt neben ihm mit größter Vorsicht den Hang hinunter. »Sie wohnen an einem Fluß, der Allier heißt.«

Gringeure zuckt mit den Schultern. Auf der Straße, eine halbe Meile vor der Spitze des Zugs, den wir begleiteten und schützten, teilten wir uns. Gringeure ritt rechts der Schlängelstraße durch Gebüsch und dünnen Wald, ich suchte die gegenüberliegende Seite ab. Alle Sinne waren gefordert: vielleicht zog der Geruch kalten Rauchs durch die Büsche, oder ich hörte menschliche Stimmen, verräterisches Knakken oder Klirren von Metall, oder ich sah Spuren, die weder auf Schafhirten noch auf Baumfäller hindeuteten. Den Hahn einer Pistole gespannt, die Zügel so locker, daß sich mein Rappe seinen Weg selbst suchen konnte, ritt ich hoch über dem Lauf der Straße zwischen Felsen und stacheligen Niedergebüsch in nördliche Richtung. Falken standen rüttelnd in der Luft, und die gellenden Schreie der Felsenschwalben hallten zwischen den weißen Findlingen wider.

Die Seite aller hohen Pyrenäenberge, die nach Süden gerichtet war, die spanische Seite also, war so öd und kahl wie geschliffene Schieferplatten. Auf den nördlichen, also französischen Bergflanken wuchsen Wälder von Edelkastanien, Eichen und Buchen, hatten die Kaufleute berichtet. Das Heer eines deutschen Kaisers, dies hingegen hatten die Mönche mir erzählt, war von den Arabern im Tal Roncesvalles vernichtend geschlagen worden, vor vielleicht 900 Jahren. Durch dieses Roncesvalles-Tal führte unsere Straße.

»Hier haben sich keine Räuber versteckt«, sagte ich und klopfte den Hals des Pferdes. Ich hatte nach zwei Stunden mühsamen und deshalb langsamen Ritts in Schlangenlinien eine Felskanzel erreicht, von der aus ich die Straße und das unbewohnte, karge Land neben ihr überschauen konnte. Ich steckte zwei Finger zwischen die Lippen, holte tief Luft und gab Gringeure und den anderen Bewaffneten das verabredete Zeichen.

Der dreifache Pfiff schrillte zwischen den Felsen wider. Einige Atemzüge später antwortete der Anführer auf die gleiche Weise. Ich entspannte die Waffe und ritt hinunter. Der Kaufmannszug wollte abends bei der Quelle rasten, und auch sie war eine Stelle, an der viele Überfälle stattgefunden hatten. In schnellem Trab folgte ich nun der Straße, denn sowohl ich als auch mein abgehetztes Reittier mußten bald Wasser haben.

Ich schob den schwarzen Lederhut in den Nacken und zog die Fangschnur unters Kinn. Die langen Stunden im Sattel verbrachte ich meist damit, über mich und die Welt nachzudenken. Ich war so weit von Casa Carvajal entfernt, so viele Meilen und Monate, daß auch alle Menschen und jene Geschehnisse kleiner geworden waren, die mich vertrieben hatten. Nur an Gaspard dachte ich jeden Tag, und so gut und eng ich mich an seine Ratschläge hielt – an der Wahrheit und Richtigkeit seiner letzten Worte begann ich zu zweifeln.

Wenn jeder, dessen Blut sich mit dem ansteckenden Blut meiner Mutter Ysabel und meinem Blut vermengt hatte, und sei es nur ein einziger Tropfen gewesen, wenn also jeder deswegen an der Blutkrankheit gestorben wäre – dann wäre auch mein Vater letzten Ende daran gestorben und nicht, weil er vom Dachfirst fiel und sich das Rückgrat in drei Stücke brach.

Und was war mit Knechten und Mägden und meinen vielen Altersgenossen? Beim Spielen und Herumtollen hatten wir uns unzählige Male geschnitten, die Haut aufgeschürft, Finger, Knie und Ellbogen blutig geschlagen; jeden Tagen hatten Eltern und Diener unsere kleinen Wunden versorgt. Niemand war am Blutfieber gestorben!

Diese Form der Ansteckung wirkte so ungewiß, so unregelmäßig, in verwirrender Unordentlichkeit. Zwar war ich sicher, Ciron und Atlans Hilfe zu brauchen, aber ebenso drängend wurde das Bedürfnis, mit einem guten Mann eine Liebesnacht zu verbringen.

Ich kannte diesen Drang.

Ich spürte ihn jeden Tag, an dem ich mich zwang, als Mann zu erscheinen. Dadurch, daß ich mein Leben als junge Frau unterdrückte, betonte ich, daß ich eine Frau war. Graciana war es, die ihre Brust flach band, sich zu einem männlichen Gang zwang und mit männlicher Stimme redete.

Jedesmal, wenn ich meinen Körper sah, mit den Spuren der Versuche, seine schlanke Schönheit zu verbergen, überkam mich die fiebrige Sehnsucht nach Gaspards Umarmungen. In der Welt der Männer, in der ich mich bewegte, wäre Graciana augenblicklich verloren gewesen; Garcia aber wirkte meist so abweisend und fremd, das sich weder Männer noch Frauen an mir vergriffen.

Ich war klug und mißtrauisch genug, mir vorstellen zu

können, was geschah, wenn ich irrte, wenn ich Gaspards Ratschläge nicht beachtete oder wenn ich mich von meiner unterdrückten Leidenschaft während dieses langen Ritts verführen ließ.

»Verliere dich nicht«, flüsterte ich mir zu, während ich Gringeures Haltung im Sattel bewunderte. »Vergiß dich nicht, Graciana! Dein Ziel ist noch fast unerreichbar fern.«

Wir schlugen das Lager innerhalb der Mauern, in den Pferchen und rund um die steingefaßte Quelle auf. Ich holte mein Saumtier aus der Menge der Lasttiere heraus, und Gringeure half mir beim Abladen und Absatteln. Dafür striegelte ich sein Pferd und half ihm, die Wachen für die Nacht einzuteilen. Fackeln und wenige Feuer beleuchteten unser Lager. In deren Schein redeten die Kaufleute miteinander und fragten uns, ob die Wahrscheinlichkeit, mitten im Gebirge überfallen zu werden, größer war als während der ersten und der letzten Meilen; ich überließ die Beantwortung Gringeure, der die Straßen und Pässe kannte.

Die Hunde schlugen nicht an, die Fackeln brannten herunter, und jeder Wächter antwortete auf unsere Rufe. Es war keine Nacht für Räuber, aber am Morgen, während des Aufbruchs, stürzten sich eisige Winde von den Bergen.

»Wie viele Tage sind's noch bis Bayonne?«

»Sechs, wenn wir nicht schneller werden«, sagte Gringeure. Er hatte den Mantel umgehängt und den Kragen hochgeschlagen. »Nach dem Aufstieg werden wir sie ein wenig antreiben, die Herren Kaufleute.«

In engen und weiten Windungen führte die Straße zwischen entlaubten Bäumen und einzelnen Felsen aufwärts. Je höher wir auf der schmalen, aber gut befestigten Straße kamen, desto größer wurden die Wolken aus den Nüstern der Pferde und aus unseren Mündern und Nasen. Ich schnallte Gaspards alten, von Mutter geflickten Reitermantel ab, schüttelte ihn aus und hängte ihn über meine Schultern.

»Sieht so aus, als hättest du in diesem Mantel schon nach vielen Kämpfen geschlafen«, sagte Gringeure und betrachtete halb zerschlissene Buchstaben, Zahlen und Zeichen am Kragen und an der Kapuze. »Hast du als Troßjunge so gut reiten und mit den Waffen umzugehen gelernt, Garcia?«

»In der Extremadura, woher ich komme, lernt man auf Ochsen, Stieren, Eseln und Maultieren reiten, bevor man gehen kann«, sagte ich. »Das mit den Waffen und vieles übrige hat mir ein Freund meines Vaters beigebracht. Beide sind tot. Mehr als zwei Räuber habe ich nicht getötet.«

»Mit wie vielen Schüssen?« Er deutete auf die Kolben meiner Pistolen. Ich lächelte, verwandelte das Lächeln in ein schiefes Grinsen und sah das Aufblitzen in seinen Augen.

»Ein Schuß, ein Räuber«, sagte ich. »Vielleicht erzähl ich dir meine Geschichte, wenn wir unversehrt in Bayonne angekommen sind.«

»Ich werde dich nicht drängen, obwohl ...« Er schüttelte den Kopf und gab die Zügel frei. »Sehen wir nach, ob die Schurken am Paß lauern.«

Schräg nebeneinander trabten wir, den Schlangenlinien folgend, die Paßstraße hinauf und beobachteten jeden Punkt der Landschaft. Mitunter, wenn sich breite Grashänge weiteten, würde jedes Reh auffallen, aber zwischen Gebüsch, Felsen und in den Wäldern gab es hundert Verstecke. Gaspard hatte mir von Atlans Falken oder abgerichteten Habichten erzählt, die ihm vorausflogen und ihn auf lautlose, aber untrügliche Weise warnten; solche Vögel brauchte eine Händlerkarawane wie unsere. Aber die wenigen Tiere – Dohlen, Mauersegler, Sperber oder wilde Tauben –, die über dem Tal in der Luft waren, verhielten sich so, als habe niemand sie erschreckt außer uns, den beiden Reitern.

Zwei Stunden danach, auf dampfenden Pferden, erreichten wir den höchsten Punkt der Paßstraße. Gringeure drehte sich um: die Spitze des Zugs, die aus fünf Bewaffneten bestehen sollte, war noch nicht zu sehen. Der eisige Wind trug den Geruch frühen Winters, aber keine anderen Gerüche mit sich.

»Merk's dir, Garcia«, sagte Gringeure leichthin. »Als ich heute durchs Lager ritt und allen gesagt hab, sie sollen so viel Quellwasser mitnehmen, wie sie schleppen können, hast du deine Ziegenbälge gefüllt, ohne zu widersprechen.«

»Caballero! In der Extremadura haben schon Bauern ihre Töchter für Wasser verkauft!«

»Merk's dir«, wiederholte er. »Heut abend werden nur die Tiere saufen. Frisches Wasser – erst morgen mittag. Du weißt, was zu tun ist, wie?«

»Ich gebe mir Mühe«, sagte ich. »Schließlich will ich lebend in Le Puy einreiten.«

»Das ist wahrlich ein weiter Weg.« Er musterte meine Hände, als ich die Handschuhe überstreifte. »Denn alle Städte in der Nähe kenne ich.«

Er senkte den Arm, und wir ritten aus dem winselnden Wind hinaus, der durch die Felsen wie durch ein weit offenes Hoftor blies. Plötzlich begann ich zu ahnen, daß mir Gringeure den jungen Garcia de Carvajal nicht glaubte; hatte er etwa gesehen, was er nicht sehen durfte? Unter dem dürftigen Mantel mit dem neuen Futter wurde mir glühend heiß. Ich ließ Gringeure vorausreiten, bis wir nach weiteren zwölf Dutzend Windungen das halb verfallene Kastell erreichen, das den Reisenden notdürftigen Schutz vor Wind und Räubern, aber kein Wasser bot.

10.
Die Botschaft

Eine positronische Variante eines Zufallsgenerators veranlaßte den arkonidischen Roboter, der sich in der Gestalt und der Kleidung eines gabelbärtigen Gascogners auf den lautlosen Sohlen zweier hervorragender Reiterstiefel-Imitate in der Stille der Schutzkuppel bewegte, eine zusätzliche Kontrolle einzuleiten. Für ihn stand das Ergebnis fest, ehe die Rückmeldungen eintrafen: Beide Frauen und Atlan befanden sich, ohne die geringste Gefährdung, im Kältetiefschlaf, und Atlan wünschte, zu Beginn das Jahrs 1670 geweckt zu werden.

Rico – oder Ciron de Beauvallon-Sagittaire – blieb ruckhaft vor dem Zentralpult stehen, neben dem Spezialsessel, in dem Atlan die ersten bewußten Stunden nach der Aufweckprozedur verbrachte. Die Ausschnittkarte, eine perfekte holografische Wiedergabe des nördlichen Spaniens von der Küste westlich Santiago di Compostelas bis zur Rhônemündung und hinauf bis mitten ins Perigord begann zu blinken, ein Dutzend Male, dann erlosch sie. Mit den Geräuschen von Megamaultrommeln und eines mesopotamischen Tempelgongs erschienen im Holofeld einzelne Buchstaben in zeitgenössischer Mönchsschrift und gliederten sich lärmend zu Worten und Sätzen.

Rico-Cirons Sehlinsen glühten.

Er las und verstand, und seine Positronik wußte: Dies war eine Botschaft, die ES aussandte; ES hatte keinen Zugang zu Atlans Verstand, während er schlief.

HAHA! HIHIHI! UND HOHOHO!

Der Gong löste die Maultrommel ab, die das Äquivalent des gefürchteten ES-Lachens darstellte. Ricos Verstand beschäftigte sich keine Nanosekunde lang mit der Überlegung, daß dieser Humor etwas mit wirklichem Gelächter zu tun hatte. Es war tiefer Ernst von makabrer Art.

UNVERSTÄNDLICH, WARUM ATLAN SO VIEL VON DEINEN FÄHIGKEITEN HÄLT, ROBOT!

CIRON-RICO!

DU BEOBACHTEST, WIE EINE VERZWEIFELTE FRAU, EINE SEUCHEN- ODER VIRUSTRÄGERIN, SICH MIT BARBARISCH-STURER HARTNÄCKIGKEIT EUREM EINZIGEN REFUGIUM NÄHERT!

Jeder Buchstabe ein Gongschlag. Die Arkonstahlträger schienen zu vibrieren. Rico befürchtete, daß dieser organisierte Lärm seine Schutzbefohlenen wecken würde.

ZUFÄLLIG WIDME ICH EINEN TEIL MEINES INTERESSES EUCH, DEM PALADIN DER MENSCHHEIT UND SEINEM MASCHINELLEN HELFER. WAS SEHE ICH? EINE POTENTIELL TÖDLICHE SEUCHE REITET NACH BEAUVALLON. EIN ZUFÄLLIGER KONTAKT, UND DIE BEWOHNER DES GESAMTEN DORFES SIND ANGESTECKT UND STERBEN AUF ÜBERAUS SCHMERZLICHE UND MENSCHENUNWÜRDIGE WEISE. EURE SCHÜTZLINGE!

HABEN DEINE ÜBERLADENEN POSITRONEN NICHT GENÜGEND GRAUSIGE EINZELHEITEN GESAMMELT, ALS DIE PEST BEAUVALLON HEIMSUCHTE?

DU WIRST HANDELN MÜSSEN, RICO!

NOCH IST DIE GEFAHR NICHT AKUT. ENTSCHEIDE DU, OB ATLAN GEWECKT WERDEN MUSS. IN JEDEM FALL MUSST DU VERHINDERN, DASS GRACIANA DE YUSTE Y CARVAJAL Y LOPEZ BEAUVALLON ERREICHT. GLEICHZEITIG

DARFST DU NICHT ZU VIEL EURER TARNUNG AUFDECKEN. DIR WIRD GENÜGEND EINFALLEN.

TROTZDEM: DENKE AN ATLANS FREUNDE. CROMWELL, D'ARTAGNAN UND DIESEN LANGNASIGEN, MIT DEM ER SICH ZWEIFELLOS WIRD DUELLIEREN WOLLEN: CYRANO DE BERGERAC. UND VERGISS NICHT NONFARMALE!

Die schmetternden Gongschläge verhallten. Die stählerne Zarge der Maultrommel sandte Klänge und Schwingungen bis anscheinend zum Fuß des Stahlzylinders.

HIHIHAHOOO ...

Die Schrift verblaßte und verschwand. Übergangslos lieferten die Projektoren wieder die Kartenbilder der Landschaft und die Markierung des Weges, den Graciana zurückgelegt hatte.

Schon als das letzte stählerne Widerhallen sich in den Ebenen der Überlebensanlage verloren hatte, begann Ricos Hochleistungspositronik zu arbeiten. Seit Jahrtausenden darauf selbstprogrammiert, auf der Ebene der barbarischen Menschheit logisch und verständlich operieren zu können, wandte Rico seine Erinnerungen und seine arkonidische Logistik an; oberstes Gebot war, Atlan zu schützen und nur dann – erst! – zu wecken, wenn es unumgänglich war.

Er programmierte zwei Sonden, die weitaus leistungsfähiger waren als die üblichen Geräte, und schleuste sie aus. Als sie, mit noch nicht aktivierten Deflektorschirmen, auf Kurs waren, bereitete Rico sich auf seine transmittergestützte Anwesenheit im Winter 1649 und Frühling 1650 vor.

Je länger der mühsame Marsch oder Ritt dauerte, den nicht weniger als neun Dutzend Tiere und Menschen sich durch die Kälte und über schmale Straßen suchten, vom eisigen Paß der Pyrenäenberge hinunter in die Gascogne Frankreichs, desto sicherer wurde ich, daß mich Gringeure durchschaute. Was seine Welterfahrenheit ausmacht, so glich er dem Unvergeßlichen. Gringeure lachte selten; wenn er dies tat, steckte es jedermann an. Wir gelangten, ohne überfallen zu werden, zwischen die niedrigen Hügel und in die Ebenen vor der Stadt Bayonne, einer Stadt des Handels mit einem gut ausgebauten Hafen und einer Kathedrale, die vor hundert Jahren fertiggebaut worden war.

»Gute Schmiede haben sie in Bayonne«, sagte Gringeure zu mir. »Die Stadt ist reich. Und auch die Räuber, die arm und verzweifelt sind, wissen, daß nur reiche Händler reisen.«

»Es war, so scheint's, kein Herbst für Räuber.« Ich hatte wieder das Pferd gewechselt und ritt den Apfelschimmel. Wieder ritten wir weit vor dem Zug und den andern Bewaffneten. Die Straße, so weit wir ihr schmales Band sehen konnten, beschrieb einen weiten Bogen und endete in einer Brücke. Die Senke, durch die ein Bach murmelte, bestand aus Kieseln und war bis zum Waldrand voller Büsche, durchsetzt von mächtigen Steinbrocken, die so aussahen, als wären sie vor Urzeiten vom scharfen Grat der Bergriesen heruntergepoltert. »Aber ... eine Brücke scheint mir ein guter Platz für einen Hinterhalt zu sein.«

Die Herbsttage waren, nachdem wir die Kälte des Passes überstanden hatten, wieder warm und regenlos. Unsere Mäntel, trocken und zusammengerollt, waren längst wieder hinter den Sätteln festgeschnallt.

»Auch das weißt du von den unzählbar vielen Brücken in der Extremadura?« Gringeure grinste und sah seine Waffen durch. »Sehen wir uns die Brücke an, auf dieselbe Weise, wie's ein Räuber täte.«

»Ich hab's in klugen Büchern gelesen«, sagte ich. »Davon gibt es bei uns mehr als Brücken.«

»Eine gute Antwort.« Bevor er sein Pferd ins Bachbett hinunter lenkte, betrachtete er mein Lederwams, das sich über meinem Oberkörper spannte. Ich fing diesen Blick nicht zum erstenmal auf, aber seltsamerweise befürchtete ich von Gringeure nichts, das mich in Verlegenheit oder Gefahr brachte.

»Sei vorsichtig, Freund«, sagte ich leise. »Wir sind allein.«

Im gleichen Augenblick wieherte irgendwo zwischen den Büschen ein Pferd. Gringeures Tier antwortete. Ich zog beide Pistolen und ritt, während Gringeure sein Pferd spornte und den Hang wieder heraufklettern ließ, langsam auf der Straße weiter. Ich vermochte nur zu erkennen, wie sich an vielen Stellen die Büsche bewegten. Gringeures Tier sprang auf die Straße hinaus, er zog seine Pistole, spannte den Hahn und deutete mit dem Lauf nach hinten, in die Richtung der Kaufleute.

»Wenn sich jemand versteckt, hat er etwas zu verbergen. Gilt immer und für jeden.«

»Recht hast du«, sagte ich. »Tun wir so, als würden wir zur Brücke reiten?«

»Einverstanden. Und im Galopp zurück.«

Schräg zueinander versetzt trabten wir weiter, dem Bogen der Straße folgend. Die Wegelagerer – wenn es denn welche waren – wurden stets nur kurz sichtbar, wenn sie sich aus der Deckung wagten. Viele von ihnen schienen beritten zu sein, was uns sagte, daß es keine Männer waren, die aus bitterer Armut handelten.

Als wir die Brücke sehen konnten, vielleicht eine Viertelmeile entfernt, ritten die ersten Wegelagerer aus dem Bachbett heraus. Zur Brücke aus Holz und Bruchsteinmauern, ungewöhnlich breit und lang, führten bewachsene Straßendämme. Auch die Straße am anderen Ende der Brücke bevölkerte sich mit Reitern. Ich schätzte ihre Zahl auf mehr als zwei Dutzend, also mehr als alle bewaffneten Begleiter unseres Zugs. Wir galoppierten bis auf Schußentfernung an die erste Gruppe heran und zügelten unsere Pferde.

»Kein Zweifel«, sagte Gringeure voller Grimm. »Sie sind keine französischen Grenzwachen. Sieh dir ihre Kleidung an.«

Sie waren mit Musketen, Säbeln, Lanzen und Reiterpistolen bewaffnet. Ihre Pferde waren ungepflegt, die Kleidung zerlumpt und uneinheitlich. Fünf Reiter lösten sich aus der Gruppe und kamen auf uns zu, spornten ihre Pferde zum Galopp und zogen die Waffen.

»Wenn sie uns töten, reiten die anderen mitten in die Falle der Kerle!« rief Gringeure. »Zurückreiten und warnen, ja?«

Ich wartete, den Lauf der Waffe auf dem linken Unterarm aufgelegt. Aus einer der Muskete der Räuber lösten sich ein Schuß und eine weißgraue Wolke aus Pulverdampf. Ich hörte das Geschoß über unseren Köpfen dahinsirren, zielte und zog den Abzug durch.

Meine Kugel traf den vordersten Reiter in den Kopf, riß seinen Körper nach hinten und aus dem Sattel. Das Pferd stieg hoch, wieherte grell und ging durch, galoppierte in unsere Richtung weiter. Zwei Atemzüge später feuerte Gringeure; auch sein Schuß zerfetzte den Kopf eines Mannes und schleuderte den Körper aus dem Sattel. Ich wechselte die Waffe in die rechte Schußhand und zwang mein Pferd mit Schenkeldruck und Sporen, auf dem Platz stehenzubleiben.

Dann feuerte ich zum zweitenmal. Drei Reiter waren nähergekommen und schossen. Keiner von ihnen traf; eine Kugel riß einen langen Streifen Sand aus dem Boden und heulte weiter. Der dritte Reiter warf beide Arme hoch, ließ die Muskete los und kippte im vollen Galopp seitwärts vom Pferd.

Gleichzeitig rissen wir unsere Pferde herum, beugten uns tief neben den Hälsen der Tiere nach vorn und galoppierten an. Das scheuende Pferd der Räuber preschte mit schäumendem Gebiß an uns vorbei. Wir folgten ihm, von Augenblick zu Augenblick schneller werdend, auf der leeren Straße. Gringeure rief herüber:

»Du triffst, als hättest du dein ganzes Leben nichts anderes getan als geschossen.«

Der Hufschlag unserer Tiere wurde lauter und schneller. Ich faßte nach dem Zügel des Räuberpferdes, dessen Flanken die blutigen Spuren der Sporen seines Reiters trug.

»Ich hab' viel geübt«, rief ich ihm zu und sah über die Schulter zurück. »Ich schieße nur, wenn ich sicher bin, daß ich treffe.«

»Seltsame Männer kommen aus der Extremadura, fürwahr!« Wir konnten es wagen, uns aufzurichten. Sechs unserer Bewaffneten kamen uns entgegen und hielten ihre Stoßlanzen senkrecht. Gringeure hob den Arm und winkte, ließ sein Pferd langsamer gehen.

»Nur solche, die sicher sind, daß sie überleben, wagen sich aus der Extremadura heraus.«

Die Räuber hatten sich um die drei Toten versammelt, ihre Anführer verfolgten uns nicht länger. Wir trafen mit unseren Leuten zusammen, und ich sagte laut und befehlend:

»Zurück! Sie sind zahlreicher als wir. Die Packtiere können nicht neben der Brücke durch den Bach. Wir sammeln uns dort vorn.«

Ein Reiter nahm mir die Zügel des schäumenden Pferdes ab, das auskeilte und mit den Augen rollte. Wir trabten in Zweierreihen zu unseren Kaufleuten zurück und hielten sie an einer Stelle der Straße auf, von der aus der halbe Kreis ihres Laufs einzusehen war.

Um Gringeure und mich versammelte sich ein Kreis aufgeregter Wachen und Kaufleute. Während wir die Läufe reinigten und unsere Waffen neu luden, stopften und die Pulverrinnen füllten, rief Gringeure:

»Bereitet euch vor, auf der Brücke die zwei Gruppen der

Räuber zu überrennen. Zuerst alle Lasten festbinden und sichern.«

Er nickte mir zu.

»Wir laden die Arkebusen mit gehacktem Blei und schießen für uns eine Bresche vor und nach der Brücke. Es sind, für einen Kampf Mann gegen Mann, zu viele.«

Die Kaufleute waren verzweifelt, am Ende des langen Rittes, kurz vor den Stadtmauern Bayonnes, gegen eine Schar Räuber kämpfen zu müssen und den Verlust von Leben und Ware zu riskieren.

»Wir führen die Bewaffneten an, ich und Garcia. Ihr müßt die Pferde und die Verwundeten zu beiden Seiten der Straße über den Damm stoßen – oder ins Bachbett. Verstanden?«

Ich trank aus meinem Wasserschlauch und kühlte mein Gesicht mit einem nassen Tuch. Als ich abstieg, um meinen Schimmel saufen zu lassen, sagte er leise:

»Seit der graue Schweiß aus den Haaren und das Grau in deinem Gesicht weg sind, bist du jünger und schöner geworden, Junker Garcia.«

Ich hob den Kopf und starrte auf das schmutzige Tuch, dann zuckte ich mit den Schultern.

»Jeder Kampf macht mich jünger, o Hidalgo«, sagte ich. »Noch ein paar tote Räuber, und ich kann nicht mehr lesen und schreiben.«

Er lachte und gab weitere Befehle und Ratschläge. Unser Kaufmannszug formierte sich um. Während die Sonne in den Nachmittag wanderte und die Schatten länger wurden, luden wir die armdicken Rohre der kleinen Feldschlangen besonders sorgfältig. Die Ladung bestand aus Bleischrot und halbfingergroßen, gezackten Basaltsplittern. Die Wachen zogen die Auflegegabeln aus dem Gepäck der Saumtiere und machten ihre Reiterpistolen bereit. Gringeure bestimmte jeweils zwei Schützen für ein Rohr, ließ zwei Fackeln anzünden und prüfte die Lunten.

Dann ritten wir weiter, insgesamt zehn Männer, die etwas vom Kämpfen verstanden, und dahinter die Kaufleute, die mit einem Vielerlei Waffen mehr schlecht als recht ausgerüstet waren. Als wir den diesseitigen Anfang der Brücke sahen, wartete ein einzelner Reiter auf uns.

»Wartet, bis die anderen auf dem Damm sind«, rief Gringeure. »Garcia und ich reiten zu ihnen. Ich gebe mit dem Tuch ein Zeichen.«

Er knotete sein Halstuch ab und machte es am Lauf der Reiterpistole fest.

»Wenn ich das Tuch schwenke, springen wir rechts und links in den Graben. Und ihr feuert sofort! Zweimal oder dreimal, nicht öfter! Den Rest brauchen wir fürs andere Ende.«

Die Männer schienen verstanden zu haben, wie wir es haben wollten. Gringeure beugte sich aus dem Sattel, schlug mich auf die Schulter und sagte:

»Heut nacht sind wir in Bayonne, im warmen Bad, bei gutem Braten, leckerem Fisch und gutem Wein. Vorwärts, Garcia aus dem kargen Lande!«

Auch unsere acht bewaffneten Begleiter verhielten sich glaubwürdig. Als Gringeure und ich, scheinbar miteinander streitend, auf die Brücke zugaloppierten, näherten sie sich zögernd und, wie es schien, angstvoll. Der einzelne Reiter rief Befehle, und zweimal vier Reiter drängten ihre Pferde den Damm herauf. Ich feuerte, traf einen aufbrüllenden Mann in die Schulter, und als die Räuber zurückschossen, duckten wir uns in einem kurzen Kugelhagel. Wir stürmten vor, ich schoß die zweite Waffe leer und zog den Säbel, und nachdem Gringeure einen Räuber aus dem Sattel geschossen hatte, ritten wir schräg von der Straße hinunter.

Die Schützen sprangen aus den Sätteln, legten die Läufe der Arkebusen in die Gabelungen, zielten und setzten die

Lunten in Brand. Nacheinander dröhnten drei schwere Explosionen auf, eine Rauchwolke brodelte, und die drei Ladungen verwandelten die Gruppe der wartenden Räuber in einen Haufen kreischender, durchgehender und blutender Pferde, schreiender, verwundeter und sterbender Männer und umherfliegender Waffen.

Wir ritten hinter ihnen zum Anfang der Brücke, warteten und luden eine Waffe nach der anderen nach. Einen Angriff wehrte Gringeure mit dem Säbel ab, dann waren unsere Leute heran, gefolgt von den Händlern und den Tieren der Karawane. Sie rammten die Räuber in die Gräben hinunter.

Wenige Atemzüge danach war die Brücke frei – bis zum anderen Ende. Dort wartete ein wild gestikulierender, schreiender Haufen. Gringeure und ich ritten auf die Räuber zu, machten den Arkebusenschützen Platz und hielten uns die Ohren zu.

Wieder hallten die Entladungen der schweren Rohre von den Felsen wider. Der stechende Rauch biß in unsere Nasen und in den Nüstern der Tiere. Wir ritten mit dröhnendem Hufschlag über die Bohlen der Brücke, drängten die Überlebenden einfach an die Seiten und brachen durch. Eine halbe Meile näher zur Stadt galoppierte eine Abteilung französischer Grenztruppen heran, hinter einem knatternden Wimpel an einer Lanze her.

»Wir haben es geschafft!« rief ich.

»Der Lärm der Arkebusen hat die Schlafmützen geweckt.« Gringeure ritt zum Anführer und begrüßte ihn in flüssigem Französisch. »Komm zu uns, Garcia! Wir lassen uns ein wenig als Helden feiern.«

Einige Grenzwächter ritten mit unserem Zug, der größere Teil nahm die verletzten Räuber gefangen und kümmerte sich um Tote und deren Pferde.

Langsam ritten wir hinter dem Zug her.

Morgen oder übermorgen würden uns die Kaufleute auszahlen. Ich hatte ein gutes Handgeld verdient, das mich zusammen mit den versteckten Münzen im Gürtel und den Stiefelschäften gut durch den Winter bringen würde.

»Die Leute in Bayonne werden wohl wissen, ob der Winter in der Gascogne und der Grafschaft Toulouse hart oder mild wird«, sagte ich. »Und wie es ist, wenn man allein nach Le Puy reiten will.«

»Du wirst in den Gasthäusern viele Männer treffen, die es dir sagen können«, antwortete Gringeure. »Nach Bayonne hast du's geschafft. Aber wer will schon allein bis zu einem Ort, den keiner kennt?«

»Ich.« Ich blickte über seine Schulter nach Osten; dorthin, wo die Sonne aufging. »Andere haben den Ritt auch überlebt.«

Er zuckte mit den Schultern und brummte:

»Andere. Du bist nicht andere. Warte, bis du dich einer Gruppe anschließen kannst. Frage erst einmal jeden, der den Weg kennt.«

»Eben das habe ich vor. Kennst du in der Stadt ein Rasthaus, für uns und die Pferde?«

»Ja. *Der Esel und Anker.* Das heißt ... wenn er nicht abgebrannt ist. Für ein Silberstück gibt's ein Bad, eine Mahlzeit, ein Zimmer und einen Platz im Stall.«

Wir verteilten Fackeln und zündeten sie später an. Die Grenzwächter führten uns zur Stadt. Es war Mitternacht, als die Torwachen für uns einen Torflügel öffneten, der mit knarrendem Kreischen aufschwang; der Lärm schien die halbe Einwohnerschaft Bayonnes aufgeweckt zu haben, denn im *Esel und Anker* brannten noch viele Lichter. Die Stadt roch nach heißen Öfen und erkaltendem Eisen und nach dem salzigen Meer; wenigstens dachte ich, daß dies der Hafengeruch sein müsse. Der Vorsteher des Kaufmannszugs bedankte sich, verabschiedete sich für diese Nacht und bat uns, morgen mittags ins Zunfthaus zu kommen. Jedermann würde uns den Weg dorthin zeigen. Wir klopften an das schwere, eisenbeschlagene Tor der Taverne.

Ein Stallbursche versorgte unsere Tiere.

Zwei Knechte schleppten das Gepäck und die Satteltaschen in die Zimmer. Andere Diener schoben frische Kloben ins Feuer, das unter den Wasserkesseln schwelte.

Gringeure verhandelte mit dem Wirt; er verlangte mitten in der Nacht noch kein Geld von uns, nannte aber seine Preise. Wir setzten uns ans Feuer, aßen und tranken und merkten, daß wir nicht nur nach Pferd, sondern nach allem Schmutz eines langen Ritts stanken.

»Ein Bad!« Ich stöhnte und trat einen Stiefel von meinem Fuß, zerrte dann den anderen herunter. »Frische Laken! Keine Wanzen und Flöhe! Ausschlafen ...!«

»Ich schrubbe dir deinen Rücken zuerst, dann schabst du meinen«, sagte Gringeure grinsend. Er hob den Becher und blinzelte mich über dessen Rand an. Ich schüttelte nachdrücklich den Kopf.

»Wir Männer aus dem kargen Land sind scheu«, murmelte ich. »Wir haben keine Flüsse, deswegen haben wir nie gelernt, in Gemeinschaft zu baden.«

»Nun«, sagte er bedächtig und selbstbewußt. »Man wird sehen.«

Ich leerte den Becher, stand auf und winkte einer Magd.

»Hilf mir bitte beim Bad. Ich bade allein! Kannst du jemanden finden, der morgen meine Hemden wäscht und die Stiefel putzt?«

»Kommt mit, Señor Garcia.«

Wir verließen die ausgestorbene Gaststube und gingen zu einem gemauerten Nebengebäude. Nach einer Weile folgte mir Gringeure. Die Magd blieb vor dem Eingang zu einem Raum voller Holzroste stehen, mit großen Bottichen, Gestellen, in denen sich Tücher stapelten und einige Kerzen flackerten. Es roch nach Wacholder, Rosmarin und kaltem Schweiß. Eine hölzerne Trennwand teilte den Raum. Jemand tippte mir auf die Schulter. Es war Gringeure, der ein langes weißes Hemd in den Händen hielt und zur Magd sagte:

»Garcia ist meine Stiefschwester. Eine Frau also. Hilf ihr.« Er gab mir das Hemd. Ich wurde feuerrot, und meine Knie wurden schwach. »Wer mir hilft, ist mir gleich – am liebsten aber eine Schönheit wie du, Schwester der Bürste.«

Verwirrt folgte ich, die Stiefel in der einen Hand und das Hemd, das nach Lavendel roch, über dem anderen Unterarm, der jungen, leidlich hübschen und sauberen Magd. Sie half mir, mich auszuziehen, während sich Gringeure ein paar Schritte von mir entfernt summend, grunzend und pfeifend seiner Stiefel und der Kleidung entledigte. Als sie die Binden um meinen Oberkörper abzuwickeln begann, schüttelte sie schweigend den Kopf und schien nicht zu wissen, ob sie lachen oder sich bekreuzigen sollte.

Ich blieb im Zuber, bis das Wasser kalt zu werden begann. Es war wie eine Wiedergeburt, die ich bewußt miterlebte. Im frischen Hemd, die Waffen und den Gürtel unter dem Arm und die Füße in ausgetretenen Filzpantoffeln stolperte ich eine knarrende Stiege hinauf, verriegelte die Tür meines Zimmerchens und blies den Kerzenstummel aus, bevor ich mich ausstreckte.

Ich schlief, bis mich Gringeure weckte. Es war später Morgen.

Nebeneinander lehnten wir auf der Brüstung des Zunfthauses. Links war der Hafen zu sehen, rechts die unzähligen Spitzbögen der Kathedrale. Zum erstenmal in meinem Leben sah ich große Schiffe mit vielen Masten! Ich lehnte meine Schulter an Gringeures Arm, nahm seine Hand und sagte leise:

»Als ich jung war und Graciana hieß statt Garcia, liebte ich einen Mann, der ungefähr dein Alter hatte. Ein Keim, der in meinem Blut, in meinem Körper ist, hat ihn getötet. Er brauchte vielleicht zehn, zwölf Tage, um zu sterben; im Fieber ist er verblutet. Viele Jahre lang waren wir ein leidenschaftliches Paar, und er blieb gesund wie jedermann. Ich verzehre mich nach Umarmungen und Liebesnächten, aber ich halt's auch noch lange aus, als Mann zu reiten.«

Ich war auch heute wie ein Mann gekleidet, aber ohne die drückenden Binden. Mein Gesicht war das einer Frau mit kurzen Haaren, langen Wimpern und vollen Lippen. Gringeure blickte mir ruhig in die Augen, erwiderte den Druck meiner Finger und dachte schweigend nach. Mein Blick folgte den Linien des Kirchturms, den schwingenden und stürzenden Bögen und den Möwen, die ihn umflogen. Schließlich sagte Gringeure:

»Es freut mich, daß du mich mit deinem Geliebten vergleichst; vielleicht sollte es mich ehren. Es fällt mir leicht, dir zu sagen, daß ich dich begehre. Ob ich dich lieben könnte – wer weiß es? Ich hab' doch noch immer scharfe Augen und einen guten Blick. Würde es mich töten, wenn wir uns lieben?«

Ich hob die Schultern. Mein Blick kehrte zu einem Schiff zurück, das mit gesetzten Segeln den Hafen verließ.

»Es gibt nur einen Weg, dies zu erfahren!«

»Sag ihn mir, schönste Frau aus dem kargen Land.«

»Einmal darfst du mich besitzen. Lebst du nach zwei Wochen noch, können wir jede Nacht zusammensein.«

Ich erzählte ihm, mit einigen wohlerwogenen Auslassungen, die Geschichte von Gaspard de Rochemont und mir und vom Elend, das mich aus der Extremadura nach Beauvallon trieb. Gringeure war ebenso verständig, klug und behutsam wie Gaspard. Als ich endete, schwieg er wieder eine Weile, betrachtete den Möwenflug und einen Taubenschwarm und meinte schließlich:

»Gaspard muß ein ungewöhnlicher Mann sein. Sein Schatten liegt schwer auf dir. Daß du eine ungewöhnliche Frau bist, weiß ich seit dem Paß mit dem eisigen Wind. Wollen wir eine Weile in Bayonne bleiben?«

»Wenn unser Geld reicht«, sagte ich, »vielleicht einen Monat. Dann reite ich weiter, denn nur in Beauvallon kann ich geheilt werden.«

»Du verlangst viel von denen, die dich lieben. Nein. Ich sollte andere Worte gebrauchen: Es ist eine einzigartige Liebe, die auf der geschliffenen Doppelschneide eines Säbels blühen soll.«

»Das ist Teil meines Schicksals.« Ich ließ seine Hand los. »Du bist ein guter, kluger Mann, Gringeure. Dich anzulügen ... es wäre unwürdig, verbrecherisch, letzten Endes würde es in einen grausigen, qualvollen Tod münden. In deinen Tod.«

Er lächelte, nahm mein Gesicht in beide Hände und küßte mich auf die Stirn, dann leicht auf den Mund.

»Noch ist die Entscheidung zwischen Leidenschaft, Leben und Tod nicht unser Tagesgespräch. Gehen wir zu Meister Señor Buonaventura und holen unser Geld ab.«

»Das sollten wir tun. Später reiten wir umher, besuchen den Hafen und beten in der Kathedrale«, sagte ich. »Lächeln wir dem Tod, so gut wir können, ins Knochengesicht – unser Lachen vertreibt vielleicht die Keime der Blutseuche.«

Wir beschlossen, daß ich weiterhin als Garcia verkleidet sein sollte. Als wir uns zum Zunftgebäude durchfragten, berührten sich unsere Hände beim Gehen mitunter, aber wir gingen nicht eng umschlungen, so wie viele andere, die wir sahen.

Señor Buonaventura zahlte uns die vereinbarte Summe und legte noch ein Dutzend französische Silbermünzen als Ausdruck seiner Zufriedenheit darauf. Wir brauchten nicht lange zu suchen, um im oberen Geschoß eines Hauses eine Wohnung zu mieten, unweit eines Mietstalls, in dem unsere Pferde versorgt waren. Je einen Goldmaravedi wechselten wir um, Gringeure und ich.

»Die Herbstregen haben längst eingesetzt«, sagte uns der Wirt des *Esel und Anker*. »Ich kenne den Weg zur Stadt Toulouse, Garcia. So schwer und so leicht wie durch das Gebirge. Meist schlechte Straßen.«

»Viele Straßenräuber?« wollte ich wissen.

Er schüttelte den Kopf. »Arme Franzosen plündern ihresgleichen nicht aus. Es war lange Zeit nichts zu hören von Räubern. Aber ... wer weiß!«

»Niemand weiß es genau«, sagte Gringeure.

An vielen Tagen wanderte ich im Hafen umher und bestaunte die Schiffe. Auf solchen schwimmenden Häusern waren die Sklaven nach América gebracht worden. Mit Mdanbai war etwas aus den Tiefen des schwarzen Landes gekommen, das mein Leben vergiftete und andere Menschen tötete. Doch der Anblick der Schiffe und der Männer, die auf Planken und in den Masten arbeiteten, beantwortete keine meiner Fragen.

Auch stille Gebete in der dämmerigen Kathedrale nahmen die Last nicht von meinen Schultern. Die steingewordene Klarheit der Säulenbündel und Spitzbögen hatte wenig zu tun mit den Wirren und Windungen meines Lebens; auf dem Ritt nach Le Puy würde weder die große Einsicht über mich kommen, noch würde der Keim aus meinem Körper verschwinden.

Gringeure und ich waren voller Begierde aufeinander und – unsicher, ratlos und voller Furcht.

Eines Nachts, als wieder Regenstürme um die Häuser

heulten, die Gassen vom Unrat leerspülten und das Kaminfeuer seine Funkengarben in den Rauchfang schleuderte, betrat ich das große, warme Zimmer.

Gringeure saß am Tisch und putzte die Reiterpistole, die er beim Waffenhändler günstig erstanden hatte. Die Kerzen und Tranlämpchen flackerten. Ich goß Wein aus dem Krug in weiße, glänzende Tonbecher und setzte mich zu Gringeure.

»Was wollen wir tun, mein Freund?« sagte ich leise. Ich hatte mich in den neuen Reitermantel gewickelt; unter dem seidigweichen Futter war ich nackt.

»Ich fürchte mich, sehenden Auges in den Tod zu gehen«, sagte Gringeure und legte die Waffe neben das Werkzeug. »Warum trägst du den Mantel? Hier, im Warmen?«

»Um dir zu zeigen, was bisher nur meine Mutter und Gaspard gesehen haben.«

Ich stand auf, öffnete den Mantel und ließ ihn zu Boden gleiten. Gringeure holte tief Luft, starrte in mein Gesicht und sah mich lächeln, dann glitten seine Blicke über jede Handbreit meines Körpers, den ich mit Lavendelöl eingerieben hatte.

»Nie in meinem Leben habe ich eine schönere Frau gesehen, Graciana.« Er atmete schwer, der Becher in seiner Hand zitterte. »Soviel Schönheit! Und so dicht neben der Herrlichkeit ist der Tod. Sollen wir es wagen?«

»Es liegt bei dir«, sagte ich und stellte mich auf die Zehenspitzen. Gringeure kam und legte den Mantel wieder über meine Schultern. Seine Finger strichen über meine Haut. Er umarmte mich, und wir blieben lange so stehen. Unsere Körper barsten schier vor drängendem Verlangen.

Gringeure streichelte mein Haar, küßte meine Augen, die Stirn, den Hals und ganz leicht die Lippen. Seine Stimme war rauh wie eine Mauer, als er flüsterte:

»Es mag leichter sein, gegen Räuber zu kämpfen und zu

töten, als der Versuchung zu widerstehen.« Er schüttelte den Kopf und schloß die Mantelsäume über meiner Brust. »Ich bin noch nicht bereit, schönste Graciana. Noch nicht bereit, zu sterben.«

Seine Blicke waren voll brennender Zärtlichkeit. Obwohl ich an kaum etwas anderes denken konnte als an seine Umarmung, an die Berührung von seinen kundigen Fingern, vermochte ich ihn zu verstehen. Ich glaubte zu wissen, was in diesem Winter geschehen würde: Wir kamen zusammen, Gringeure wurde krank und verließ mich mit letzter Kraft, um irgendwo allein zu sterben.

»Nur einen Ausweg gibt es«, sagte ich leise. »Beauvallon. Dort werde ich geheilt, erst dort bekomme ich meine Freiheit.«

»So ist es. Schicksal«, sagte cr düster. »Soll ich dich begleiten? Ich würde es tun. Wenn du mich bittest ...«

Der Sturm rüttelte an den hölzernen Schlagläden. Ich lächelte.

»Wenn die Regenstürme nachlassen, mein tapferer Freund.«

Ich ging, den vollen Weinbecher in der Hand, zurück in mein Zimmer und blieb schlaflos bis zum Morgen.

Meine unausgereifte Schöpfung, der namenlose Robot mit der provisorischen Bezeichnung *Synonymus Eins* war ohne weiteres in der Lage, einige einfache Tätigkeiten auszuführen. Durch die Transmitterstation der Unterwasserstation sprang er ins Gewölbe des Schlößchens Le Sagittaire, entfernte die Scheinmauer vor dem Gleiterversteck und verließ das kalte, menschenleere Gebäude nachts, ungesehen und geschützt durch ein Deflektorfeld. In geringer Höhe, einen Strom aktueller Daten und Informationen an mich übermittelnd, schwebte A.Eins nach Westen und folgte zunächst dem Lauf des Flusses Allier, der dank der Regenfälle viel Wasser führte.

Ich hatte S.Eins programmiert, einen versteckten Stützpunkt einzurichten, eine Transmitterverbindung zwischen der Unterwasserstation und seinem Standort zu schalten und, im Vorgriff auf spätere Mißlichkeiten, einige Pferde zu kaufen oder zu entwenden und für mich einzureiten.

Während S.Eins seiner Programmierung folgte, prüfte, analysierte und berechnete ich die voraussichtlich nächsten Schritte, die ich gehen konnte, ohne Gebieter Atlan wecken zu müssen.

Dieses unvernünftige, willensstarke und leidenschaftliche Menschenwesen, jene Graciana de Carvajal, führte ein Spiel mit hohem Einsatz weiter. Für sie war es kein Spiel: Eine Vielzahl barbarisch-menschlicher Eigenschaften und Gewohnheiten tobte sich im Körper einer ungewöhnlich schönen Dreiundzwanzigjährigen aus. Meine Speicher hatten einige Jahrtausende lang Informationen gesammelt und verknüpft und mir, einem Roboter, eine gewisse Form von Ich-Bewußtsein ermöglicht. Mit Hilfe des Ich-Bewußtseins vermochte ich Gracianas Beweggründe zu verstehen und auch ohne Atlans Befehle logisch zu handeln. Aber: Larsaf-Drei-Bewohner und positronische Logik!

Die wahrscheinlichste Version des Verhaltens zwischen Gringeure und Graciana lautete: Sie würden ihrem Verlangen nachgeben und sich vereinigen. Graciana überlebte und ritt weiter auf Beauvallon zu. Die Chancen für den grauhaarigen Mann standen fünfzig zu fünfzig. Entweder starb er elend, oder er überlebte. Wenn er überlebte, würde er dem Druck der ständigen Todesdrohung nicht beliebig lange standhalten. Jeder Eingeborene dieser Welt würde unter einer solchen Belastung zerbrechen. Gringeure war klug, und so würde er, eh er zerbrach und verzweifelte, die Verbindung auflösen.

Spionsonden beobachteten unausgesetzt Graciana.

Sie war in Bayonne unterwegs und sammelte Nachrichten über die Lage in Frankreich und die Beschaffenheit des

Landes und seiner Straßen zwischen Bayonne und Toulouse. Ihr Gedächtnis schien hervorragend zu sein, denn sie schrieb nur die Namen der Einödhöfe, Weiler, Dörfchen und kleinen Städten auf; die Aussprache des Französischen entsprach nicht den niedergeschriebenen Buchstaben. Aber sie lernte schnell.

Sie unterzog ihre gesamte Ausrüstung geduldig einer genauen Überprüfung, kaufte hinzu, was zu fehlen schien, musterte aus, was ihr entbehrlich erschien. Ein Sattelmacher setzte den Sattel instand, ein Lederhandwerker nähte zwei große Satteltaschen. Ab und zu, in den schlaflosen Stunden, schaltete sie Atlans positronische Landkarte ein und verglich die Bilder mit dem Ergebnis ihrer Erkundigungen.

Auch ich, Rico, fand mich wieder in meine Maske als Ciron de Beauvallon zurück und rüstete mich für einen Aufenthalt außerhalb der Schutzkuppel aus.

Oberstes Gebot, Priorität über jeder Handlung: Atlans schlafende Existenz durfte nicht einmal ansatzweise gefährdet werden.

Atlan war gefährdet, wenn meine blitzschnelle Rückkehr in die Unterwasserstation nicht möglich war und ich ausgesperrt wurde oder mich selbst aussperrte.

Ich verfügte über eine aktivierte Transmitterverbindung zwischen dem submeerischen Transmitterraum und dem Gerät im Gewölbe Le Sagittaires, eine zweite, die mich mit S.Eins Versteck verband; ich schaltete einen dritten Transmitter und schickte das nicht montierte Gegengerät – nachdem ich es getestet hatte – zu S.Eins. Dann wies ich ihn an, es in der Nähe seines Verstecks zu deponieren, und zwar in der Kammer jener Brücke, die ich ohne Atlans Wissen von meinen Subrobots hatte erbauen lassen. Ihre Lage innerhalb des Straßennetzes an dem oberen Allier ist möglicherweise für Graciana wichtig; selbst Atlan glaubt, daß dieses Bauwerk von römischen Legionären errichtet worden war. Nachdem S.Eins meinen Befehl ausgeführt hatte, aktivierte ich die Systeme einiger Räume des Schlößchens, ohne die Läden, das Tor und die Türen zu öffnen. Solange nicht der Kamin rauchte, würden die Bewohner Beauvallons keinen Grund finden, unsere Anwesenheit zu vermuten.

Ich fügte meinen Vorbereitungen noch kleine, in ihrer Gesamtheit nicht unwichtige Einzelheiten hinzu, verbesserte die Logistik um ausgesuchte Nahrungsmittel, etliche Waffen und Gerätschaften, kontrollierte Atlans Lebenserhaltungssysteme und rief, um meine Systeme zu beruhigen, Monteverdis L'Orfeo *aus den Musikspeichern auf. Während ich die Informationen weiterer Spionsonden kommentierte und analysierte, wartete ich…*

Nonfarmale schien endgültig verschwunden zu sein.

Nach dem Tod des Dreizehnten Louis, König von Frankreich, hatte Prinz Condé die Blockade der Stadt Paris organisiert, war der junge König geflüchtet, und in England breitete sich nach der Hinrichtung König Charles' des Ersten trotz der Bemühungen Oliver Cromwells das Chaos aus.

Cyrano de Bergerac? D'Artagnan?

Nebenfiguren der Geschichte vor dem Jahreswechsel von 1649 nach 1650; zu diesem Zeitpunkt war der Planet mit etwa 500 Millionen Bewohnern auf dem Weg zum Überbevölkertsein.

S.Eins hatte auf seinen Flügen die Ruine und die aufgegebenen Felder eines Bauernhofes gefunden, auf dem ein Einsiedler gehaust haben mochte; fernab aller benutzten Wege und Straßen, am Ende eines Ziegenpfades, der sich in tausend Windungen durch die macchiabewachsenen Hügel zog.

Der Robot forderte einige von Ricos Spezialmaschinen an, die ein schlichtes Dach zimmerten und deckten, die Räume entrümpelten und halbwegs bewohnbar machten, ein Fenster und einige Türen wiederherstellten und in immer größeren Kreisen um das Haus und die Quelle das halb mannshohe Gras mähten, Gestrüpp herausrissen und zu handgroßen Stücken häckselten, einen Baum fällten, bevor der nächste Sturm ihn auf das Hausdach schmetterte, die Löcher im Kamin vermauerten und den Stall für vier oder fünf Pferde vorbereiteten.

Tag und Nacht arbeiteten die Maschinen, montierten eine Abstrahlplattform, versteckten die Energieblöcke und brachten den Transmitter an. S.Eins funkte Rico, daß das Versteck vorbereitet und der andere Transmitter sicher in der Brücke untergebracht war. Der Transmittercheck verlief zur Zufriedenheit.

Ein halbfertiger Weinkeller, vorderer Teil einer Höhle, wurde zum Versteck des Gleiters ausgebaut. S. Eins schickte die kleinen Maschinen durch den Transmitter zurück und forderte neue Befehle, neue Programmierung. Das wertvolle Gerät wurde wieder deaktiviert.

Synonymus Eins, wie ein weißhaariger, bärtiger Bauer maskiert, verfiel eine Stunde lang in Starre. Datenströme wechselten zwischen ihm und Rico hin und her. Dann löschte S.Eins den letzten Glutrest im Kamin, bestieg den Gleiter und schaltete, bevor er das Versteck verließ, das Deflektorfeld der zerschrammten und zerbeulten Maschine ein.

Er flog sämtliche Straßen, Furten und die wenigen Brükken ab, von Osten nach Westen, beginnend am ersten Kreuzweg westlich der halb verborgenen Straße, die in den gewachsenen Irrgarten vor den ersten Häusern des Zeilendorfs führte. Nach unbestimmter Zeit, aber während des Frühlings 1650, würde Graciana de Carvajal in ihrer Maske auf diesem Weg nach Beauvallon reiten. Einen anderen Weg würde sie nie kennenlernen.

Einmal folgte ich Graciana, als sie – in Maske – allein durch Bayonne streifte. Zuerst verweilte sie lange im Hafen und betrachtete die Schiffe, die sich wie mächtige Tiere wiegten, die Bordwände an den Schilffendern scheuerten, und später versanken sie langsam im Hafenschlick, als die Ebbe des Atlantiks auslief.

Danach ging Graciana – oder Garcia – durch schmale Gassen und über den Markt unter tropfenden Dächern zur Kathedrale. Frankreich ist voll von diesen Gotteshäusern, deren Konstruktion derart verwegen ist, daß sie scheinbar von Baumeistern errichtet worden waren, die Schwerelosigkeit kannten und handhabten. In dem dunklen Kirchenschiff – warum gaben die Menschen dem Inneren solcher Bauwerke Namen aus der Seefahrt? – ging Garcia zögernd zum Kerzenvorrat, warf eine aufblitzende Münze in die Schale und entzündete eine unterarmlange Kerze, die sie neben mehreren Dutzenden brennender Kerzen, neben unangezündeten, heruntergebrannten, halb abgebrannten, tropfenden und solche Kerzen stellte, deren Wachs sich mit reiner Flamme verzehrte.

Sie bekreuzigte ... Garcia bekreuzigte sich, ging durch den Mittelgang, vorbei an einigen murmelnden Greisinnen in schwarzen Umhängen, bis zur ersten Bank. Dort kniete sie nieder, stützte die Unterarme auf das schmale Pult, und ihre Augen suchten das Altarbild.

Ein Gemälde. Es zeigte den gekreuzigten *schwarzen Heiland von Bayonne, der über seine Wundmale lächelt.* Sein Lächeln schien triumphierend zu sein; hinter ihm spreizten vergoldete Engel ihre Schwingen und waren bereit, ihn in sein Reich über den Regenwolken zu entführen.

Ich bewegte die Spionkugel und justierte die Optiken. Trotz des Halbdunkels in der Kathedrale, gegen deren bunte Glasfenster ein wütender Regenguß flutete, vermochte ich Garcias Gesichtsausdruck kaum zu erkennen. Es war, als dränge ein Bündel Wünsche, Gebete und hoffnungdurchdrungene Bitten in lautloser Verzweiflung aus ihren Augen. Sie streckte in einer Geste, die unabsichtlich schien, die

Hände aus; ihre Verzweiflung sickerte aus ihr ebenso heraus wie das Blut aus den Körpern jener, die von dem Virus ihrer Großmutter überfallen worden waren.

Sie betete – oder hielt lautlose Zwiesprache – länger als eine Stunde. Unter dem Spitzbogenportal, dessen grotesk-kunstvolle Steinmetzarbeiten den Sieg Gottes über die sündigen Geschöpfe schilderten, setzte sich Garcia, das Ende des Regens abwartend, auf die oberste Stufe und betrachtete, vielleicht ohne alles wahrzunehmen, die Dächer Bayonnes. Ich ahnte, worum sie gebetet hatte.

Würden die arkonidischen Medorobots unserer Krankenstation ihr helfen können?

Ich beobachtete auch, wie Graciana-Garcias Leben in Bayonne verlief. Meine Informationen über Gringeure waren, sobald er sich aus der gemeinsamen Wohnung entfernte, ziemlich dürftig und daher ungenau; er schien seine natürliche Lust bei anderen Frauen zu stillen. Garcia war ohne Zweifel bereit, sich in den Sattel zu schwingen und die Straßen in östliche Richtung zu benutzen. Der Winter um Le Puy und in der Auvergne und im Languedoc war mild, mit vielen Sonnentagen und nächtlichem Regen, aber in Bayonne, das am Meer lag, führte jeder Bach Hochwasser.

Offensichtlich hatte Garcia genügend Bilder des Landkarten-Amuletts mit den Ratschlägen, Hinweisen und ihrem Wissen über die verzweigten Wege nach Beauvallon – dieses Dorf kannte nicht ein einziger Mensch! – in Übereinstimmung gebracht.

Um so besser, dachte ich mit beruhigten Schaltkreisen. Je schneller sie reitet, desto weniger lange muß ich warten und kann die Verantwortung an Atlan zurückgeben.

Die Figuren auf dem Spielfeld waren, neu oder frisch bemalt, bereit zu entscheidenden Zügen. Der Vergleich widerstrebte mir Obwohl sich die Dramatik ankündigte, handelte es sich um das

Schicksal von Menschen und vermutlich um den bevorstehenden Ausbruch einer verheerenden Seuche.

S.Eins wartete, ich wartete, umgeben von den Klängen Frescobaldis und Monteverdis Musik, Garcia wartete auf Gringeures todesmutigen Entschluß und auf trockenes, sonniges Wetter. Und Atlan wartete; schlafend.

11.
Frühlingsritte

Das Klirren der Ketten, ächzendes Holz und knirschendes Tauwerk, Poltern und die Brandung des Atlantischen Ozeans – all diese Geräusche wurden unnatürlich laut, als das Heulen und Winseln des Sturms schlagartig aufhörte.

Wir hatten unser Lager vor dem Kamin ausgebreitet. Flache Strohsäcke, Felle, Decken, Laken und unsere Reitermäntel waren sauber und warm. Ruhig brannten einige dicke Kerzen, der Wein hatte auf dem weißen Laken einige tiefrote Tropfen hinterlassen. Gringeure verschränkte die Unterarme im Nacken und öffnete die Augen.

»Du findest schneller die treffenden Worte, Graciana«, sagte er leise und blickte mich von der Seite an. Auf unserer erhitzten Haut glänzte, wie Öl, eine Schweißschicht. »Ich bin langsamer, vielleicht gründlicher, aber – dies habe ich noch nie erlebt und gefühlt in meinem Leben. Gaspard ist glücklich gestorben. Oder vom Gefühl des Verlusts getötet.«

»Ich weiß es nicht«, flüsterte ich und tastete nach den Weinbechern. »Er ist tot, und ich weine, wenn ich an ihn denke, und wenn ich an die letzten Stunden denke, möchte ich fliegen wie eine Schwalbe.«

»Kann eine Frau vollkommen sein?« Er murmelte ein unbekanntes Wort. »Wenn es so ist, dann bist du vollkommen, Schönheit aus dem kargen Land.«

Wir hatten uns länger als einen Monat gequält. Dann war das Verlangen über uns gekommen wie rasendes Fieber nach einem Blitzschlag. Nach einem Essen, dessen Wohlgeschmack seinesgleichen lange suchte, nach einigen Bechern edlen Bordeaux-Weins, waren wir ein wenig schwankend, mit törichten Worten und ebensolchem Grinsen, zu unserem Quartier gegangen und hatten bis tief in den regentriefenden Abend geschlafen. Dann, als führe uns ein Unsichtbarer an der Hand, waren wir klaren Blicks aufeinander zugegangen und hatten uns umarmt.

Vier, fünf Stunden einer zögerlichen, beispiellosen Zärtlichkeit schlossen sich an. Wortlos waren wir uns einig. Alle Furcht war verflogen. Kaminfeuer, Wein und nur wir beide. Die letzte Scheu, das Wagnis einzugehen, bescherte uns stundenlange Erlebnisse, die einen kleinen Teil meiner Erinnerungen an Gaspard wenn nicht auslöschten so doch wenig bedeutend werden ließen.

Danach beherrschte uns, ohne einen Gedanken an die Gefahr, die Leidenschaft.

»In zwei Wochen bin ich tot oder der glücklichste Mensch der Welt«, sagte Gringeure und streichelte mich. Sein schlanker, muskulöser Körper erregte mich; mehr und mehr glich er dem Gaspard meiner Erinnerungen. »Wirst du um mich weinen, Schönste?«

Ich setzte mich auf und dachte an Beauvallon.

»Um dich und um mich. Wenn du in einer Woche kein Fieber, keine Halsschmerzen und keine Schmerzen im Kopf spürst, dann haben meine Gebete geholfen. Wirst du mich auf dem Ritt nach Beauvallon begleiten?«

»Ich komme mit dir«, sagte er leise. »Wie lange ich mit der Todesfurcht leben und reiten kann, weiß ich nicht. Mit deiner Leidenschaft könnte ich mein Leben lang reiten.«

»Ist sie – die Wahrheit, Gringeure! – wirklich so eindringlich? Du kennst mehr Frauen als ich Männer kenne.«

Er dachte lange nach, trank Wein und überlegte, zuckte mit den Achseln und sagte endlich, mit den Händen seltsame Figuren in die warme, regenfeuchte Luft beschreibend: »Aus den Tiefen unserer spanischen Erde, aus schwarzen Wäldern und unvorstellbarer Ferne, gnadenlos sengend wie die Sonne, wild wie Sturm, beherrscht von einem Verstand und von Muskeln, die ich nie gekannt habe, zugleich fröhlich und unschuldig und, scheinbar, triefend von den Erfahrungen vergangener Zeiten – so habe ich empfunden, als ich deinen Körper genoß, deine Stärke und Schwäche, und die Gefahr, die in jedem Blutstropfen lauert.« Er holte tief Luft und redete nach einer Weile weiter. »Mit Worten bin ich hilflos. Aber all dies war wie Wetterleuchten in meinem Kopf, in meinen Gedanken ...« Er legte die Hände auf meine Brust. »... und in jeder Faser meines Körpers.«

Ich legte den Kopf in den Nacken, gab mich den zärtlichen Berührungen seiner erfahrenen Finger hin und stöhnte:

»Wir leben. Nichts von allem können wir ändern. Wir werden uns weiter lieben.«

»Auch wenn wir scheitern und uns verlieren.«

»Auch dann.«

Zwei Tage und Nächte lang verließen wir die kleine Wohnung nicht. Gringeure blieb gesund. Vier Tage lang änderte sich das Wetter nicht; Gringeure spürte nicht einmal den Hauch eines Fiebers oder irgendwelcher Schmerzen. Am siebenten Tag war der Himmel von einem Blau, dessen Farbe fähig war, den Winter zu vertreiben. Wir packten unseren Besitz und unsere Ausrüstung in die Satteltaschen und die Ballen der Saumtiere, bezahlten das Quartier und verließen Bayonne.

Zwischen drei und zwölf Meilen legten wir am Tag zurück. Zehn Tage lang ritten wir tagsüber im Sonnenschein, und wenn wir unser Lager unter immergrünen Nadelbäumen aufschlugen, leerten sich die Regenwolken aus. Die Pferde, die wir jeden Tag wechselten, hatten genügend Futter, und in den wenigen Herbergen wurden sie mit allem versorgt, was sie brauchten. Gringeures Erfahrung und seine Sprachkenntnisse bewahrten uns vor unliebsamen Überraschungen. Je mehr wir uns Toulouse näherten, der größten Stadt der Haute-Garonne, desto besser sprach ich Französisch.

Die Krankheit verschonte Gringeure!

Unterwegs erfuhren wir, daß die Königinmutter von Prinz Condé bedrängt wurde, Kardinal Mazarin zu entlassen. Aber der Adel besiegte das Königtum nicht: Anna von Österreich ließ Prinz Condé, seinen Bruder Prinz von Conti und seinen Schwager, den Herzog von Longueville, in Paris verhaften. Daraufhin waren von vielen Adligen überall im Land verschiedene Aufstände begonnen worden, aber die Armee blieb dem Königtum treu. Als Prinz Condé noch Ludwig von Bourbon, Fürst d'Enghien hieß, hatte er, nunmehr vor sieben Jahren, in der Schlacht von Rocroi unser spanisches Heer vernichtend besiegt; viel mehr wußten wir nicht über ihn.

Wir trafen manchmal kleine Trupps der königlichen Armee, die uns, zwei einfache Reiter, nicht als Spione oder Mitglieder des Adels betrachteten. Wir hatten nur einen einzigen Schuß abgefeuert und damit einen Wildschweineber erlegt, den wir dem nächsten Wirt schenkten. Jede Nacht gehörte unserer Leidenschaft, selbst wenn wir auf nassem Laub oder felsigem Boden rasteten. Seit wir aus dem regnerischen Bayonne hinausgeritten waren, hatte ich viel Zeit zum Nachdenken gehabt.

Ich schätzte Gringeure als einen der besten Freunde, die ich haben konnte. Er war ein zuverlässiger, kluger Mann und ein ausgezeichneter Liebhaber. Aber ich liebte ihn nicht. Ich erfreute mich an seiner Leidenschaft, genoß seine Gegenwart – aber die Liebe hatte sich trotz aller gemeinsamen Erlebnisse nicht eingestellt. Oder war es so, daß ich unfähig war, meine erste große Liebe zu vergessen? Liebte man nur einmal im Leben wirklich und wahrhaftig?

Als wir die Türme dreier Kirchen hoch über dem Fluß Garonne sahen, sagte Gringeure:

»Mehr als ein Drittel der Entfernung sind wir geritten.« Unsere Kleider, die Ausrüstung und selbst die Pferde sahen mitgenommen aus.

»Aber das Jahr ist noch jung«, sagte ich und blinzelte gegen die Sonne. »Nicht einmal der Ginster blüht. Was wollen wir mehr? Wir haben die richtigen Straßen hinter uns, und auch in den nächsten Monaten werden wir uns nicht verirren.«

»Beauvallon ist weit«, sagte Gringeure und winkte einer Gruppe Mönche zu, die sich um ein Wegkreuz versammelt hatten. Keiner winkte zurück.

»Weit, aber nicht mehr unerreichbar weit.«

Wir fanden außerhalb der Mauern einen Gasthof, dessen Preise wir uns leisten konnten. Gringeure ritt in die Stadt, um einige spanische Münzen umzuwechseln, während ich mit den Knechten die Pferde ablud und absattelte und auf eine Weide trieb, deren Gras frühlingshaft grün war. In einem Anbau, über dem Heulager des Stalls, gab es Zimmer, die Badezuber standen im Freien; immerhin unter einem Dach.

Ich streckte mich auf dem duftenden Heu aus, zog die Stiefel aus, schloß die Augen und dachte:

Gringeure wird mich bald verlassen.

Ich hatte recht und auch wieder nicht: Wir blieben fünfzehn Tage bei Pierre Morny, dem bärtigen Wirt. Ich half dem Schmied, die Hufe der Pferde zu pflegen und mit neuen Hufeisen zu beschlagen. Ein reisender Schneider besserte unsere Kleider aus; Proviant kaufte Gringeure den Bauern ab, die auf dem Weg zum Markttag am Gasthof vorbeikamen. Gringeure bereitete mit jener Gründlichkeit, die ich von ihm nicht anders kannte, jede Einzelheit für den weiteren Ritt vor, aber ich glaubte zu erkennen, daß er eine Spur Nachlässigkeit an den Tag legte.

Das Wetter, das mit Kälte, Sturm und Regen einige Tage lang über das Land zog, besserte sich nur langsam.

Jede Nacht fanden unsere Körper zusammen. Ich glaubte ihn verstehen zu können: Er fürchtete sich vor Krankheit und Tod, vor der Ansteckung. Er hatte dieses Kapitel seines Lebens eigentlich schon abgeschlossen, aber solange ich an seiner Seite war und er sich meiner leidenschaftlichen Zuneigung sicher sein konnte, blieb er mir treu. Mir erging es ebenso. Wir redeten nicht darüber, aber wir fühlten, daß jenes Band, das uns aneinander fesselte, zum Zerreißen gespannt war.

An einem sonnigen Tag schlief ich bis Mittag. Vielleicht hatte Gringeure einen Schlaftrunk in meinen Wein gemischt. Er war seit Sonnenaufgang fort, mit seinen Pferden und seinem Besitz, ohne meine Ausrüstung auch nur anzutasten. Ich fand eine Nachricht, die er schon lange mit sich getragen hatte, denn das kleine Papierstück war zerknittert und roch nach seinem Schweiß:

Liebe stirbt, wenn sie auf Todesfurcht reitet. Wie groß hätte unsere Liebe sein können, ohne meine Furcht. Ich kann nicht mehr. Suche nicht nach mir. Gott schütze dich auf dem Ritt nach Beauvallon.

»Ich werde dich nicht suchen, mein Freund«, sagte ich leise und sah dem fahlen Rauch nach, der aus dem Kamin der Schenke drang. »Es war eine gute Zeit. Ich werde dich lange vermissen.«

Dann ging ich, mit schwerem Kopf von dem Trunk, zum Brunnen und tauchte das Gesicht in das eiskalte Wasser. Ich fing an, meine Satteltaschen zu packen und striegelte den Rappen und den Apfelschimmel. Die Pferde hatten sich gut erholt. Abends setzte sich Wirt Pierre zu mir in die Gaststube, schenkte Wein ein und sagte:

»Er ist fort, nicht wahr. War ein wirklich angenehmer Gast, Garcia.«

»Er war auch seit Bayonne ein angenehmer Weggefährte«, antwortete ich, die Stimme gesenkt. »Ich werde ihn vermissen.«

»Wann reitest du?«

»Wie wird das Wetter? Warm oder Regen?«

»Warm, sagen die Bauern. Ab und zu ein Gewitter.« Die Magd stellte grobe Pastete, frisches Brot, Butter und ein Schale Oliven auf den Tisch. Ich spießte mit der Dolchspitze eine schwarze Olive auf und sagte:

»Ich schlaf mich aus.« Auch ich trug mein Haar, seit es nachgewachsen war, in einem Nackenzöpfchen. Dort hatte sich eine Laus eingenistet; ich kratzte mich heftig. »Übermorgen früh, glaube ich, reite ich und verlasse dein Haus. Auch bei dir hab' ich eine gute Zeit verbracht.«

»Gib acht«, sagte Pierre und hob den Finger. »Man hört von Kämpfen der Adligen gegen das Königsheer. Rede nicht zuviel – auch ganz junge Spanier gehören zu den Kriegsgegnern.«

»Danke für den Rat, Pierre«, sagte ich, wie ich hoffte, in passablem Französisch. Ich fieberte plötzlich dem Ritt entgegen, dem Aufbruch, den unbekannten Straßen. Allein. Gringeure wurde allzu schnell eine Gestalt aus der Vergangenheit. Ich würde mich später an ihn erinnern, und dann würde ich weinen müssen.

Im Morgengrauen des übernächsten Tages, der heiß und wolkenlos zu werden versprach, belud ich das Saumpferd, sattelte den Rappen und nahm Abschied von Pierre, der mich auf die Wangen küßte und winkte, bis sein Haus hinter der Biegung der Straße verschwunden war.

Die Zeit, die in meßbaren Intervallen abläuft oder, je nach naturwissenschaftlicher Auffassung, sich dem beobachtenden Objekt oder Subjekt nähert, war für einen Hochleistungsrobot kein existentielles Problem. Während sie verging, änderten sich die Umstände innerhalb des Schutzzylinders nicht. Für Synonymus Eins hingegen endete eine beschäftigungsreiche Phase. S.Eins hatte sämtliche Straßen zwischen Toulouse und Beauvallon abgeflogen und kartographiert. Ich fügte seine Informationen jenen holografischen Projektionen hinzu, die Gebieter Atlan und ich schon seit langem besaßen. (Den Begriff *Gebieter* durfte ich nicht mehr gebrauchen, wenn ich ihn anredete).

Graciana-Garcia ritt auf dem zweiten Drittel der Strecke zwischen Bayonne und Beauvallon auf das schutzlose Dörfchen zu. Gringeure, mit großer Wahrscheinlichkeit ein überlebender Träger der Infektion, war verschwunden. Nach meiner Analyse der Sonden-Beobachtungen war er in völliger Finsternis fortgeritten. Und zwar in entgegengesetzter Richtung, nach Westen, vielleicht nach Bayonne. Der Zeitpunkt, an dem ich eingreifen mußte, rückte näher heran. Da sich die Menschen keineswegs logisch verhielten und da Graciana de Carvajal eine Frau von großer Impulsivität war, mußte ich befürchten, daß sie schon bald wieder auf ein Opfer ihrer leidenschaftlichen Natur stieß und das Virus sich auszubreiten begann.

Gaspard hatte sie auf ein Zusammentreffen mit Atlan vorbereitet!

Mit einer Wahrscheinlichkeit von weit über 95 Prozent warf sie sich dem Arkoniden an den Hals!

Ein Virus, das aus dem fruchtbaren afrikanischen Schoß der Larsaf-Drei-Evolution stammte, und das auf den Metabolismus eines Arkoniden traf – die Katastrophe war unausweichlich. Der Überlegungsansatz, daß der Zellschwingungsaktivator diese Keime vernichten würde oder unwirksam machen konnte, verwies die Chance dafür in absolute Geringfügigkeit.

Die oberste programmierte Gesetzmäßigkeit meines erstklassigen positronischen Verstandes bedeutete, Atlans Leben nicht der geringsten Gefährdung auszusetzen. Schon der Gedanke eines Zusammentreffens zwischen Graciana und Atlan war ein Verstoß dagegen.

Was ich zu tun hatte, wußte ich. Aber: Der Arkonide durfte nicht geweckt werden, durfte seine kalte Lagerstatt nicht verlassen. Ich richtete meine Sehlinsen auf das Bild des einzelnen Reiters mit einem weißen und einem schwarzen Pferd. Garcia hatte die Stadt Albi hinter sich gelassen und wandte sich nordostwärts. Ich beobachtete tagelang jede wichtige Einzelheit seines Verhaltens. Dann wies ich S.Eins an, meine Pferde bereitzuhalten und darauf zu warten, daß ich ihm präzisere Befehle erteilte.

Im Vergleich zur Extremadura war jeder Landstrich des südlichen Frankreichs von schwellender, grüner Üppigkeit. Auf den Straßen, die nicht schlechter oder besser waren als alle, die ich bisher geritten war, traf ich Händler und Wahrsager, Kurpfuscher und wandernde Schmiede, Blütensammler oder verwundete Soldaten, die mit ihren Krücken winkten. Meine Tagesritte wurden begleitet vom Summen unzählbar vieler Bienen, von Schmetterlingen und Vögeln, deren Rufe und Lieder ich zu unterscheiden lernte. Ich hatte aufgehört, die Tage zu zählen; ich wußte, als ich in das lange, zerklüftete Tal einritt, daß ich auf dem richtigen Weg war.

Hundegebell und heisere Rufe machten mich aufmerksam. Eine große Schafherde weidete, in meine Richtung ziehend, zu beiden Seiten der Straße. Ich winkte mit dem Hut dem Schäfer, der zurückwinkte und mit gellenden Pfiffen seinen Hund zu sich rief.

Als ich anhielt, um die Schrift auf einem Wegstein zu entziffern, hörte ich das Echo von Hufschlägen. Mindestens zwei Pferde, dachte ich und spannte den Hahn einer Pistole, die ich in der Schutzhülle steckenließ.

Langsam ritt ich weiter, auf ein Stück Fels am Straßenrand

zu, das wie eine halb zusammengebrochene Mauer aussah. Ein Habicht flog von den Steinen auf und strich nach rechts ab.

Hinter der Biegung kam ein einzelner Reiter hervorgetrabt, auf einem Rotfuchs mit glänzendem Fell, einen zweiten Rotfuchs als Saumtier hinter sich. Ich schob den Hut in den Nacken und setzte mich im Sattel zurecht.

Als uns vielleicht dreißig Schritte trennten, die Entfernung für einen sicheren Treffer aus der Handwaffe, hob er den Arm, nahm den Federhut ab und schwenkte ihn in einer verschlungenen Geste der Höflichkeit.

Ich vollführte die gleiche Geste mit der linken Hand und rief:

»Ein herrlicher Tag für einen Ritt. Wohin des Weges, Monsieur?«

Beide Pferde hielten an; es waren herrliche Tiere mit breiten Bügeln. Sattel und Zaumzeug glänzten. Es waren einfache Lederarbeiten, aber von einem Künstler angefertigt.

»Nach Westen, so wie Ihr nach Osten. Was sucht Ihr in dieser Landschaft, wo es nur Steine und Schafe gibt?«

Die Stimme des Reiters, dessen glattes Gesicht ein selbstsicheres, abwartendes Lächeln trug, klang wie die eines befehlsgewohnten Edelmanns. Ein mächtiger Bart mit hochgezwirbelten Spitzen zierte seine Oberfläche. Er setzte den Hut auf und lockerte die Zügel. Ich nahm die Hand vom Griff der Waffe.

»Ich suche ein verstecktes Dörfchen, das für den, der eingeladen ist, zum Paradies wird.« Wir ritten langsam aufeinander zu und schätzten uns gegenseitig ab. Die Stiefel und Reithandschuhe des Mannes, an dem ich keinen Schweißtropfen sah, waren ebenso unbezahlbar wie der Sattel und die Satteltaschen. »Mir kommt es vor, als läge es am Ende aller Straßen.«

»Seid Ihr denn eingeladen? Ihr sprecht Französisch wie ein Spanier!«

»Ich habe spanische Eltern. Mein – Freund, der starb, war eingeladen gewesen. Mein Französisch ist leider das eines ungebildeten Anfängers«, sagte ich. Wir hielten die Pferde eine Lanzenlänge voneinander an.

»Es ist weitaus mehr als verständlich. Hat dieses Dörfchen auch einen Namen?«

»Es heißt Beauvallon«, sagte ich. »Und ich bin Garcia de Yuste y Carvajal y Lopez.«

»Es ist nicht meine Art, fremde Reiter auszufragen.« Der Reiter, ein schlanker Mann, dessen übrige Kleidung ebenso neu wie gediegen wirkte, legte die Hände auf den Sattelknauf und musterte meine Tiere und mich. Er hatte grüne Augen. »Aber widerstrebt es Euch, mir den Namen Eures verstorbenen Freundes zu nennen?«

»Graf Gaspard de Rochemont«, sagte ich. »Er starb in meinen Armen.«

»Sicherlich in Spanien, denn dort stirbt es sich allemal schwerer als in Frankreich. Ich meine, diesen Namen schon gehört zu haben.«

Von meinem vierzig-, fünfundvierzigjährigen Gegenüber mit dunkelbraunem, gelocktem Haar gingen, fast wie ein sichtbares Strahlen, entschlossene Kraft und das Bewußtsein aus, niemals zu verlieren.

»Darf ich Euren Namen erfahren?« fragte ich.

Er lächelte mit schneeweißen Zähnen und zwei Grübchen in den Wangen.

»Mitunter nennt man mich Ciron de Beauvallon.«

Ich zuckte zusammen, lehnte mich zurück und schüttelte verwirrt den Kopf.

»Ihr seid ... dann müßt Ihr Gaspard gekannt haben. Er redete unentwegt von Euch und von Adlon oder Atlan, Eurem Milchbruder.«

»Ich habe Gaspard gekannt, und daß er tot ist, betrübt mich. Ich hoffe für ihn, daß er einen leichten Tod hatte.«

»Er ist elend gestorben«, sagte ich und fühlte meine Augen feucht werden. Die Mittagssonne stach auf unsere Köpfe und die Pferde ein, als wolle sie uns braten. »Es ist eine lange Geschichte, Graf de Beauvallon. Aber – beim giftigen Ginster! Was tut Ihr hier, tausend Meilen von Beauvallon entfernt?«

Er knöpfte das Lederwams mit vielen Taschen auf. An einem breiten Gurt quer über seine Brust steckte eine Reiterpistole, nicht länger als drei Handbreit.

»Auch das ist, Edler von Carvajal, eine lange Geschichte. Warum erzählen wir uns nicht gegenseitig unsere langen Geschichten, auf dem Weg nach Beauvallon?«

»Aber ... Ihr ...«

»Ich hab' mir's anders überlegt. Reiten wir zusammen? Übrigens – hat Euch vielleicht Gaspard ein Medaillon gegeben, das ärmlich aussieht, aber über innere Schätze verfügt?«

Ich deutete auf meine Brust.

»Hier ist es. Aber ich zeig's nicht jedem.«

»Verständlich!« Ciron grinste, als wisse er viel mehr. »Dann seid Ihr wirklich Gaspards Freund, und er ist wahrhaftig tot. Wollen wir zusammen reiten?«

»Bis nach Beauvallon?«

Sicherlich benahm ich mich völlig töricht. Aber ich konnte nicht glauben, was ich im hellen Sonnenschein erlebte. Bedächtig, ohne mich anzusehen, wendete Ciron seine Pferde und deutete mit höflicher Gebärde auf die sandige, steinübersäte Straße, als lüde er mich ins Schlößchen Sagittaire ein. Gaspard, Ciron, Beauvallon, das unerwartete Zusammentreffen, dieser Reiter, in dessen Nähe ich mich klein und zugleich schutzbedürftig und beschützt fühlte – es war zuviel.

Ruhig beantwortete er meine Frage.

»Meiner Seel'! Nicht nach Beauvallon; es wäre ein teuflischer Gewaltritt von dreizehn Tagen. Jedoch in diese Richtung, zu einem Monsieur Einsiedel, den ich, ohne zu lügen, einen Freund nennen darf.«

»Zu Atlan, Eurem Milchbruder?«

»Keineswegs. Wäre rascher Trab genehm?«

»Bis zum Pferdewechsel«, sagte ich. »Meine Tiere sind müde geritten und nicht so kräftig wie Eure.«

Wir trabten mit vielen Pausen. Ciron führte uns stets zu Wasserstellen und bot mir einen kühlen Wein an, dessen Duft den des Wacholders am Straßenrand übertönte. Ich wechselte die Pferde und fragte mich, warum er mir nicht half, aber dann fiel mir ein, daß ich in Garcias Maske ritt. Ich verbiß mein Lachen und ließ Ciron meine Unsicherheit nicht sehen. Beim Gedanken, daß Ciron de Beauvallon mir entgegengeritten war, nur weil er Gaspards Medaillon um meinen Hals hängend vermutete, schwindelte mir. Es war unvorstellbar. Eine Stunde vor der Abenddämmerung bogen wir von der Straße ab, kletterten auf einen Feldweg, der in einen Tierpfad mündete. Der Pfad wand sich auf einem zerklüfteten Hang, zwischen Macchia und Felsbrocken, höher und höher, und als die Tiere so erschöpft waren, daß wir besser absteigen hätten sollen, kam uns der Einsiedler entgegen und führte uns zu seinem kleinen, aber überraschend wohlgeordneten Haus.

Auch Ciron versorgte zuerst seine Tiere, schleppte mit erstaunlicher Kraft all unser Gepäck und die Sättel ins Haus und ließ den Einsiedler mindestens zwei Dutzend Kerzen anzünden.

»Dies, Monsieur Einsiedel«, sagte Ciron und hängte Hut und Wams an einen Haken, »ist ein edler Spanier, der unseren Freund Gaspard beim Sterben zusah. Ihr mögt Euch erinnern?«

»Ich bin alt. Mein Verstand lahmt. Ich erinnere mich. Grauhaarig, blaue Augen.«

»Das war er«, sagte ich, zog meine Stiefel aus und schob die Zehen in die zerschlissenen Sandalen. Der Boden der Hütte bestand aus feinem weißen Sand. Die Fußeindrücke beider Männer waren viel tiefer als meine. »Ich bin müde zum Umfallen. Habt Ihr ein leidlich bequemes Lager für mich?«

»Daran gebricht's nicht«, sagte der Einsiedel. »Vor dem Kamin, im Sand, auf Mänteln und Decken.«

»Und Ihr?«

Der Einsiedel öffnete eine Truhe und stellte Krüge, Becher, Teller und einfaches, aber für sieben Männer ausreichendes Essen auf eine uralte, weißgescheuerte Platte, die, in der Wand eingemauert, mit dem anderen Ende auf einem Felsen auflag. Ciron lachte.

»Ihr bleibt nachts allein, Edler Garcia. Wir jagen bis zum taufeuchten Morgen nach Wildschweinen, Störenfrieden und Lerchenliedern.«

Ich setzte mich auf einen Schemel. Mein Gesicht zeigte sicherlich vollkommenes Unverständnis. Der Einsiedel deutete in die Richtung des Stalls und sagte:

»Eßt und trinkt, in den Zubern ist warmes Wasser. Euer Schlaf wird bewacht.«

»Ich … danke«, stammelte ich. Die Männer gingen zum Vorhang aus Lederstreifen. Ich folgte ihnen und sah, daß die vier Pferde zufrieden grasten. Fledermäuse huschten zukkend um den Kamin, Schwalben jagten dicht über den Gräsern, und drüben, am Hang, zog ein Roter Milan seine Kreise. Ciron und der Einsiedel nahmen Lanzen, die an der Hauswand lehnten, und entfernten sich schnell auf dem fußbreiten Pfad, der in der einsetzenden Dunkelheit mit der Umgebung verschmolz.

»Ich träume«, sagte ich leise, ging ins Haus und setzte mich an den Tisch. »Ciron de Beauvallon bringt mich zu Atlan! In solch kurzer Zeit!«

Gaspard hatte nicht an Wunder geglaubt. Er hatte mich gelehrt, nicht an Wunder zu glauben. Dennoch waren seine Erzählungen von Ciron und Atlan und Le Sagittaire voll von seiner Überzeugung, dort einen Ort gefunden zu haben, an dem zwei Männer allerlei Dinge vollbrachten, die wahrlich wunderbar schienen – in den Augen eines jeden anderen.

Ich aß und trank und blies die Hälfte der Kerzenflammen aus; solche Wachskerzen waren zu teuer, um verschwendet zu werden. Während ich die Satteltaschen auspackte, frische Kleidung, Tücher und jene stark duftende *Seife* aus Toulouse hervorzog, mußte ich unverändert an Cirons seltsame Ausstrahlung denken, an seine Kraft und die Sicherheit, mit der er handelte.

Die Flamme einer Kerze mit der Hand schützend, ging ich zum Anbau. Zwischen den Bottichen lag ein Holzrost, auf dem ich mich ausziehen konnte, ohne die staubige Kleidung noch mehr zu beschmutzen. Ich hielt inne und überlegte, dann wickelte ich entschlossen die Binden vom Oberkörper ab. Mir war gleichgültig, ob Ciron mich so sah oder nicht.

»In Beauvallon wäre ich wieder Graciana geworden«, murmelte ich. Mein eigener Name klang fremd in meinen Ohren. Ich zuckte mit den Schultern, wusch zuerst mein Haar und kämmte die Läuse aus den Haarspitzen, dann wusch und schrubbte ich Schmutz und Schweiß von zwanzig Tagesritten herunter, rieb mich trocken und spürte den kühlenden Nachtwind auf meiner Haut.

Nachdem ich meine Kleidung gewaschen und zum Trocknen über einen stachligen Busch gebreitet hatte, zog ich das lange weiße Hemd an, Gringeures Geschenk in Bayonne, bereitete mein Lager im Sand und löschte, bis auf eine, alle Kerzen.

»Mein Schlaf wird bewacht«, flüsterte ich. Ein Gefühl ergriff mich, zögerlich, aber wachsend, an das ich mich kaum mehr erinnerte. Ich hatte es zuletzt in Gaspards Armen gespürt: behütetes Glück.

Ich schlief, in den Reitermantel gehüllt und das Amulett mit der Rechten umklammernd, übergangslos ein.

Im Schlaf oder im Traum hörte ich die Männer zurückkommen. Sie flüsterten miteinander; ich verstand kein Wort.

Als ich – nach einem wunderbar tiefen, langen Schlaf – aufwachte, hatte sich die Welt verändert.

Wo war ich?

BERICHT RICO/RIANCOR/CIRON (zögernd, verlegen, unterschwellig um Nachsicht bittend):

»Als ich zweifelsfrei festgestellt hatte, daß es sich bei Garcia Carvajal um die Seuchenträgerin Graciana handelte, konnte der nächste Schritt meiner Planung ausgeführt werden.

Wir ritten zum Versteck, das Synonymus Eins nach meiner Programmierung perfekt eingerichtet hatte. Während des Ritts spielte ich sämtliche Parameter meiner Erfahrungen durch und kam zu dem Ergebnis, daß Graciana mehr Opfer als Täterin war, und daß sie die Gefahren für dich, Atlan, und für Beauvallon und darüber hinaus für eine unbekannte Anzahl Menschen keineswegs willentlich herbeigeführt hat.

Ihre erotische Abstinenz nach dem Tod deines Freundes Gaspard vermochte sie schier viel zu lange einzuhalten. Sie übte sich, wie ein alter, weiser Larsaf-Drei-Eingeborener, erfolgreich in Askese und blieb ihrer Maske Garcia treu, bis sie sich im sicheren Schutz Ciron de Beauvallons wußte.

Gringeure, ihr Sexualpartner zwischen dem ersten leidenschaftlichen Kontakt in Bayonne bis zu seiner verständlichen Flucht nach dem Aufenthalt vor Toulouse, erinnerte sie, eine knapp Dreiundzwanzigjährige, an Gaspard. Die Aufnahmen der Spionsonde beweisen, daß weder er noch sie leichtfertig handelten.

Auch ich, Atlan, habe Unmengen von Rechnerkapazität verbraucht, um mich nicht der Gefahr auszusetzen, leichtfertig zu handeln.

Der Umfang meiner Planungen ist jederzeit einsehbar, wie üblich.

Als Graciana schlief, kehrten ich und Synonymus zurück. Ich setzte einen schwächst dosierten Lähmstrahl ein, dessen Wirkung etwa 36 Stunden anhielt.

Über die Transmitterverbindung, die S.Eins und ich mit ihrem Gepäck testeten, begab ich mich nach Le Sagittaire. Dort waren ein Großteil der logistisch unabdingbaren Systeme aktiviert und einige Räume in bewohnbaren Zustand versetzt worden. Kurz darauf traf S.Eins mit Graciana ein, die in einem Einmal-Inert-Anzug steckte. Ich unterbrach ihren Schlaf nicht und stellte eine ihr begreifbare Umgebung her.

Synonymus brachte die Pferde in zwei Gleiterflügen nach Beauvallon, wo sie auf der Weide entdeckt wurden. Noch haben die Bewohner keine Erklärung erhalten.

Daraufhin baute Synonymus alle uns gehörenden Einrichtungen seiner Einsiedelei ab, überließ das Gelände und die Hütte dem weiteren Verfall und bugsierte den Gleiter in Sagittaires Gewölbe. Sowohl er als auch ich benutzten die Transmitterbrücke zwischen dem Schlößchen und der Station. Es mag überflüssig erscheinen, aber wir unterzogen uns dem vollen Dekontaminier-Programm, bevor wir das Innere des Überlebenszylinders betraten.

Die Dauer dieser Arbeiten ist ein Teil der Erklärung, warum ich in den ersten entscheidenden Phasen nicht zugegen sein konnte.

Der Status zu dieser Stunde:

Bis auf die Aktivierung Le Sagittaires, das für Außenstehende scheinbar keinen Bewohner hat, ist der ursprüngliche Zustand wieder herbeigeführt. Graciana wird in etwa fünf

Stunden aufwachen. Sie kann das Schlößchen nicht verlassen. Ein Fenster gestattet ihr den Blick auf das Dörfchen, den Dörflern aber keinen Blick auf sie. Es besteht optische und akustische Verbindung zwischen ihrem Aufenthaltsraum und unserer Schaltzentrale. Die Erreger und die Trägerin der Erreger – wahrscheinlich ein mutierender Virus – sind isoliert.

Ich bitte um Nachsicht. Es waren zu viele Entscheidungen in zu kurzer Zeit zu treffen. Aber: Die Lage ist stabil, allhier.«

12.
Lilith

Ein tief versteckter Teil meines Ichs spürte, fühlte, merkte oder war sich bewußt, daß Leben und Wirklichkeit wie langsam fallende Tropfen das leere Gefäß zu füllen begannen, das Atlan war, das ich bin. Ich nahm nach einer ungewissen Zeit zunächst grobe Helligkeitsunterschiede wahr, glaubte etwas später vertraute Geräusche hören zu können und ein weniger vertrautes Gesicht zu sehen, ehe ich von einem Schlaf in den anderen glitt; jenen Schlaf, der mich ins Leben zurückbrachte.

Die vielen Phasen des Wiederbelebungsprogramms ließ ich halb schlafend, fast völlig willenlos, halb bei zunehmendem Bewußtsein über mich ergehen. Als ich mich mit schmerzenden Muskeln langsam bewegen konnte, als ich den Blick zu fokussieren vermochte, bemerkte ich neben meinem Vibrationssessel eine Frau, die ich noch nie gesehen hatte. Mein Zellschwingungsaktivator schien meine Brust verbrennen zu wollen; der Extrasinn schwieg wie eine Krypta.

»Wer bist du?« konnte ich gerade noch krächzen, ehe meine Stimme versagte und die Stimmbänder zu schmerzen begannen.

»Ich bin Lilith«, sagte sie mit einer Stimme wie Honig, Morgentau und Würzwein.

Meine Augen erfaßten alles, aber das Begreifen dessen, was ich zu sehen glaubte, dauerte noch viel zu lange.

Lilith, natürlich. Die Frau, die in der talmudischen Tradition als Adams erste Frau betrachtet wurde. Ein Objekt, Teil von Ricos technisch-positronischem Zeitvertreib. Ein Prototyp-Robot in Frauengestalt, aus dem dereinst ein Hochleistungsrobot werden sollte. Rico vergnügte sich damit, ihr Aussehen einem unerreichbaren Ideal anzugleichen. Mir dämmerte, daß er wieder einige Jahre lang an ihrer Schönheit gebastelt hatte.

Ihre vollkommenen Beine waren eine Handbreit zu lang, ihr Körper anziehend, die Hüften und die Taille übertrieben, der Hals zu grazil und das sinnlich-kühle Gesicht zu schön mit einer schmalen Nase und blauen Augen, deren Iris ins Purpurne spielte. Haar von der Farbe gälischen Goldes war zu einer Hochfrisur getürmt, ebenso einzigartig wie undurchführbar. In den Ohrläppchen hingen Schmuckstücke von unerhörtem Wert; irgendwelche Beutestücke aus den vergangenen Jahrtausenden. Der Ausschnitt ihres Kleides hätte sie in Spanien direkten Weges auf den Scheiterhaufen gebracht. Ihre Hände mit zu schönen, zu langen und zu schmalen Fingern, ringgeschmückt, hielten einen kinderkopfgroßen Pokal.

»Die abgemessene Ration deines unaufschiebbaren Konzentrattrunks, Atlan«, sagte sie. Ich röchelte:

»Wein?«

»Nein.«

Sie beugte sich vor und half mir, den Pokal zu leeren. Das sättigende, vitamin- und mineralreiche Gebräu belästigte Kehle und Speiseröhre, aber nicht den Gaumen und die Zunge. Ich holte tief Luft und schüttelte den Kopf, jeweils zwei Fingerbreit.

»Wo ... ist ... Rico?«

»Rico und S.Eins sind auf wichtiger Mission außerhalb der Unterwasserstation, o Gebieter Atlan.«

Ich erschrak. Dies entsprach nicht dem Zustand, den ich erwartete, und auf den ich angewiesen war, wenn ich aus dem Kältetiefstschlaf erwachte. Mein Erschrecken wäre weitaus größer gewesen, wenn mein Verstand schon zufriedenstellend gearbeitet hätte. Vor mir wechselten Farben und Formen einer Holoprojektion, ich glaubte Musik mir unbekannter Komponisten zu hören.

»Warum bin ... ich geweckt ... worden?«

Ich begriff soviel, daß ich die Umstände nicht anders als Gefährdung meiner Person, der Überlebensanlage oder zumindest eines großen Teils des Planeten deuten mußte. Aber noch während ich versuchte, den Grund meines heißen Erschreckens herauszufinden, kroch die Müdigkeit von allen Seiten heran und stülpte sich förmlich über mich. Ich hörte gerade noch Lilith sagen:

»Weil eine Person, die ich nicht kenne, nicht nur Rico aufgeschreckt hat, sondern mir und den Maschinen den Befehl gegeben hat, dich zu wecken.«

»Nannte diese ... sich ES?«

»Das ist ihr Name.«

Abermals kämpften jäher Schreck und lastende Müdigkeit miteinander. Das Programm schaltete zusätzliche Lautsprecher an; laute Musik, die ich auch kurz vor dem Einschlafen gehört hatte, erfüllte die Kuppel, auf deren Bildschirmen Szenen abliefen, die aus meinem letzten Wachzustand stammten. Bilder, Farben und Geräusche verhinderten eine Schädigung meines Verstandes. Über meinen Zustand siegte binnen Sekunden das Schlafbedürfnis.

Rund zweiundsiebzig Stunden später, als ich weitaus wacher und kräftiger war und meine gesamte, gewohnte Umgebung mit zufriedenstellender Klarheit wahrnahm, war mein Erschrecken nicht geringer geworden. Aber ich konnte die Kräftigung meines schlaffen Körpers nicht beschleunigen. Ich saß, in den weichen Mantel eingewickelt, vor den Schaltpulten und einigen ablaufenden Holoprojektionen und erkannte Rico, der in den Räumen von La Sagittaire hantierte.

Musik von Jean-Baptiste Lully flutete durch den Raum. Ricos Verhalten signalisierte zielgerichtete Aktivität, aber keine Gefahr. Wie ein Schatten begleitete mich Lilith. Rico hatte sie wahrscheinlich dazu programmiert, mich nicht eine Sekunde lang aus den Augen zu lassen.

»ES hat also das Aufweck-Programm gestartet«, sagte ich. Noch immer war das Sprechen mühsam. »Rico bereitet das Schlößchen für unsere Ankunft vor. Weißt du mehr und Genaueres, Lilith?«

Sie war in ein aufreizendes gelbschwarzes Gewand gekleidet und lief auf Kothurnen mit dünnen Absätzen. Ihr Lächeln war überströmend, als sie antwortete:

»Meine Informationen, Gebieter Atlan, sind unvollständig. Rico und Synonymus haben eine Person, die sich Beauvallon nähert, lange auf den Straßen gesucht und endlich gefunden. Sie trägt hochinfektiöse Krankheitskeime in sich. Rico hat sie im Schlößchen isoliert.«

Ich nickte mit schmerzenden Nackenmuskeln und drosselte die Lautstärke der Musik.

»Wer hat ihn dazu beauftragt?«

»Nämliche Person, die sich ES nennt. An alle Einrichtungen erging ein optisch-akustischer Befehl.«

Das Vorhaben hatte also nichts mit dem Weltuntergang oder einem Angriff Nahith Nonfarmales zu tun. Plötzlich erhob der Logiksektor seine Stimme und flüsterte mitten in meine träge kriechenden Gedanken hinein: *Wenn ES sich zweimal in kurzer Zeit meldet, mit oder ohne Gelächter, dann sieht ES einen hohen Grad der Gefährdung für dich und andere.*

»Richtig«, sagte ich leise. »So war es bisher immer.«

Unvermittelt setzten die Vibrationen ein, die meine schlaffen Muskeln kräftigen sollten. Die Bilder aus Le Sagittaire verschwammen vor meinen Augen; Lilith wurde zu einem zitternden Schemen. Wieder schnitt mich ein langer, natürlicher Schlaf von der Wirklichkeit ab.

Während ich die Aufnahmen einer schwebenden Sonde studierte, die den zufriedenstellenden Zustand des Dörfchens schilderte, seiner Menschen, Tiere und Felder, samt Weinbergen, Weiden, Schmiede und Wassermühle, versuchte ich abzuschätzen, was mich auf der Oberfläche des Planeten im zweiten oder dritten Monat Anno Domini 1650 erwartete. Ich analysierte mit einiger Anstrengung die Änderungen, die seit dem Ende des Krieges der drei Jahrzehnte in Deutschland stattgefunden hatten: Sie waren unbedeutend. Die Könige, Herrscher aller Art und der Kaiser suchten ihre Macht und ihr Ansehen im Volk noch immer durch Kriege zu sichern. Eigentlich hatte ich anderes nicht erwartet. Der Einsiedler Malte Uhlenhorst war etliche Jahre zuvor von den Visionen zutreffender Ereignisse gemartert worden.

Rico war noch immer oder schon wieder im Schlößchen, meiner ersten Wohnung, wenn ich kräftig genug war.

Ich entschloß mich im stillen, ein Haus in Paris einzurichten, und ein anderes irgendwo in England. Darum sollte sich Rico kümmern. Spöttisch bemerkte der Extrasinn: *Sicherlich wird dir daran gelegen sein, das Dasein als Paladin der Menschheit mit allerlei Vergnüglichkeiten auf das Angenehmste zu verbinden!*

»Sicherlich«, knurrte ich. »Ich versuche mein Bestes.«

Kurze Zeit später standen Lilith und Synonymus Eins neben meinem Sessel. Ich löste meine Blicke von den Hologrammen, deren Zusammenhänge ich gerade mühsam zu verstehen begann.

»Graciana de Yuste y Carvajal ist sicher untergebracht, Gebieter«, sagte S.Eins.

Ich starrte ihn an:

»Wer? Wie? Und – wie siehst du aus?«

»Angemessen meiner Maske als Einsiedel.«

Einsiedel? Maske? Graciana? Ich hob den Arm, deutete auf einen Holobildschirm und sagte:

»Gib mir eine verständliche Zusammenfassung deiner letzten Tätigkeit auf der Planetenoberfläche. Und du, Lilith, rufst augenblicklich Rico hierher. Er scheint der Hauptschurke der gesamten Unordnung zu sein. Schnell!«

Sie kommunizierten mit den Schaltungen, Speichern und Programmen der Kontrollpunkte ebenso schnell und lautlos wie untereinander. Die Projektionen wechselten, und ich sah die Zusammenfassung von Ereignissen, die von einer Bildfolge zur anderen furchtbarer und bedrohlicher wurde. Ich sah Gaspard de Rochemont sterben.

Schweigend ließ ich die Bilder auf mich einwirken.

Ich hörte, was Gaspard zu seiner Geliebten sagte, sah die schneebedeckte Extremadura, die bildschöne junge Frau, die sich als Mann maskierte und mit beachtlichem Geschick durchschlug. Gringeures Auftritt, sein Ritt mit Graciana-Garcia und seine Flucht, schließlich einen Zusammenschnitt von Ricos Anordnungen und Ausführungen nach dem lärmend-überzeugenden Auftritt von ES.

Du und Rico, ihr seid die Ziele Gracianas, flüsterte der Extrasinn. *Dadurch gerät dein arkonidischer Metabolismus in Gefahr, von einem Erreger befallen zu werden, den weder die Medorobots noch der Zellaktivator unschädlich machen können. Du bist höchst gefährdet, Arkonide!*

»Das ist mir inzwischen klargeworden.« Ich beobachtete Graciana zu Pferde, im Kampf, im Schlaf. Dann, von allen Anstrengungen erholt, unruhig in Le Sagittaire an den Türgriffen rüttelnd.

Der Logiksektor sagte mit Bestimmtheit: *Sie ist eine Schönheit. Laß dich nicht beeindrucken. Sie ist wie eine Zeitbombe. Sie kam, um sich heilen zu lassen, aber sie kann dich töten.*

Ich hatte es geschafft, meinen Sessel zu verlassen und ging zwischen den Projektionen und Schaltpulten hin und her. Die Frau war nicht älter als vierundzwanzig Jahre, groß und schlank, mit bräunlicher Haut und schulterlangem, schwarzem Haar; ich hatte es in der Synopsis immer länger werden gesehen. Im Licht der künstlichen Kerzen des Schlafraums in Le Sagittaire huschten bläuliche Reflexe über die seidigen Strähnen. Eine Linse verweilte längere Zeit auf ihrem Gesicht, die Vergrößerung zeigte goldbraune Augen und die leidenschaftlichen Lippen. Zunächst ruhig, dann in steigender Verwirrung, blickte Graciana ins Aufnahmegerät, dann verließ sie mit schnellen Schritten den Wohnraum, lief ins Bad und streifte das Kleid ab. Langsam stieg sie ins schäumende Wasser und tauchte darin ein.

Ein Signal, ein kurzes Flimmern, dann zeigte eine Projektion den Robot Rico, als reitender Gascogner maskiert. Er wandte sich direkt an mich und sagte:

»Ich bin auf dem Weg in die Kommandokuppel. Es dauert eine Weile, bis mich die Dekontaminationsschleuse freigibt. Hier, Atlan, ist eine erste Erklärung.«

Ich hörte zu, sah in sein schnurrbärtiges Gascognergesicht und las:

BERICHT RICO/RIANCOR/CIRON (zögernd, verlegen, unterschwellig um Nachsicht bittend):

»Als ich zweifelsfrei festgestellt hatte, daß ...«, begann er und schloß: »Die Lage ist stabil; allhier!«

»Allhier«, brummte ich, von der präzisen Logistik seiner Planung und Durchführung begeistert und von seiner Abwesenheit versöhnt. »Wahrscheinlich hat er sich für diesen Bericht etwas Mut an einem Uisge-beatha-Krug erschnuppert.«

Dem Bericht war ein Zusatz angefügt:

Zusammenfassung und Kommentar – eingespeist am Tag der ersten Weckschaltung. Ich wurde von Lilith per Funk von ES' zweiter Einmischung verständigt und war unabkömmlich.

Der Logiksektor bemerkte: *Achttausend Jahre unermüdlicher Selbstprogrammierung scheinen doch erfolgreich gewesen zu sein. Ricos Planung war umfassend.*

Unbemerkt war Rico in die Kuppel gekommen und trat hinter Lilith und Synonymus hervor.

»Das hast du meisterlich erledigt, Ciron de Beauvallon. Ihr alle wart überzeugend«, sagte ich. »Als dein körperlich stark geschwächter Milchbruder frage ich: Wie sieht der nächste sinnvolle Schritt aus?«

Ohne Zeitverzögerung sagte Rico: »Graciana kennt nur mich und den alten Einsiedel. Schicke Lilith zu ihr, im schlichten Gewand einer Beauvalloisin. Ich werde die Vocoderblöcke manipulieren, so daß du mit Liliths Stimme zu ihr sprichst. Von Frau zu Frau, sozusagen.«

Nicht einmal ich grinste. Mir tat Graciana leid, und ein tödliches Virus oder Bakterium taugte nicht zur fröhlichen Unterhaltung. Ich nickte.

»Kann Graciana bis morgen allein bleiben?«

»Das sind sechzehn Stunden. Selbstverständlich. Für Schlaf, Essen und Selbstbeschäftigung ist gesorgt. In Hypnoschulung lernt sie Französisch.«

»Sehr gut!« In sechzehn Stunden war ich, nach abermals einem Schlaf und dem ersten leichten Essen durchaus in der Lage, mich mit Graciana vernünftig zu unterhalten. Ich spielte einige Atemzüge lang mit dem Gedanken, ihr die voll arbeitende Illusionslandschaft als größeres *Gefängnis* zur Verfügung zu stellen, aber das hieße, der unbekannten Gefahr jedes Druckschott des Überlebenszylinders weit zu öffnen.

Synonymus legte das löchrige Gewand des Einsiedels ab, ließ sich als englischer Stutzer maskieren und flog, von Rico unausgesetzt beobachtet und kontrolliert, mit dem schweren Beauvallon-Gleiter, einen sicherheitsverpackten Transmitter im Gepäck, nach Südengland. Er begann dort die Suche nach einer brauchbaren Unterkunft. Seit den Tagen, an denen Rico im Paris des Neunten Charles, seiner Mutter Catharina di Medici und des alten Magister Michael de Notre Dame vulgo Nostradamus, stapelweise Dokumente und Bildwerke gefälscht hatte, besaß ich in der Stadt ein massiv gemauertes Haus in einem schmalen Gäßchen, das wohl noch nicht eingeebnet worden war. Als ich, nach einem Frühstück, das seinen Namen verdiente, auf dem Weg zu einem Übungsraum mit Solarlampen war, erwartete mich Lilith.

»Ich bin Roquette, die Bauerntochter«, sagte sie. Ich brach in Gelächter aus, das schlagartig aufhörte, als ich jener Roquette dachte, die ich einstmals in Le Sagittaire geliebt hatte. »Auf dem Weg zu Graciana.«

Sie trug die gebrauchte, veredelte Kleidung einer Bäuerin und ihr Haar in zwei Zöpfen, die schneckenartig über ihren Ohren befestigt waren. Zwei rote Holzperlen steckten an den Ohrläppchen. Im Arm hielt sie einen echten Weidenkorb mit frischem Essen und einem originalen Tuch. Ich musterte ihre wenig glaubwürdige Aufmachung und sagte:

»Zieh die teuren Ringe von den Fingern, tue etwas Schmutz unter die Fingernägel und nimm eine zweite Flasche Wein mit. Warte, bis ich mit den Übungen fertig bin; zwei Stunden.«

»Sehr wohl, Herr Graf«, sagte sie. »Roquette tut, was Ihr wünscht.«

»Das möchte ich mir erbeten haben.«

Ich arbeitete schwitzend mit und gegen die Geräte, setzte mich nackt den Solarlampen aus, trank laues Quellwasser aus Beauvallon, duschte, ließ mich massieren und einölen, trank wenig leichten Wein und schickte, bevor ich in dem übergroßen, inaktivierten Vibrationssessel versunken war, Lilith-Roquette nach Le Sagittaire. Die versteckten Linsen zeigten mir, wie sie im Gewölbe aus dem Transmitter kam und die schmale Steintreppe – leicht zu verteidigen, mit vierzehn Stufen und drei Fallen – hinaufstieg. Sie öffnete die Tür zwischen Eingangshalle und Wohnraum und rief:

»Graciana? Besuch für Euch! Ich bin's, Roquette, die Vertraute von Graf Atlan.«

Ich sah, wie Graciana das Buch zuschlug, aufsprang und zur Tür eilte.

Nach fünf oder sechs Tagen, während denen ich meist allein in den Mauern des Schlößchens war, die gläsernen Wandbilder, jede Einzelheit der Einrichtung und die Wohltat des großen Bettes bestaunte, hörte ich Geräusche und eine Stimme, die weniger seltsam klangen als die Stimmen in meinem Kopf. Ich öffnete die Tür und stand einer schönen jungen Frau gegenüber, die mich anlachte, einen Korb hob und fröhlich rief:

»Ich bring Essen und Wein. Graf Atlan kommt in ein paar Tagen. Setzen wir uns an den Tisch?«

»Nichts lieber als das«, sagte ich und zog sie an den Tisch vor dem Fenster, durch das frühnachmittägliches Sonnenlicht hereinfiel. Endlich war da jemand, an den ich meine tausend Fragen richten konnte. »Weiß Graf Atlan, daß ich hier bin, daß mich Gaspard de Rochemont schickt?«

»Er weiß vieles«, sagte die hellhaarige Frau und stellte Pastete, frisches Brot, Butter und zwei Weinflaschen auf den Tisch. »Vielleicht sogar alles. Holt Ihr die Gläser vom Wandbrett?«

Ich hatte noch nie eine solch schöne Dienerin gesehen. Wir deckten die Hälfte des Tisches, die am Kamin stand, mit Bechern, Tellern und Messern ein. Roquette schenkte die Gläser mit tiefrotem Wein halbvoll, dessen Duft nach wenigen Herzschlägen den großen Raum erfüllte.

»Ich bin von Spanien hierher geritten«, sagt ich und brach ein Stück vom langen, weißen Brot. »Ciron de Beauvallon habe ich alles erzählt. Er kennt meinen Weg, mich und alle meine Bitten.«

»Was Ciron weiß, wissen auch wir, Fürst Atlan und ich. Es ergeht Euch gut in diesem Gemäuer?«

»Noch nie ist es mir so gut gegangen. Jedes Zimmer und alles, was darin ist – wunderschön, kostbar und voller Überraschungen. Vor ein paar Tagen stotterte ich herum, und heute spreche ich mit Euch, als wäre ich in Frankreich geboren. Heißes Wasser aus silbernen Hähnen! Kerzen, die nie abbrennen. Davon hat mir Gaspard nichts erzählt. So viele herrliche Bilder an den Wänden! Ich wäre so gern hinausgelaufen, ins Dorf...«

Ich strich Butter aufs Brot, legte Ziegenkäse und Pastete darauf, trank den herrlichen Wein und spürte, wie die Unruhe der Unzufriedenheit von mir wich. Endlich jemand, mit dem ich reden konnte, und der mich verstand. Plötzlich fiel mir das Amulett ein. Ich lief ins Schlafzimmer und nahm es vom Beitisch, gab es Roquette.

»Gib es dem Graf zurück, bitte.«

Roquette nickte. »Erzählt mir, Herrin Graciana, warum Ihr den langen, gefahrvollen Weg gewagt habt«, bat sie leise und legte die Hand auf meinen Unterarm. »Laßt Euch Zeit. Wir können tagelang darüber reden. Zuerst: Gaspard de Rochemont war vielleicht nicht der beste Freund, aber ein guter Freund von Graf Atlan. Sie kämpften an vielen Tagen, auf vielen Schlachtfeldern, für den gleichen Herrn. Von seinen Wunden – Ihr mögt die Narben kennen – erholte er sich zweimal hier; an diesem Tisch saß und redete er mit dem Grafen.«

»Mit ihm, der eines Tages zum Gutshof meines Vaters kam, beginnt die Geschichte«, sagte ich. Wir aßen und tranken, und nach einer halben Stunde hob Roquette den Zeigefinger. Einen Atemzug später schien leise, nie gehörte Musik aus allem Ecken und Winkeln des Wohnraums zu dringen;

woher sie kam, denn auf den Terrassen spielten keine Musikanten, wußte ich nicht. »Eine lange Geschichte. Wollt Ihr sie hören, gute Frau?«

»Bleiben wir bei Roquette. Ja. Erzählt von Anfang an. Eine Geschichte von Liebe und Tod? Nichts hören wir Frauen lieber. Ihr wißt es.«

Ich nickte schwer und begann an dem Abend, als Gaspard müde, staubig, durchnäßt und halbverhungert in der Wohnhalle von Casa Carvajal zusammengebrochen war. Ich erzählte und redete, aß und trank Wein, redete und erzählte, wischte einige Tränen weg, und Roquette stellte an den richtigen Stellen die richtigen Fragen.

Es war Nacht geworden, der Wein war getrunken. Roquette holte zwei volle Flaschen aus dem Gewölbe, und ich redete von Albadolores und Mutter Ysabel, und nicht ein einziges Mal fehlten mir dabei die richtigen Worte und Ausdrücke.

»Hier bin ich«, sagte ich mit heiserer Stimme. »Gaspard hat gesagt, daß ihr mich heilen könnt – ihr, Ciron und Graf Atlan. Ich bitte um Hilfe. Ich tu alles, was ihr wollt. Ich bin vom Einsiedel und von Ciron so herzlich aufgenommen worden, daß ich es wage, Euch zu bitten. Allerdings – wie ich von der Einsiedelei hierher, ins Schlößchen, gekommen bin, das muß wie im Traum gewesen sein.«

Ich blickte den Rest Wein in meinem Glas an und merkte, daß ich trunken war.

»Es war wie im Traum. Aber es war kein Wunder«, sagte Roquette. »Es ist spät, wir sind müde. Ich bring Euch zu Bett, Graciana.«

Plötzlich, nach einer Menge Wein, die ich sonst gut vertrug, ohne zu schwanken und zu stolpern, wurde ich todmüde. Roquette half mir auf, führte mich ins Schlafzimmer, zwischen schwere Vorhänge, Bilder in glühenden Farben, die andere Geschichten als ich erzählten, und half mir, mich auszuziehen und ins weiche Hemd zu schlüpfen; als sie den Saum der Decke hochzog, lächelte ich sie an und schlief ein.

Am Morgen begrüßten mich der Geruch eines Hagebuttensuds, fröhliche Musik und Roquette.

»Wenn du versprichst«, sagte sie, »das Schlößchen nicht zu verlassen, unter keinen Umständen, läßt der Monsieur Graf alle Schlösser von Türen und Fenstern öffnen.«

Ich hatte eine winzige Wunde in der rechten Ellenbeuge. Sie sah wie ein Flohbiß aus, schmerzte und juckte aber nicht. Ich zuckte mit den Schultern.

»Die Leute in Beauvallon werde ich nicht anfassen«, sagte ich. »Du weißt, daß Gringeure auch nicht gestorben ist. Aber – ich verspreche es. Darf ich auf die Terrasse?«

»Wann immer du willst.«

Die Langeweile hatte ich mir damit vertrieben, daß ich meinen Körper mit all den duftenden Seifen und Salben pflegte. Mein Haar, die Fingernägel und Füße: für jeden Zweck fand ich in dem wunderschönen Baderaum mit dem immerwährenden Warmwasserfluß geeignete Werkzeuge und Salben und Öle.

»Wie lange werde ich noch auf den Grafen warten müssen?« Ich hatte in der Bibliothek nur zwei Bücher gefunden, die in Spanisch geschrieben waren. Von der Terrasse und durch die offenen Fenster konnte ich wenigstens den Pflanzen beim Grünen und den Bauern beim Arbeiten zusehen. »Nicht länger als eine Woche«, sagte sie. »Du versprichst mir, keinen Menschen dort draußen anzufassen?«

»Ich schwör's!« Ich hob die Hand und starrte Roquette fragend an, als auf einen Wink von ihr wieder die Musik erscholl. Plötzlich wußte ich, daß Claudio Monteverdi, ein Italiener, sie geschrieben hatte. Aber ich verstand die Sänger nicht. »Woher kommt diese Musik? Weit und breit sind kein Musikanten zu sehen!«

Roquette lachte. »Ein kleines Geheimnis des alten Grafen.«

Ich dachte an Gaspards Medaillon, zuckte mit den Achseln und schwieg.

Rico verteilte die kleine Blutmenge, die Lilith Graciana während des Schlafs abgezapft hatte, auf mehrere Glasgefäße, setzte eine Bakterienkultur an, eine zweite Virenkultur, und wir zogen uns in ein ehemaliges Arkon-Flottenlaboratorium zurück, das wir buchstäblich alle halben Jahrtausende einmal benutzten. Einen Tropfen Blut in der größten Leistungsstufe der Mikroskope zu untersuchen, fiel mir leicht, aber wie mit einem Keim umzugehen war, dessen Aussehen wir nicht einmal erahnen konnten, blieb mir im Sinn des Wortes schleierhaft.

Rico suchte in den Speichern der Zentralen Rechenanlage und rief schier unzählbare medizinische und naturwissenschaftliche Informationen auf.

Was wußte ich mit Sicherheit?

Weniges und Widersprüchliches. Das Virus – falls es ein Virus war! – blieb in trockener Umgebung inaktiv. In Blut und jeder anderen Körperflüssigkeit, also auch in Tränen!, waren die Sporen, Keime, Bakterien, was auch immer, schnell von einem Menschen zum anderen zu übertragen.

Ohne Zweifel auch von einem Menschen auf einen Arkoniden! Hüte dich davor, Graciana anzufassen! rief erschreckt der Extrasinn.

Also bei Verletzungen, beim Liebesakt, beim Kuß und wenn Tränen in eine offene Verwundung fielen. Gemeinsames Trinken aus einem Becher, wenn Zunge oder Lippen winzige, unsichtbare Wunden hatten, konnte tödlich sein. Wenn eingetrocknetes Blut verweht wurde, bedeutete dies wahrscheinliche Ansteckung, ebenso sicher wie durch Kot und Urin. Andererseits: Nicht jeder Kontakt war, oder anders ausgedrückt: wenige Kontakte blieben folgenlos. Gaspard de Rochemont und Gringeure schienen entweder Begünstigte des Zufalls gewesen zu sein, oder sie hatten immunisierende Blutzellen entwickelt, von denen das Virus in seiner Wirksamkeit geschwächt oder gar vernichtet worden war.

»Wir müssen noch sehr viel mehr herausfinden«, sagte ich nach zwei Tagen intensiver Suche. Ich hatte die Arbeiten immer wieder unterbrechen müssen; das Reanimationsprogramm nahm viel Zeit und Anstrengung in Anspruch.

»Können wir mit irgend einem Teil unserer Ausrüstung Graciana helfen?« fragte Rico.

»Um sie nicht zu sehr zu erschrecken, werden wir sie betäuben, in einen Schutzanzug kleiden und von den Medorobots der Station untersuchen lassen«, sagte ich und forschte in meinen Erinnerungen nach ähnlichen Problemen und deren Lösungsmöglichkeiten. »Vielleicht hilft etwas aus unserem Vorrat von Breitband-Antibiotika. Oder ein anderes Mittel. Denn Graciana ist mit vielen Menschen in Kontakt gewesen, so wie jedermann auf dem Planeten, ohne daß es zur Ansteckung kam.«

»Lilith und ich dekontaminieren jedesmal, wenn wir aus dem Transmitter kommen«, sagte Rico. »Was dich betrifft ...«

Ich hob abwehrend die Hände.

»Was mich betrifft, habe ich nicht vor, mich anstecken zu lassen. Bei all ihrer Schönheit – ich bin kein Selbstmörder. Überdies vergißt du dieses pfiffige Gerät.«

Ich hob den Zellschwingungsaktivator an der Kette an. Ricos Augen verfolgten die Schaukelbewegung; er sagte:

»Keineswegs, Herr Graf. Es ist meine Pflicht, dein mitunter leichtsinniges, wagnisreiches Verhalten rügend zu erwähnen.«

Ich grinste. »Du bist wirklich der beste aller Robots.«

»Will ich meinen. Ich bin auch der einzige mit voll entwickelten Programmierungen.«

Ich überließ Rico die weiteren Untersuchungen und unterzog mich wieder der notwendigen Quälerei unter den Solarlampen, inzwischen mit fester Nahrung und festeren Muskeln und, wie ich erfreut feststellte, mit gewohnt gut arbeitendem Verstand. In widerwilligem Tonfall sagte der Extrasinn:

Nicht nur auf Larsaf Drei kann Selbstüberschätzung tödlich sein, Arkonide!

Am nächsten Morgen – gerechnet am Sonnenstand über dem versteckten Ardèche-Tal – brachte Rico, nachdem er sich der Reinigungsprozedur unterzogen hatte, Graciana im Schutzanzug in die Unterwasserstation. Er trug sie in den strahlend hell beleuchteten Krankenhaustrakt und überließ sie den robotischen Einrichtungen. Ich ahnte in mürrischer Laune, daß unsere Schwierigkeiten nicht kleiner werden würden. Andererseits fühlte ich mich verpflichtet, Graciana zu helfen. Wegen Gaspards Freundschaft zu mir, wegen ihres ungeheuren Muts, sich bis zum Flußlauf des Allier durchgeschlagen zu haben, und weil sie, eine bezaubernde Schönheit, mein Interesse erregt hatte.

13.
Carundel Mills

Daß der Generalleutnant eines fürstlichen Heeres, ein Puritaner und Angehöriger des Unterhauses, einen König hinrichten ließ, zählte keineswegs zu den Alltäglichkeiten einer verworrenen, von Kriegen erschütterten Welt. Oliver Cromwell hatte nach etlichen Schlachten im Bürgerkrieg vor mehr als einem Jahr König Charles I. von England köpfen lassen. Synonymus Eins, der im Begriff stand, eine Mühle und etliche halb verfallene Häuser mit Hilfe der unermüdlichen Subrobots nach Ricos Anweisungen instandzusetzen und mit versteckten Einbauten zu versehen, steuerte eine Spionsonde zu Cromwell, der im Begriff stand, mit dem Auftrag des Parlaments in Schottland die Republik wieder einzusetzen.

Er war offensichtlich vor kurzer Zeit zum Oberanführer aller republikanischen Heeresteile ernannt worden.

Carundel Mills – oder Mill, je nachdem, ob die Mühle oder der gesamte Besitz gemeint war – gehörte Conte Adlon d'Arcoyne, also mir. Ebenso wie das Häuschen in Paris. Unter welchem Namen ich es gekauft hatte – daran erinnerte sich Rico. Meine Versuche, die verworrene Geschichte der vielen Auseinandersetzungen zwischen Parlament und Königtum in England, Irland und Schottland in ein annähernd verständliches System umzusetzen, wurden durch Rico unterbrochen.

»Die Medorobots, Atlan, haben ihre Arbeit beendet. Graciana ist von siebzehn relativ unbedeutenden Krankheiten beziehungsweise künftiger Veranlagung dazu befreit. Sie ist nunmehr von makelloser Gesundheit.«

Ich deutete seinen Gesichtsausdruck richtig:

»Bis auf dieses verdammte Virus, nicht wahr?«

»So ist es. Leider.«

Was tun? fragte ich mich. Nach kurzer Überlegung sagte ich:

»Bringe sie wieder zurück nach Sagittaire. Zwei Tage lang wirst du in Carundel Mill alles erledigen, wozu Synonymus nicht in der Lage ist. Ich und Lilith kümmern uns um Graciana. Ich werde später einen letzten Versuch mit dem Zellaktivator wagen. Wenn Graciana schläft, melde dich in der Schaltzentrale.«

»Verstanden.«

Ich lehnte mich zurück und schloß die Augen. Daß ich durch diese unbekannte Krankheit gefährdet war, berührte mich weniger als die Einsicht, der jungen Frau nicht helfen und die Ausbreitung einer Massenansteckung, als äußerste Konsequenz, nicht verhindern zu können.

Der Logiksektor faßte meine Überlegungen am Ende der nächsten Stunden in einer Analyse zusammen, die ich unausgesprochen schon zuvor getroffen hatte: *Sinnlos, in Afrika nach den Spuren des Erregers suchen zu wollen. Niemand weiß, woher Mdanbai-Albadolores stammt. Auch Gracianas Mutter Ysabel wird wenig hilfreich sein. Die Bakterienkultur hat sich nicht entwickelt, also: kein Bakterium. Dein Schützling wird, um nicht als lebende Zeitbombe umherzuirren, isoliert bleiben müssen.*

»Ja, Graciana«, murmelte ich versonnen, in tiefer Betroffenheit, »mit dieser Drohung müssen wir irgendwie fertigwerden.«

Zwei, drei Tage danach musterte ich meine Erscheinung in einem großen Spiegel. Zwar würde ich es vorgezogen haben, einen Monat lang im fernen Süden auf einer Insel zu verbringen und in der Lagune zu schwimmen, aber ich fühlte mich ausgeruht und stark. Ich stieg von der Abstrahlplatte des Transmitters im Gewölbe, kletterte die Treppe hinauf und klopfte an Gracianas Tür, an die Tür der voll funktionsfähigen Bibliothek.

»Ihr müßt Graf de Beauvallon sein!« rief sie und verbeugte sich tief. »Ja! Ihr seid Atlan de Beauvallon.«

»Ich wechsle nicht nur meine Namen«, sagte ich und vermied ihren Griff um meine Hände. »Mitunter auch das Aussehen.«

Ich setzte mich ihr gegenüber in einen hochlehnigen Sessel und betrachtete sie. Roquette hatte Graciana mit einfacher Kleidung ausgestattet. Sie bewegte sich mit jener Sicherheit, die ich von wenigen Frauen kannte. Ihre Schönheit war außerordentlich, und als sie hellen Wein in Gläser goß, war ihre anfängliche Unsicherheit verschwunden.

»Ich weiß alles, was Ihr Roquette erzählt habt«, sagte ich. »An Gaspard erinnere ich mich mit tiefem Bedauern. Ciron und ich wissen, daß Ihr hierher gekommen seid, um Rat und Hilfe zu finden.« Ich zögerte, hob das Glas und sah in ihre großen Gazellenaugen. »In anderen Räumen, vom Schlößchen entfernt, haben wir bestimmte Geräte und kluge Helfer, die im letzten Monat nichts anderes getan haben, als sich mit Eurer Krankheit zu beschäftigen.«

»Können sie mir helfen?«

»Bis jetzt noch nicht«, sagte ich. »Es scheint weiterhin so zu sein, daß jeder, der Euch liebt, in Todesgefahr ist. Weiterhin stirbt jeder, der sich ansteckt, wenn die Krankheit ausgebrochen ist.«

Sie senkte den Kopf. Bisher hatte ich Graciana nur auf Bildschirmen und in Hologrammen gesehen, von Linsen erfaßt und gespiegelt. Nun, eine Armlänge vor mir, kam ich ihrer wahren Persönlichkeit näher. Sie schien einen starken Willen zu haben, federnd wie eine Degenklinge. Schweigend bedachte sie, was sie gehört hatte.

»Ihr redet so sicher, Graf. Es gibt also keinen Zweifel?«

»Keinen Zweifel«, sagte ich. »Aber da ist noch eine kleine Hoffnung.«

»Eure Botschaft ist wie ein Todesurteil. Macht Ihr jetzt lebenslänglichen Kerker daraus?«

Ihr Französisch war ausgezeichnet, selbst die Betonung. Ich lächelte sie anerkennend an, öffnete mein Wams und das seidene Hemd und zog den Zellschwingungsaktivator hervor. Langsam, weil der weiße Nackenzopf und die Schleife im Weg waren, streifte ich die Kette über meinen Kopf.

»Es wäre ein Urteil zum Weiterleben. Der Kerker, Schönste, wäre ein Gefängnis, dessen Tore nur Ihr selbst öffnen könnt.«

Ich legte das eiförmige Geschenk von ES auf das weiße Tuch, das über den Tisch gespannt war, neben drei kleine Rotweinflecken.

»Tragt dieses Geschenk heute und übermorgen, länger, ein zweites Mal. Ein Geschenk meines Vaters, ähnlich seltsam und wundersam wie das Medaillon, das Ihr von Gaspard hattet.«

»Es kann mich heilen?«

Ich hob die Schultern. Mein Finger spielte mit der unzerreißbaren Kette. Ich merkte, daß Graciana zwischen Dankbarkeit und Stolz schwankte und lieber eine schroffe Antwort gegeben als eine demütige Frage gestellt hätte.

»ES kann Euch – vielleicht! – heilen.« Ich war mir der Doppeldeutigkeit bewußt, mit der sie nichts anfangen konnte. »Wenn das Medaillon nicht hilft, werdet Ihr niemanden auf der Welt finden, der es vermag. Legt es um den Hals.«

»Euer Geschenk, Graf«, sagte sie leise, mit zaghaftem Lächeln. »Ihr müßt es mir umhängen. Ich bitte Euch.«

Ich trat hinter sie und zog die Kette über ihren Kopf. Unter der Berührung knisterte ihr seidenweiches Haar. Sie zog die Säume des Hemdes auseinander und versenkte den eiförmigen Aktivator auf ihrer Brust. Dann legte sie die Finger leicht auf meine Hände.

»Danke. Wenn ich gesund werde – wenn Ihr es sagt – werdet Ihr Euch von Graciana de Yuste y Carvajals Dankbarkeit keinen Atemzug lang retten können. Das verspreche ich, Graf.«

»Wenn Ihr diesen Erreger weiterhin in Euch tragt, werdet ihr ein fürwahr seltsames Leben führen. Denjenigen, den Ihr liebt, Mann oder Frau, werdet Ihr nicht berühren dürfen«, sagte ich. Gracianas Stolz, den sie während des langen Ritts als Garcia tagtäglich hatte unterdrücken müssen, schien ihr einzuflüstern, daß sie ewig eine Gefangene in Le Sagittaire bleiben würde. »Es bedeutet nicht, daß Ihr nicht umherwandern, reiten oder reisen dürft.«

»Den ganzen, langen Weg zurück in die Extremadura? Niemals!« rief sie, sprang auf und begann eine aufgeregte Wanderung.

Ich lachte kurz und leerte das Glas, dessen Rand unversehrt war. »Die ganze Welt steht Euch offen, Señora Contessa. Ihr dürft alles sehen und erleben. Mit den Einschränkungen oder schlimmer: Verboten, von denen wir sprechen.«

Ich stand auf und stützte mich auf die Lehne des Sessels. Auch Graciana blieb stehen, das Glas halb erhoben. Sie war eine Handbreit kleiner als ich; ihre goldbraunen Augen schienen zu glühen. Ich legte meinen Finger in die Armbeuge und, bevor ich reden konnte, rief sie:

»Ich hab' mich so lange von Gringeure fernhalten können! Ich bin viel älter und klüger geworden; Beherrschung muß ich nicht mehr lernen!« Sie leerte das Glas in einem Zug und lachte. Ihre Fröhlichkeit war ansteckender als ihr Erreger. »Wenn Ihr reist, Monsieur Conte, nehmt mich mit. Ich kann reiten, schießen, verstehe alles von Pferden und betrügerischen Wirten ...«

Laß dich nicht einfangen! beschwor mich der Logiksektor.

Du bist in Gefahr, Arkonide! Es gibt unzählige schöne Frauen! Ich verbeugte mich knapp und sagte:

»Contessa! Bevor Ihr reisen dürft, müßt Ihr gesund sein. Geduld! Schlaft gut und tief. Morgen holt Jungfer Roquette das Amulett, später bringt sie's wieder. Wie es weitergeht – man wird sehen.«

Ich lächelte aufmunternd und schloß die wuchtige Tür. Selbstverständlich hatte Rico jede Szene beobachtet. Als ich den Transmitter der Überlebensstation verließ, durch mehr als ganz Frankreich von Beauvallon getrennt, blieb ich stehen und gestand mir ein, daß ich gern länger bei Graciana geblieben wäre. Ich verstand Gaspard de Rochemont und Gringeure; bei allem, was sie gefühlt und getan hatten, und was ihnen widerfahren war.

Einen Tag später spielte Rico eine Bildfolge in einen Holoprojektor der Kuppel ein. Gracianas Blut, das sich von anderen Proben kaum unterschied, höchstens durch das Fehlen von bekannten Erregern. Im Plasma bewegte sich zwischen vielen anderen Zellen der Erreger. Er sah wie ein langer Tausendfüßler aus, mit stumpfen Beinchen, und auf dem Rücken mit einer weißen Zickzacklinie gezeichnet. Er schlängelte sich dahin, von Freßzellen gemieden, bis er jenseits der erfaßten Probe aus dem Bereich der Feldlinsen verschwand.

Das Bild wechselte; ein anderes Präparat. Ricos Stimme sagte ausdruckslos:

»Atlans Blut.«

Ich sah: Blutflüssigkeit, Immunzellen, Blutkörperchen und zwei Erreger. Die Hälfte der Beinchen eines Erregers klammerten sich in Aussparungen der Makrophagen-Zelle. Die Zelle pulsierte stark, schien eine harte Schale zu entwickeln. Der schwarze Erreger kämpfte darum, ins Zellinnere eindringen zu können; schließlich zerfiel er in zwei Teile und wurde absorbiert, ohne sich vermehren zu können.

Der andere Erreger – ein Virus? – hatte sich in ganzer Länge an der gegenüberliegenden Zellwand festgeklammert, war halb eingedrungen, vermehrte sich, die große Zelle kämpfte und löste sich auf, und die andere Hälfte des Erregers bemächtigte sich des Zellkerns.

Kurze Zeit später waren zwei Erreger entstanden. Einen fraß eine Makrophage auf, der andere wanderte unversehrt in der Blutflüssigkeit davon. Rico sagte:

»Du weißt, was das bedeutet?«

»Ich weiß es«, sagte ich. »Ich sterbe ebenso qualvoll, aber die Krankheit dauert viel, viel länger. Hast du die Wirkung des Zellaktivators berücksichtigt?«

»Zutreffende Diagnose, Atlan. Dein Blut stand unter dem Einfluß des Aktivators. Ehe du nach England oder Paris fliegst, werden wir den Versuch wiederholen.«

»Ich ziehe mich zurück«, sagte ich. »Wahrscheinlich werde ich von der schönen, stolzen Graciana träumen.«

»Mit größter Wahrscheinlichkeit«, sagte Rico und schaltete die Bilder aus dem Holosystem.

In den Jahren des Herrn 1645 und 1646, in den Wirren des Krieges in Deutschland, an dem scheinbar mehr Nationen miteinander und gegeneinander kämpften, als man rund um dieses geschundene Land zählte, mochte ich Oliver Cromwell getroffen haben; ich entsinne mich nicht. Auch nicht an den Namen, den ich damals benutzt hatte. Es waren zu viele verschiedene gewesen. Vielleicht hatte ich auch seinen Vater Robert oder einen Offizier gekannt, der mit Oliver in Cambridge studiert hatte. In seinem Wohnhaus, in das Ricos unsichtbare Spionsonde Einlaß gefunden hatte, hing ein Schlachtgemälde, das ihn und mich als Beobachter, hoch zu Roß, auf dem Hügel im Vordergrund zeigte. Cromwell war ein Jahr älter als das Jahrhundert; er zählte einundfünfzig Jahre, als er die Flotte auf den Krieg gegen die niederländische Republik vorbereitete. Gegenwärtig erholte er sich als Lord-Statthalter Irlands in der Totenstille, die das Wirken seines Heeres dort zurückgelassen hatte.

Vielleicht gelang es mir, den Konflikt zwischen den Presbyterianern und den Independenten, der Staatsgewalt und denen, die das Haar kontrollierten, in friedlichere Bahnen zu lenken. Dazu brauchte ich einen Stützpunkt in England, und dies war Carundel Mill, dessen Ausbau nahezu fertig war.

Für einen kurzen Besuch verließ ich die Unterwasserstation, nachdem Graciana den Zellaktivator lange genug getragen und sich von diesem Amulett völlige Heilung versprochen hatte. Synonymus mit seinen kleinen Robothelfern erwartete mich; an einem Spätfrühlingstag, also im strömenden Regen, traf ich im Obergeschoß der stillgelegten Mühle ein.

Zuerst hatte ich Roquette gefragt, wer Pandora war. Sie wußte es nicht. Dann las ich von ihr in einem französischen Buch, das Übersetzungen uralter Sagen aus der griechischen Sprache enthielt: Pandora, eine schöne junge Frau, war ein Göttergeschenk, das aus einem Deckelkrug tödliche Plagen über die Menschen brachte, ohne an einer ihrer Seuchen zu erkranken.

»Die Entscheidung darüber, ob du allein umherreisen darfst, muß ich Atlan überlassen«, sagte Ciron. Wir saßen zwischen Windlichtern auf der Terrasse, an einem der ersten heißen Abende. »Du weißt, daß wir einige Mittel und Möglichkeiten haben, die sonst kein Mensch kennt.«

»Das wußte ich schon, als ich die Einrichtung des Schlößchens bestaunte. Weißt du, Ciron, ich bin seit so langer Zeit jeden Tag fröhlich; es ist fast wie Glücklichsein.« Aus dem Dörfchen, das mehr als siebenhundert Bewohner hatte, drangen Stimmen und ländliche Musik bis nach Sagittaire. »Aber – willst du mich erschrecken, Freund?«

Wir hatten beschlossen, die Förmlichkeiten wegzulassen. Schließlich redeten wir von Gleich zu Gleich miteinander.

»Ich habe beim Betrachten der Welt zufällig Schreckliches gesehen. Es war nicht vorgesehen. Kennst du den Pilgerweg nach Santiago de Compostela?«

»Ich weiß von ihm; wer kennt nicht das Sternenfeld?« Was war dort im Norden meines Landes geschehen? »Aber ich kenne keinen Pilger, keine Stadt, keine Herberge. Nur ein paar Namen.«

»Einen, der diesen Weg zu gehen begann, aber nicht beendete, kennst du. Komm in die Bibliothek, Graciana.«

Cirons ernster Tonfall warnte mich. Ich erwartete etwas Schreckliches. Er nahm mich an der Hand, führte mich zu einem Sessel, und das größte Bild aus Glas in der Stirnwand verlor seine Farben, und ein anderes Bild erschien. Gestalten bewegten sich wie in Gaspards Amulett. Sie bevölkerten das Innere eines Pilgerhospiz' im Norden Espanas. Ich schrie leise auf, ich glaubte, mein Herz bliebe stehen, als ich Gringeure erkannte.

»Er ist es«, sagte Ciron und streichelte meine Hand. »Nimm es so hin, wie es geschieht.«

Ich wollte die Hände vor die Augen pressen, aber das Geschehen zwang mich, hinzusehen. Einen Saal sah ich, in dem zwei Dutzend Menschen starben, liebevoll umsorgt von ebenso vielen ratlosen Helfern. Ein See aus Blut, ein lautloses Gestikulieren vieler Fiebernder, eine Prozession blutiger Körper. Auf einem Strohlager war Gringeure ausgestreckt, vielleicht erst eine Woche lang krank, denn ich erkannte sein ausgemergeltes Gesicht auf den zweiten Blick. Dort starben ein Viertelhundert Menschen, und ebenso viele steckten sich gerade an.

»Die Bilder sind drei Tage alt«, sagte Ciron leise. Seine Stimme und seine karge Berührung trösteten mich. Ich versank in den Einzelheiten der Bilder, bis ich nichts mehr erkannte. Sie verschwammen, ehe Ciron dem Bild befahl, in einigen Farbwirbeln zu verschwinden.

»Als, damals, Gringeure und ich ... das haben wir nicht gewollt.« Ich schluchzte, und mir war gleichgültig, daß mir ein Mann dabei zusah. »Ich hab' dir erzählt, dir und Roquette, wie lange wir uns ... gequält haben.«

»Der Freund Gaspards, mein Freund, deiner – Atlan – ich habe eure Blicke gesehen«, sagte Ciron und strich über mein Haar. »Ihr wäret ein großartiges Paar. Du würdest ihn töten und bis zu deinem Tod leiden. Also: rühr ihn nicht an!«

»Ich schwöre es!« rief ich weinend. Ciron zog mich fast zärtlich zur Terrasse. Die Unsichtbaren spielten und sangen Orpheus' Totenklage um Euridice; mein Freund sagte:

»Wirkliche Trauer ist ein einsames Geschäft. Auch wenn ich nicht bei dir bin, sehe ich dich. Bald kommt Atlan zurück.«

Er ging. Ich trauerte allein, starrte in den Sternenhimmel und ließ einen Schlaftrunk in den Ardèche-Wein tropfen.

Neben Synonymus und Master Will Palgrave, seines Zeichens Händler mit Hauseinrichtungen, stapfte ich zwischen Bauschutt, Baumschößlingen in Pflanzkörben und Bretterstapeln auf das große, geduckte Bauernhaus zu. Es lag einen Steinwurf neben Carundel Mill am Rand des Familienbesitzes der Dame Virginia Hanley, war also bis vor kurzem Teil von Carundel Court gewesen.

»Ich brauche eine bezahlbare, ländliche Einrichtung, lieber Master Will«, sagte ich. »Geschirr und alles übrige nur für sechs Bewohner; meist werden es weniger sein. Vorhänge, Truhen, Möbel und so fort. Die Betten – für meine Größe! Die Matratzen lasse ich aus Paris liefern. Also: der obere Stock der Mühle und das Häuschen. Könnt Ihr am Ende des Monats fertig sein?«

Palgrave notierte. Synonymus hantierte mit Plänen und

Zeichnungen aus Ricos Werkstatt. David »Dave« Fletscher war offensichtlich auf dem Weg thamesaufwärts von London hierher; ich würde ihn später mit allem vertraut machen. Ich reichte Palgrave einen kleinen, schweren Beutel voll Goldmünzen.

»Da ich meine Arbeiten im voraus bezahlen kann«, sagte Palgrave, und ein breites Grinsen spannte seine rotgeäderten Apfelbäckchen, »sehe ich keine Schwierigkeiten, mein Lieber Sir Adlon.«

Er steckte den Beutel in seine Rocktasche. Wir gingen von einem Raum zum anderen, und ich nannte Einzelheiten. Auch dieser Unterschlupf war für mehrere meiner Aufenthalte geplant. Die Instandsetzung der Mühle war allerdings eine Spielerei, an der ich gewisse technische Verbesserungen testen würde. Noch kannte ich die Gutsherrin nicht. Palgrave verdrehte wortlos die Augen, wenn er von ihr sprach.

Ungefähr neunzig Arbeiter und ein Dutzend schwere Gespanne bearbeiteten nach Synonymus' Anweisungen das Gelände, leiteten den Bach um und hoben Gräben für Fundamente aus. Auf langen Leitern kletterten Männer mit Sägen in die Baumkronen und entfernten Mistelballen, abgestorbene oder morsche Äste und beseitigten Wildwuchs. Andere deckten das Dach des Stalls, andere planierten mit Hacken und schweren Rechen die schwere, duftende Erde.

Sprach ich hingegen mit Rico, schwand jede Heiterkeit. Die letzten Kurzberichte lauteten:

Graciana hat insgesamt vierundsiebzig Stunden lang deinen Zellschwingungsaktivator getragen. Sie war wach, als ich ihr nach der Dokumentation von Gringeures Zustand etwas Blut entnahm und untersuchte. Die Ansteckungsgefahr sank um sechzig Prozent, solange sie das Gerät trug. Als vorgebliche Entschädigung für ihre zeitweilige Langeweile und besonders als Anerkennung ihrer Kooperation schenkte ich ihr drei Ringe aus unserem Spezialfundus. Einer davon enthält einen Mikro-Peil-

sender, einer ist aus echten Fundstücken zusammengesetzt und würde beim Pfandleiher eine treffliche Summe erzielen.

Bedauerlicher- und verständlicherweise ist eine längere Überlassung des Aktivators per se unpraktikabel und daher unmöglich.

Deine Blutuntersuchung wurde dreimal durchgeführt, von der Zentralen Recheneinheit überprüft. Am bekannten Ergebnis änderte sich nichts. Der Aktivator und, möglicherweise, die Andersartigkeit deines Metabolismus schützen dich bis zu einem bestimmten, niedrigen Grad. Ein kameradschaftlicher Umgang mit Graciana ist möglich. Der Schock, den sie während der Gringeure-Dokumentation erlitt, wird sie (mit einer Wahrscheinlichkeit von nur 69 Prozent) davon abhalten, sich erfolgreich in dich zu verlieben. An der Bedeutung meiner Analyse hat sich nichts geändert: Nur ihr weiteres Leben in genügend konsequenter Isolation kann blutige Dramen wie im Compostela-Hospiz verhindern.

Im Verhalten von S.Eins registriere ich Schwankungen jenseits der üblichen Breite. Seine Tätigkeit außerhalb des Unterwasserverstecks dürfte in absehbarer Zeit problematisch werden. Mein Vorschlag: Sende ihn mit dem schweren Gleiter nach Sagittaire und von dort zu mir; weitere Programme für ihn und Roquette sind in Vorbereitung. Die Störungsparameter betreffen nicht seine Fein- und Grobmotorik. Ein kleinerer Hochleistungsgleiter wird für das Ausschleusen vorbereitet. Der Ausbau des Hauses in Paris verläuft zufriedenstellend. Ich bringe mit diesem Gerät Graciana zu dir, sonst droht Einsamkeitspsychose. Transmitterverbindungen stabil und getestet. D'Artagnan und Cyrano de Bergerac werden weiter beobachtet. Übliche Ausrüstung bereits gepackt. Ich bitte um schnelle Antwort.

Ich antwortete:

»Alles verstanden. Mit allem einverstanden. Landung nur nachts und im Deflektorfeld.«

Am zweiten Tag unseres Ritts auf London zu ließen wir die Pferde oberhalb eines Hanges ausruhen, neben großen Stapeln halb behauener Eichenstämme, die wohl für Cromwells Flotte gedacht waren. Unter uns, auf einer hellen Nebenstraße, ritt eine Gruppe Gepanzerter in die Richtung, die auch wir eingeschlagen hatten.

»Ein gewaltiges Bild, voll von Kraft und Schönheit«, rief Graciana unterdrückt. »Wollen wir uns ihnen anschließen?«

»Warum nicht?« sagte ich. »Seit Cromwell Fluchen und Übleres verboten hat, werden die Soldaten nur gottgefällige Artigkeiten flüstern.«

»Rauhe Worte bin ich gewohnt«, sagte sie und klopfte den Hals des Rappen. »Wie grün und fruchtbar diese Insel England ist!«

Sie legte ihre Hand im schwarzen Reiterhandschuh auf mein rechtes Handgelenk; für Graciana, verunsichert bis zur Verstörtheit, eine Geste tiefer Vertraulichkeit.

»Golden ausgedörrt wie die Extremadura«, sagte ich ernst, »oder regnerisch grün wie hier, in Schottland oder Irland – überall bringen sie sich mit begeisterter Inbrunst gegenseitig um. Sieh; dort drüben.«

Während unsere Pferde die ersten Schritte hangabwärts ins Tal der Thames machten, brachen rechts und links der ruhig dahintrabenden Reiter etwa zwei Dutzend schwer gepanzerter Männer aus dem Erlengebüsch hervor. Sie galoppierten, ungesehen von denen, deren Ziel London war, schräg auf den letzten Reiter zu. Ihre Absichten waren eindeutig: ein Überfall. Ich sagte, um Ruhe bemüht:

»Von deinem langen Ritt weißt du es, Graciana: die in der Minderzahl sind oft die Guten, die Unschuldigen. Wollen wir ihnen helfen?«

Sie sehnte sich förmlich nach Bewegung, nach scharfer Auseinandersetzung, nach Kampf. Welch eine Frau, dachte ich. Wir gaben die Zügel frei und griffen nach unseren Waffen. Gracianas Reiterpistolen hatten Ricos Werkstätten überarbeitet, meine Bewaffnung entsprach der Erfahrung vieler Jahrhunderte. Die Pferde suchten sich schnell ihren Weg bis hinunter zur Straße. Teilweise waren wir durch Gestrüpp und übermannshohe Hecken, die allerorten als grünende Begrenzungen dienten, gedeckt. Ungerührt, in perfekter Ordnung, ritt die zuerst gesehene Gruppe nach rechts weiter. Die beiden Verfolgergruppen galoppierten über kurzgefressene, hellgrüne Schafweiden, und die Hufe schleuderten schwarze Erdbrocken nach hinten.

»Abwehren«, rief ich. »Abdrängen. Nicht töten! Wir wissen nicht, wer es ist.«

»Ich hasse Blut«, gab Graciana zurück. »Ciron hat mir eure Waffen gezeigt. Aber wir werden es ihnen zeigen. Du nach rechts?«

»Ja. Du dort hinüber, Contessa!«

Wir kitzelten unsere Pferde mit den Rädersporen. Die ausgeruhten Tiere griffen weit aus, als wir den Fuß des Hanges erreicht hatten und auseinanderstrebend schneller galoppierten. Ein Dutzend Atemzüge später polterten wir von rechts und links auf die erste Gruppe zu; ich hob die Reiterpistole, feuerte einen krachenden Schuß in den Himmel ab, und warf einen Blick auf Graciana. Sie ritt womöglich besser als ich. Der Logiksektor rief: *Sie ist hervorragend, Arkonide! Dennoch kein Grund, ihren beträchtlichen Reizen zu verfallen!*

Über der Szenerie spannte sich ein unschuldiger, tiefblauer Frühlingshimmel mit wenigen driftenden Wolkeninseln. Im Buschwerk sangen und zeterten kleine Vögel. Habichte, Krähen und Falken jagten hoch über unseren Köpfen. In großer Entfernung sprenkelten die weißen Schafe einer großen Herde eine wellige Weide. Außer dem Hufschlag von einem halben Hundert Pferde war wenig zu hören; leises Klirren von Metall, knarzendes Leder, Rufe und das Keuchen der Reittiere. Das übertrieben laute Krachen meines Schusses zerfetzte das Idyll. Aber zu diesem Zeitpunkt waren wir in gleicher Höhe mit dem ersten Reiter der kleineren Gruppe und fegten auf die Anführer rechts und links zu.

Graciana zog den getarnten Lähmstrahler, hielt die unterarmlange Waffe mit ausgestrecktem Arm. Der Lauf blieb waagrecht, trotz der Bewegungen der Reiterin, wies aber unverändert auf das Ziel. Einzelne Verfolger lösten sich aus der Gruppe und preschten mit rücksichtslosem Einsatz von Sporen und Zügeln neben der Straße auf den schwarz gepanzerten Mann in der Mitte zu. Silbern blitzten die Schneiden der Streitäxte; eine rauhe Stimme brüllte:

»Schlagt ihn tot, dieses bigotte Schwein!«

Bigottes Schwein? Damit konnte, nicht ausschließlich, aber wahrscheinlich, nur Oliver Cromwell oder einer seiner engsten Vertrauten gemeint sein. Ich grinste kühl, meine Waffe dröhnte dreimal auf und schmetterte drei paralysierte Reiter aus den Sätteln. Graciana auf der linken Seite der Straße, ich auf der rechten, und die Begleitung des Schwarzgerüsteten stellten sich zum Kampf. Die Verfolger hatten die Gruppe fast erreicht, aber unsere Schüsse trafen die schottischen oder irischen Reiter oder den Trupp des königlichen Heeres. Zwei Reiter, die ich verfehlte, galoppierten auf den mittelblonden Reiter zu, der keinen Helm trug, und feuerten ihre Waffen ab, ohne zu treffen. Dann rissen sie die langschäftigen Kampfbeile hoch, schwangen sie über den Köpfen und beugten sich weit vor.

Die Reiter Cromwells versuchten ihn zu schützen. Binnen kurzer Zeit bildete sich ein wild durcheinanderstrudelnder Kreis, im dem kaum zu erkennen war, wer Angegriffener war und wer angriff. Graciana schien die Unterschiede zu kennen, lenkte ihr Pferd hin und her, ließ es steigen, feuerte ungerührt mit zwei Waffen; lange Stichflammen brachen, vermischt mit Rauchwolken, aus den brünierten Läufen. Es schien, als hätte sie von Rico das Kämpfen gelernt; absolut überzeugend.

Schreie, wiehernde Pferde, gräßliche Flüche, Anrufungen und all die grellen Laute, die von auskeilenden, steigenden Pferden und wild kämpfenden Männern kamen, Dröhnen, Klirren und umherwirbelnder Sand, Steinbrocken und Rasenstücke, krachende Pistolen und das Klirren von Metall auf Metall erfüllten den Kreis. Ich sah, wie ein Reiter mit der zweischneidigen Streitaxt ausholte und den Schädel des helmlosen Cromwell spalten wollte, spornte meinen Rotfuchs und ritt, mit beiden Waffen feuernd und im Schutz des Abwehrfeldes, zwischen beiden Männern hindurch. Die Schneide prallte von der unsichtbaren Energieschicht ab, verkantete sich und fuhr dem Angreifer mit einem entsetzlichen Geräusch in die Halsringe zwischen dem Schlüsselbein und der Luftröhre. Ich erhaschte einen Blick des helmlosen Mannes, voll Todesfurcht. Im gleichen Augenblick erkannte ich ihn: Es war tatsächlich Oliver Cromwell.

Ich packte den Zügel seines Pferdes und riß ihn in gerader Linie aus dem Kampfgetümmel hinaus. Hinter uns dröhnten in rascher Folge Gracianas lähmende Schüsse auf.

Zwei Reiter, gefolgt von wenigen blutbespritzten Kämpfern, rasselten auf uns zu. Cromwell brüllte:

»Gott hat mir ihn geschickt. Mein Retter! Zur Seite, Ironsides!«

»Es war nicht Gott, Cromwell«, schrie ich. »Es war mein Weitblick!«

Die nächsten Minuten waren Teil eines Chaos aus Schüssen, Hieben, wilde Galoppsprüngen, von berstenden Rüstungen und Pferden, die sich grell wiehernd überschlugen, von seltsamen dumpfen Lauten und Todesschreien; die Angegriffenen hieben mit schweren Säbeln wild um sich und kämpften sich aus dem Kampfkreis hinaus. Ich ließ den Zügel von Cromwells Pferd los und rief:

»Bedankt euch bei mir in Carundel Mill, Sire. Jeder kennt mich dort: Adlon of Arcoyne. Ihr habt überlebt, und nur das zählt.«

Während wir uns anstarrten, zogen vor meinem inneren Auge die Sprünge, Bewegungen und die stolze, kämpferisch vollkommene Haltung Gracianas vorbei. Ich sah nach ihr. Sie preschte um den halb aufgelösten Kampfkreis herum und feuerte auf jeden Gegner, der sich bewegte. Sie schob die Waffe in die Schutzhülle, kam auf uns zugaloppiert und ließ zwischen Cromwell und mir den Rappen, der gelben Schaum vor den Lefzen hatte, mit wirbelnden Vorderhufen hochsteigen.

»Das hab' ich von Gaspard gelernt«, rief sie unterdrückt. »Zweifelst du, Freund Adlon?«

Ich grinste sie an und desaktivierte meine Waffe.

»Nicht einen Augenblick, Schönste«, rief ich. »Aber – wir wollen nicht säumen, sondern nach London reiten.«

Cromwell streckte die eisengepanzerten Arme aus, ergriff unsere Handgelenke und rief:

»Schließt euch uns an. In London werden wir Dankgebete sprechen, über unsere Rettung. Kirchen, so groß, daß wir hineinreiten können.«

»Gottseligkeit bedeutet weise Zurückhaltung, Sir Oliver«, sagte ich. »Es steht geschrieben: Du sollst Gotteshäuser nicht mit Pferdeäpfeln und Roßpisse verunreinigen.«

»Auch wahr.« Er faltete die Hände, dann stieg er aus dem Sattel und gab einige Befehle. Ich beobachtete den hageren Einundfünfzigjährigen und versuchte ihn einzuschätzen. Allzu Widersprüchliches hatte ich über ihn gehört. Er rief: »Dennoch: Reitet mit uns.«

Seine Leute plünderten sachkundig die Bewußtlosen, die sie für tot hielten, banden die Zügel der erbeuteten Pferde zusammen, wuchteten Satteltaschen umher und schickten den wenigen Flüchtenden Flüche hinterher, die Cromwell eine ungesunde, hitzige Röte ins schmale, kantige Gesicht trieben. Graciana und ich nahmen ihn zwischen uns und ritten langsam voraus. Wieder legte sich die ländliche Ruhe über das Tal, so, als wäre nichts gewesen.

»Es waren Männer vom Zweiten Charles, den die Schotten unterstützen.« Cromwell lachte bitter. »Bald werde ich das hochfahrende Edinburgh einnehmen und die Schotten züchtigen.«

Cromwells Äußerungen schienen Graciana zu erschrecken. Mich wunderten sie nicht mehr, seit ich wußte, wie es im England eines verworrenen Bürgerkriegs zuging. Cromwell schien die Lösung mit Härte und Entschlossenheit herbeiführen zu wollen, sah aber nicht, daß die Niederlande, die sich aus verwandtschaftlichen Gründen dem Stuart-König verpflichtet fühlten, ihm dabei nicht untätig zusehen würden. Darüber hinaus hatte er noch drei Dutzend anderer Probleme ähnlicher Größe, und eines davon war er selbst.

»Sire«, sagte ich. »Generalgouverneur, Staatsrat oder Lordprotektor. Ich weiß nicht, wie ich Euch anreden soll. Mir würden etliche Gründe einfallen, die solche Kämpfe wie eben überflüssig machen.«

»Ihr habt mein Leben gerettet.« Wenn er lachte, schien er sich völlig zu verändern. »Nennt mich Oliver, ganz einfach. Volkes Stimme ist Gottes Stimme – deswegen hält sich jeder, der ein Schwert trägt, für einen Gott oder König.«

»Wäre es nur so einfach«, sagte ich. »Wenn Ihr mich in Carundel Mill besucht, können wir nächtelang in guter Ruhe über die Kunst sprechen, wie eine Insel voll störrischer Menschen zu regieren ist.«

»Auf dem Weg nach Schottland, ich verspreche es«, antwortete er. Seinen starken, groben Körper schienen Ehrgeiz und wirklicher Gottesglaube anzutreiben; sein Gesicht ließ

Eigensinn und Durchsetzungsvermögen erkennen. Er sprach mit scharfer, hart akzentuierender Stimme. Aber sein Lächeln und Lachen wirkten ausgleichend und ansteckend. »Es ist ein weiter, beschwerlicher Weg in die Ordnung. Aber wer Gott vertraut, dem wird geholfen.«

Drei, vier Stunden lang ritten wir im Schritt auf der gut ausgebauten Straße auf die Thames zu. Die Ironsides, nach der Art der Schuppenpanzer genannt, folgten uns wachsam in geringer Entfernung. Cromwells Heer, scheinbar in göttlicher Ordnung geübt und geführt, war im Land zu Recht gefürchtet. Graciana verfolgte schweigend unseren Disput. An diesem Tag lernte sie mehr über den Zustand des Landes als in einigen Stunden Hypnoschulung.

Abends, in einem sauberen Gasthof, traf ein reitender Bote ein. Cromwell wurde früher in London erwartet, als er es vorgesehen hatte. Nach einem hastigen Essen und ein paar Schluck Wein brachen die Reiter auf frischen Pferden auf, und Graciana und ich blieben allein zurück.

In der Weite der Extremadura war jeder Schritt des Lebens viel einfacher und leichter. Die kleine Welt war und blieb überschaubar. Spätestens in Bayonne und noch viel mehr in Le Sagittaire brauchte ich Gringeures, Cirons und Roquettes Hilfe, um mich in diesem Staubsturm neuer Bilder, riesigen Wissens und staunenswerter Erkenntnisse zurechtzufinden. An Atlans – Adlons! – Seite, nach einem Flug, der mir Teile der Welt wie in den Augen eines Adlers der Extremadura zeigte, schien ich Erklärungen für jene Dinge zu erhalten, die nicht nur ich bisher mit Wundern gleichgesetzt hatte.

Gelehrte, die andere Welten zwischen den nächtlichen Sternen sahen und deren Bahnen berechneten. Jener Huygens, der silberne Ringe um einen Stern namens Saturn fand und winzige Kugeln, die wie der Mond um diese Welt kreisten. Summende Dinge, die Ciron *Robot-Maschinen* nannte, und die ununterbrochen arbeiteten und andere Dinge veränderten. Musik von Frescobaldi, Lully oder Monteverdi, die in kleine Würfel eingefroren war oder die zahlreichen Mechaniken, die Ciron und Atlan zu einem Zusammenspiel von Kräften brachten, die zogen, schoben, drehten oder wickelten: zusammen mit der vollkommenen Schönheit aller Gegenstände, mit denen sich Atlan umgab, wurden meine Augen größer und begannen, weit über den Horizont zu blikken. Jede Stunde, die ich an Atlans Seite verbringen durfte, ließ mich Gaspard, Gringeure und meine unheilbare Krankheit ein wenig vergessen.

Einen wie Atlan gab es nur einmal auf der Welt, dachte ich. Er schien alles zu wissen und alles zu können, er war unerschütterlich und schien die Nöte eines jeden Menschen zu verstehen. Seine Gegenwart bedeutete gleichermaßen Schutz und ständige Verwirrung; er war der zweite Mann, in den ich mich verlieben und den ich mehr lieben könnte als Gaspard.

Aber er hatte mein Versprechen, meinen Schwur: Ich durfte ihn nicht berühren.

Ich berührte auch keinen anderen Menschen. Zu jedem hatte ich Abstand gehalten, seit wir Carundel Mill und Atlans bäuerliches Haus betreten hatten. Ciron war wohl in Beauvallon geblieben, und vom Einsiedel hatte ich nichts mehr gehört oder gesehen.

Ich ritt auf englischen Pferden, brauchte mich nicht mehr als Garcia zu maskieren, konnte meine Schönheit zeigen. Mich erfüllte es mit Stolz und Freude, zu erleben, wie sich Atlan an meiner Schönheit erfreute. Wir hatten zuerst die Häuser wohnlich eingerichtet und dabei über alles geredet, was mich bewegte. Atlan erklärte es mir mit unendlicher Geduld, bis wir schließlich aufbrachen und die Schönheit des Landes im späten Frühling erlebten und die Gastfreundschaft der Menschen, die zwischen den Regeln ihres bisherigen Lebens und der neuen, königslosen Ordnung Cromwells stolperten und häufig irrten.

Atlan redete mit Cromwell, als ob sie Freunde seien. Ich glaube, Atlan wußte, bevor wir den Ironsides halfen, schon genau, daß Oliver Cromwell in ihrer Mitte ritt. Von Anfang an mochte ich den Mann mit dem schmallippigen Mund nicht. Er hielt sich für unbesiegbar und, nur weil er sich auf Gott berief, glaubte er, immer und überall Recht zu haben. Sein Gott hieß nicht Katholizismus, und als wir neben Cromwell ritten, wußten wir noch nichts von den Greueln und dem Massaker seiner Armee in der irischen Stadt Drogheda bei Dublin.

Aber das Land, das wir durchquerten, um nach London zu kommen, war friedlich. Es gab keinen zweiten Überfall, und wir ärgerten uns nur über gierige Wirte und schmutzige Herbergen. In der größten und wichtigsten Stadt Englands erwartete uns ein Bote Cromwells, der uns zu einem halbleeren Bürgerhaus vorausritt, das uns Cromwell aus Dankbarkeit zur Verfügung stellte, mitsamt Dienern und Ställen.

London war ein Gewirr tausender schmaler Gassen, ebenso schmutzig wie prunkvoll, eine undurchschaubare Ansammlung von Bauwerken und Menschen. Meist ritten wir, oft entlang der Thames und der vielen Schiffe, die anlegten und abfuhren oder in den Werften entlang des Stromufers gebaut wurden. Aber wenn wir zu Fuß durch die Stadt streiften, hatten wir unsere Börsen versteckt und die Hände an den Waffen; es wimmelte von Taschendieben und Beutelschneidern. Hin und wieder deutete Atlan auf ein mächtiges Bauwerk und erzählte mir von Königen und Kriegen, von Richard Lionheart-Löwenherz und Johann Ohneland, vom Dritten Henry und dem Aufstand der Barone, dem Hundertjährigen Krieg und dem Schwarzen Tod vor einem Jahrhundert, vom ersten Parlament und den Rosenkriegen, und vom Achten Henry und Königin Elizabeth der Ersten, die Maria Stuart hinrichten ließ, von Master Will Shakespeare – dessen Theaterstücke ebensowenig wie alle anderen aufgeführt werden durften, denn die Puritaner hatten in ganz England die Theater verboten. Atlan-Adlon berichtete vom unrühmlichen Ende der riesigen spanischen Armada und von Hawkins und Drake, den kühnen Kapitänen und Kaperfahrern. Das Zeitalter war voller Helden, sagte Atlan, von denen keiner mehr lebte.

Ich fühlte mich, auch wenn ich an Atlans Seite war, in der zu großen Stadt nicht wohl. Erst als wir den stechenden Geruch der Stadt hinter uns gelassen hatten und nach Carundel Mill zurückritten, verstand ich, daß es der Cromwellsche Puritanismus war, der die meisten Menschen zwang, zu heucheln und zu versuchen, alle ihre Triebe durch den Verstand zu beherrschen; *purus*, also *rein*, nach Calvins und Cromwells Auffassung, sollte alles Volk sein, sollte seine Genußsucht zügeln und die Arbeit heilig halten. Dieses sittliche Ideal, erklärte mir Atlan, hatte gerade in der großen Stadt allen Dingen einen strengen, säuerlichen Geruch und Geschmack verliehen. Im lieblichen Carundel war vom Puritanismus kaum etwas zu spüren.

Als Graf Adlon of Arcoyne von Beauvallon seinen längst versprochenen Antrittsbesuch bei Lady Virginia Hanley machte, trug ich das Geschenk. Das große Gebäude, halb Schloß und halb Gutshof, war an vielen Stellen von beginnendem Verfall gezeichnet, das Dach, dessen Giebel einzusacken drohte, brauchte ein neues Gestühl und unzählig neue Ziegel. Einfach gekleidete Diener führten uns in eine große, düstere Halle. Die niedrigen Fenster waren zu klein und ließen wenig Sonnenlicht herein.

Aber es roch nach Kerzenwachs, Blüten und Sauberkeit.

Lady Virginia war älter als ich, eine aschblonde, hochgewachsene Schönheit mit reiner Haut, weiß wie Sahne.

»Ich bin erfreut, endlich den großzügigen Käufer einiger meiner bruchfälligen Besitztümer kennenzulernen.« Lady Virginia ließ lächelnd Atlans Handkuß zu, und ich sah, daß sie errötete. »Eure Gefährtin? Eure Tochter? Ein Besuch aus dem fernen Süden?«

»Gefährtin meiner Reisen«, sagte Atlan. »Überbringerin unseres unbedeutenden Geschenks.«

Wir Frauen musterten uns wachsam, aber noch ohne Feindseligkeit. Virginia nahm ihre Blicke nicht von Atlan, und ich reichte ihr das Kästchen, das in ein handgewebtes provençalisches Tuch eingeschlagen war.

»Nur eine Kleinigkeit«, sagte Atlan-Adlon liebenswürdig. Auch er verschlang die Verwitwete mit glimmenden Blicken seiner grünen Augen. Als ich ihn das erstemal gesehen hatte, schienen sie rötlich gewesen zu sein. »Aus französischen Glasbläsereien. Für den abendlichen Umtrunk.«

»Bei dem Ihr mir hoffentlich bald Gesellschaft leisten werdet, Graf. Die vier Gläser – herrliche Arbeiten.«

»Nichts lieber als das.« Atlan verbeugte sich. »Völlig unpuritanisch geformt und verziert.«

Lady Virginia lachte in sich hinein und wies zum hinteren, hellen Teil der Halle. Sie ging vor uns, mit schmalen Hüften und kerzengerade. Atlan nahm meinen Ellbogen und führte mich. In meinem Herz fühlte ich tiefe Stiche der Eifersucht. Aber ich hatte es geschworen!

Vor einer weit offenen Terrassentür war ein Tisch für drei Personen mit schönsten Gläsern, Silbergefäßen und feinem weißem Tongeschirr gedeckt.

»Sagt mir, Graf Adlon, seid Ihr nur reich, oder habt Ihr, just for fun, auch ein einträgliches Gewerbe?«

Wir setzten uns, die Lady schenkte heiße Schokolade ein und nahm die Haube von einer Schale, voll mit lecker aussehendem Gebäck. Atlan lehnte sich zurück und schob den Degen zur Seite.

»Mein Gewerbe ist, ein Dorf zu verwalten, Gelehrte zu beraten, auf Reisen hier und da etwas zu lernen, was man dort und anderswo nicht kennt und nötig braucht. Darüber hinaus suche ich etwas höchst Übles, das Menschen bedroht und sich an ihrem Schmerz weidet.«

»Ihr meint nicht etwa …«

»Keineswegs.« Wir lachten, aber Atlan wurde schnell wieder ernst. »Es ist so etwas wie ein böser Geist. Schwer zu fassen, einmal hier, dann an ganz anderer Stelle; häßlich wie die Todsünde und ebenso schwer zu besiegen.«

Meinte er Nonfarmale? Ich hatte Roquette diesen Namen einmal flüstern hören. Aber bevor ich mich verplapperte, schwieg ich lieber.

»Ihr werdet mir berichten, wenn es Euch gelungen ist, den Geist der Finsternis im Sonnenlicht verbrennen zu lassen. Ihr kommt von weit her, Contessa?«

»Ich bin, sozusagen, aus der Mitte Spaniens bis nach Beauvallon geritten. Eine lange Geschichte für Winterabende«, sagte ich und rührte in der Schokolade. »Adlon, mit einem Freund meines Vaters befreundet, Kriegsgefährte dieses Freundes, lud ihn ein. An seiner Stelle – er starb vor vielen Monaten – folgte ich der Einladung. Und seither darf ich Graf of Beauvallon begleiten. Der Gutshof meiner Eltern ist kaum größer als Eurer, Lady Virginia.«

Sie zerbrach ein Gebäckstück mit schönen, schlanken Fingern ohne jeden Schmuck. Dann goß sie schottisches Lebenswasser in winzige Gläser. »Von Spanien zu Pferd nach Südfrankreich. Als Frau; meinen Respekt vor Eurem Mut. Seid Ihr etwa allein geritten?«

Ich berichtete von meinen Ritten und ließ Gringeure, Krankheit und Tod aus. Lady Hanley hörte schweigend zu und schien beeindruckt, aber sie wußte noch immer nicht, ob ich Adlons Geliebte, seine Nichte oder nur ein Zierstück an seiner Seite war.

»Wie hat Euch London gefallen? Die Königsstadt ohne König?« fragte mich Lady Hanley und setzte sich auf eine Weise ins Sonnenlicht, die Adlon mehr von ihrer Schönheit zeigte. Ihr Haar leuchtete auf wie getriebenes Silber.

»Zu groß, viel zu schmutzig, voller Gerüche und voller Menschen mit verkniffenen Gesichtern.« Ich ließ die Ringe an meinen Fingern in einem Sonnenstrahl farbige Funken sprühen. »Die Mauern hallen wider von emsiger Arbeit, aber nicht vom Lachen.«

Adlon nickte anerkennend. Die Lady wiegte den Kopf und schürzte die Lippen. Adlon vollführte eine schwungvolle Geste und sagte:

»Wir sind voller Hoffnung, in Paris mehr Lachen und Musik zu hören als Sägen und Hammerschläge.«

»Ihr wollt nach Paris? In die vom Kardinal regierte Stadt eines elfjährigen Königs?«

»Auch dort habe ich Freunde und ein kleines Besitztum«, sagte Adlon. »Aber zum Abendtrunk mit jenen Gläsern, oder anderen, größeren, kommen wir bald zurück.«

»Habe ich Euer Wort darauf?«

»Das Wort eines Mannes, der schon über das Balkenwerk Eures maroden Dachs nachgesonnen hat. Stellt Euch vor, es bräche über uns beim Abendtrunk zusammen!«

Lady Virginia wußte nicht recht, ob sie lachen oder den Kopf schütteln sollte. Sie blickte mich hilfesuchend an, als ob ich ein Zimmermann sei, und so sagte ich:

»Wenn Ihr Adlon erst näher kennengelernt habt, Lady Virginia, werdet Ihr erkennen, daß er einzigartig ist, auch in seiner Großzügigkeit.«

»Wie dürfte ich daran zweifeln?« Sie warf ihm einen Blick zu, der alle seine Zweifel beseitigen sollte. »Wenn schon das irdische Paradies puritanisch verwaltet wird, müssen die Dächer der wenigen Gerechten dicht sein. Stetes Tropfen schadet der Moral.«

Diesmal konnte auch ich von Herzen mitlachen.

Wir tranken noch einige Täßchen heiße Schokolade, aßen süßes Kleingebäck und leerten mehrere Male die Gläschen mit Uisge Beatha. Als die Sonne hinter die Baumkronen sank, die vor der flachgedrückten Scheibe wie dunkelgrünes Strichwerk aussahen, verabschiedeten wir uns. Adlon lud Lady Hanley zu einem Gegenbesuch ein, den sie hocherfreut zusagte. Die Pferde ließen sich von unserer Fröhlichkeit anstecken und brachten uns im Kantergalopp, mit hochgereckten Köpfen, zum Wohnhaus mit den wuchtigen Mauern.

Ich schlief im Halbgeschoß im Osten, Adlons Schlafraum befand sich ebenerdig im Westen. Von beiden offenen Terrassentüren hörten wir das Plätschern des umgelenkten Baches und die leisen Käuzchenrufe.

14.
Die Duelle

Ich entsinne mich einer langen, schlaflosen Nacht, in der ich mich nach Adlons Umarmung sehnte, die mit dem Morgenrot endete. Unser schweres Gepäck war auf unerklärliche Weise verschwunden; Adlon schwor, es wäre schon in Paris. Als ich fertig angekleidet war, holte mich Adlon ab und führte mich zu einem Wandschrank des Wohnraums. Eine schwere Tür ging auf, so langsam, als bestünde sie unter dem hölzernen Schnitzwerk aus Eisen.

»Wir Grafen reisen manchmal auf schnelle Art«, sagte Adlon. »Dies hat zudem den Vorteil, überaus bequem zu sein. Geh einfach an den beiden leuchtenden Stäben vorbei.«

»Willst du etwa sagen, daß wir nach Paris ...?«

»Laß dich überraschen, my dear.« Er nahm mich an den Schultern, drehte mich herum und schob mich ins helle Innere. Hinter uns schloß sich die Tür. Drei oder vier große Schlösser knackten. Wir machten einige Schritte auf einer Metallplatte, dann geschah etwas Unbegreifliches, und wir gingen von der Metallplatte wieder herunter.

Adlon drehte sich an mir vorbei, drückte eine Klinke, und eine ähnliche, weiße Tür schwang auf. Der Raum, der eben noch mit Krügen, Flaschen und Fäßchen gefüllt gewesen war, hing voll von Kleidungsstücken und roch verwirrend nach Duftwässern.

Wir traten in hellen Sonnenschein hinaus. Ich drehte mich um, als Adlon die überraschend breite Tür schloß: Sie war unsichtbar geworden und zum Teil einer Wand, die mit einem hellen Teppich bespannt war. Gestickte oder gewebte Bilder von lüsternen Fabeltieren bedeckten die Stofffläche.

»Bist du ein Zauberer?« fragte ich atemlos. »Sind wir etwa in Paris?«

»Am zehnten Tag des sechsten Monats. Im Paris der *Fronde*, der Frondeure, die leider nicht nur mit Schleudersteinen um sich schießen. Es verspricht eine abenteuerliche Zeit zu werden.«

Adlon tat so, als sei er in dieser Stadt aufgewachsen oder kenne sie gut seit der Zeit, als sie noch von Mauern und Toren geschützt wurde. Sein Haus, in dem ich voll Neugierde umherging, stand in einer kleinen Gasse, in der ein Bäcker, ein Fleischer und Buchbinder ihre Geschäfte betrieben. Mein Verstand weigerte sich, einen Flug in einem flüsternden Gefährt und die Schritte durch Türen in England zu anderen Türen in Paris zu verstehen; also gab es doch Wunder. Wenn schon Großmutter Albadolores seltsame Geschichten über die Grafen von Beauvallon gehört hatte, wenn ich Gaspards begeisterte Schilderungen damit und mit der Wirklichkeit verglich, wie ich sie erlebte – unsere Familie war vom Schicksal ausgesucht worden. Aber ... wozu?

»Dein Häuschen ist ebenso schön wie dein Haus in Carundel«, sagte ich leise. »Wo darf ich wohnen?«

»Im ersten Stock. Mein Arbeitsraum ist unter dem Dach.« Adlon breitete die Arme aus. »Mach es dir gemütlich, richte dich ein. Gäste empfangen wir zu ebener Erde, ganz unten.«

»Ist es gefährlich, in Paris zu leben?«

Er zog die Brauen hoch. »Es ist nicht ungefährlich. Du sprichst die Sprache wie eine Einheimische. Was du über die Stadt und ihre Eigenarten wissen mußt, erzähle ich dir in einer halben Stunde. Unten, bei einem Glas kühlen Wein.«

Ich holte einen Armvoll Kleider aus der Kammer, in der jetzt keine seltsamen Geräte mehr zu sehen waren, räumte Schränke und Truhen ein und verteilte den Inhalt meiner

Taschen im Bad und im Schlafzimmer. Dann ging ich hinunter in den *Salon*, stellte die Karaffe und Gläser auf den Tisch und wartete.

»Vor einiger Zeit erhob sich hier in der Stadt, von der aus das ganze Land regiert wird, das Parlament. Nicht gegen den unmündigen König und dessen Mutter, Anna von Österreich, sondern gegen Kardinal Mazarin, Vorsitzender des Kronrats, der das Land regierte. Die Pariser Bürger, denen nichts aufregend genug sein kann, dazu der Pöbel – der einen großen Teil der Einwohnerschaft ausmacht – alle griffen zu den Waffen. Die Königin und der kleine König flüchteten, gut ein Jahr ist es her, nach Saint-Germain. Prinz Condé sammelte Truppen um sich und ermöglichte die Flucht des Königs und des Hofstaats, blockierte die Stadt und brach deren Widerstand; die Gewalttätigkeiten des Pöbels halten bis heute an.«

Adlon erklärte mir einen Teil der Vorgänge auf einer Karte, die Paris und die Umgebung zeigte. Die Verwirrung schien in Paris und Frankreich ebenso groß zu sein wie in England.

»Die Adligen stritten und streiten sich mit dem Parlament. Die Bürger, Leute wie du und ich, waren die Entbehrungen und das rohe Verhalten des Pöbels recht schnell leid und waren um ihren Besitz besorgt, der oft geplündert wurde. Schließlich mäßigten sich die Auseinandersetzungen, und Graf Condé sah sich als Retter des Königtums. Seine Forderungen wurden unverschämt; Mazarin, der Unentbehrliche, sollte von der Königin entlassen werden. Im Januar dieses Jahres ließ sie ihn, zusammen mit einigen anderen Adligen, verhaften, was zur Folge hatte, daß sich die Stadt Paris und das Parlament ein zweites Mal zusammenschlossen – gegen Mazarin. Der listige Kardinal wird Condé freilassen – wenn dies noch nicht geschehen sein sollte – und wird vermutlich nach Deutschland fliehen müssen.«

»Du hast Recht«, sagte ich. »Ein höllisches Durcheinander. Wir werden also nur bewaffnet das Haus verlassen.«

»Das ist nicht nur ratsam, sondern dringend notwendig. Aber höre weiter: Die Fronde brachte völlig sinnlose und überflüssige Leiden über das Volk und hinterläßt Tote, Ruinen und Armut, und mittlerweile denkt alles Volk: Die Macht des Königtums ist einzig und allein imstande, Ruhe und Frieden zu sichern. Königinmutter und Sohn reisen gegenwärtig durch das Land, und in Paris herrscht eine Art wohlabgestufte Willkür, mit der viele, aber nicht alle leben können.«

Ich nippte am Wein und betrachtete die gerahmten Bilder an den Wänden. Es waren Duplikate, die kaum jemand von den Originalen unterscheiden konnte.

»Warum hast du gerade diese Stadt im Aufruhr als Wohnung ausgesucht?«

»Weil Paris selbst in diesem Zustand noch ein dutzendmal lebendiger ist als London.« Adlon faßte nach dem Griff seines Degens. »Wir werden es erleben.«

Ich öffnete die Türen zu einer winzigen Terrasse und warf einen langen Blick in die friedliche, von alten Bäumen beschattete Gasse. Jeder Monat bedeutete für mich eine Steigerung der Erlebnisse. Beauvallon, Carundel, London und nun Paris. Ich wartete mit mühsam unterdrückter Erregung darauf, was wir im Umkreis des Louvre, der Seinebrücken und der Straßen bis hinaus nach Versailles erleben würden.

Paris zeigte sich als laut, herrlich, schmutzig, voll von Farben und ständiger Bewegung. Adlon war unterwegs und suchte eine Fechtschule, wo möglicherweise ein Fechtmeister namens D'Artagnan oder ein anderer, der sich de Bergerac nannte, unterrichteten. Ich glaubte, daß es schwerlich einen

Mann gab, der besser focht als Adlon, aber er hatte gesagt, daß er im Kreis der adligen Fechter die größte Menge Neuigkeiten in der kürzesten Zeit erfuhr.

Schon als ich, in keuschem Schnürmieder und wenig aufwendigen Kleidern, eine kleine, zweischüssige Waffe unter der Schärpe versteckt, die Röcke in unserer Gasse raffte, glaubte ich eine Erregung zu spüren, die an Gefahr grenzte. Hundert neugierige Blicke trafen mich, als ich durch den Schmutz stiefelte. Ich grüßte nach links und rechts und blickte in die kleinen Läden; der schönste Geruch – frisches Brot und köstliches Backwerk – kam aus der Tür des Bäckers.

Pralles, lautes Leben erfüllte zumindest diesen kleinen Teil der Stadt. Im Osten strahlte die Sonne, im Westen, wohin die Seine floß, zuckten die Blitze eines Gewitters. Waren die Londoner gedrückt und heuchlerisch, zeigten die Pariser ungezügelte, laute und vulgäre Lebenslust. Ich wanderte und spazierte bis zum Seineufer, bewunderte die gedrungene Front der Kirche Unserer Lieben Frau oder Notre-Dame, sah über den Dächern die spitzen, weißen Türme des Louvre und erfragte den Weg zum Palais Royal.

Durch die Gassen und Straßen schienen unaufhörlich die Musik Jean-Baptiste Lullys, vermischt mit schrillen Chören aus Volksmusik, zu gellen, gespickt von Geschrei, Flüchen und Gelächter; ich sah ebenso viele schwärenbedeckte Bettler wie schöne Frauen und prunkvoll gekleidete Adlige. Ich kaufte auf einem Bauernmarkt für Adlon und mich ein: Schinken, Eier, verschiedene fette Pasteten, Hühnerschenkel und -brüste, grüne und schwarze Oliven und frische Pilze, Eier und Gewürze; für zwei Kupfermünzen trug ein Bauernjunge den schweren Korb bis zur Haustür. Als ich mich auf den Rückweg machte, schien in meinen Adern nicht Blut, sondern gärender Wein zu pulsieren.

Ich trug um den Hals, unter dem weißen Fichu, eine goldfarbene Kette, an der ein fast zwei Finger langer Schlüssel hing. Er öffnete und schloß unsere Haustür und war, wie mir Adlon erklärte, eine kleine, mehrschüssige Waffe mit tödlicher Wirkung. Ich fühlte mich sicher, als ich die Tür von innen versperrte und in der kleinen, wohlausgestatteten Küche zu hantieren begann – ein kaltes, reichhaltiges Essen, wie ich es in Yuste von Mutter Ysabel gelernt hatte.

Verschiedene Dinge, hatte ich von Ciron und Adlon gelernt, durften nur im Verborgenen getan werden. Zwei handgroße Kästchen, in denen Blei, Pulver und Zubehör für unsere Waffen aufbewahrt wurden, begannen Musik von sich zu geben, wenn man Teile der Schnitzereien bewegte. Ich trank Wein, deckte den Tisch im Wohnraum, zündete die Kerzen an und wartete auf Adlon. Er würde verschwitzt und abgekämpft kommen, durstig und hungrig und vielleicht mit kleinen Wunden vom harten Fechtunterricht; ich wünschte, es wäre mein Geliebter, der ins gemeinsame Heim zurückfand.

O Graf Adlon von Arcoyne! Entweder war es deine einzigartige Persönlichkeit, oder es waren deine Goldstücke, die Türen und Tore öffneten, die sonst geschlossen geblieben wären. Am frühen Morgen waren wir auf Pferden des Leihstalls hinaus nach Versailles geritten, zum Schlößchen und zu den Gärten des Vierzehnten Ludwig, des *Grand Monarque*, des Vaters des unmündigen Königs. Was mir Adlon über den Bau und über die Bedeutung der goldenen Gestalten und Gruppen inmitten der Sprudel, Tropfen und Wasserbahnen erzählte, klang so, als sei er dabei gewesen, als diese schieren Schönheiten in langer Jahre teurer Arbeit entstanden waren.

Spät nachts, im Fackellicht, kamen wir müde zurück und schliefen lange; für mich, ein Kind der trockenen Extremadura, waren die sprudelnden und hochschießenden Fontänen der Wasserspiele unvergeßlich geblieben.

Jetzt, einige Abende danach, stiegen wir an der Brücke aus den Sätteln, die über den Wassergraben des Louvre führte.

Mitten auf der Brücke stand ein junger Mann mit weiß geschminktem Gesicht, der mit farbigen Kugeln hantierte. Er warf sie in die Luft, fing sie wieder auf, holte aus den Taschen seiner Jacke noch mehr Kugeln, fügte sie den fliegenden zu, bis es fünf, sechs oder mehr waren, die sich unaufhörlich drehten, hochflogen und senkten; nicht einmal fiel eine zu Boden.

Noch während er mit den Kugeln spielte, vertauschte er sie lachend Stück um Stück mit zierlichen Keulen, die ihm eine Helferin mit offenem Schnürmieder zuwarf. Die Umstehenden lachten und klatschten und warfen Münzen in einen Hut, der vor dem Künstler lag. Zwei Kutschen fuhren auf die Brücke zu, eine Handvoll Spaziergänger blieb stehen und sah zu, wie sich die Keulen wirbelnd überschlugen, immer höher geworfen wurden, und ich drehte mich zu Adlon um, der die Zügel der unruhigen Pferde hielt.

Inzwischen sahen mehr als fünf Dutzend Stadtbürger dem Spiel des Gauklers zu. Die junge Gehilfin fing die Keulen auf und warf dem Gaukler leichte Würfel zu, deren Seiten im Licht einer Fackel aufleuchteten, die der Kutscher eines der Gespanne angezündet hatte.

Adlon sagte: »Halte bitte die Pferde. Ich werfe ein paar Francs in den Gauklerhut.«

Ich nickte, nahm die Zügel und stellte mich zwischen die Hälse der Tiere. Sie tänzelten, hoben die Köpfe und schäumten. Plötzlich wieherte das Tier rechts von mir auf, keilte aus, das andere Pferd stieg wiehernd in die Höhe und riß mir den Zügel aus der Hand.

Jemand packte meine Oberarme. Ich beugte mich nach vorn, riß den Schlüssel aus dem Mieder und spürte, wie sich ein Arm um meinen Hals legte, mir die Luft abdrückte, und daß ich nach hinten gerissen wurde. Die wildgewordenen

Pferde hatten einige Menschen mit den Hufen verletzt. Rund um mich brachen Geschrei und Durcheinander aus. Ein harter, trockener Schlag traf meinen Kopf. Bevor ich das Bewußtsein verlor, merkte ich, daß mich jemand aufhob und mit mir davonrannte.

Als die Silbermünze zu den übrigen in den Hut klirrte, stieß der Extrasinn eine Warnung aus. *Hinter dir, Atlan! Es geschieht etwas mit Graciana!*

Ich wirbelte herum und versuchte zu erkennen, was vorgefallen war. Eine zweispännige Kutsche ratterte davon, der Kutscher hieb wild auf die Pferde ein. Die Fackelflamme brannte fast waagerecht. Auf dem kleinen Platz vor der Brücke stand ein Mann auf der Leiter und entzündete eine Straßenlaterne. Trotzdem war es so dunkel geworden, daß ich nur wenig erkannte. Ich rannte zu den Männern, die in den Zügeln unserer Pferde hingen und versuchten, die Tiere zu bändigen. Ich sah Blut auf den Kruppen der Reittiere; jemand hatte sie mit einem Dolch oder Messer verletzt. Ich verstand, was der Logiksektor wiederholte: *Man hat Graciana entführt!*

Das Armbandfunkgerät summte. Einige Menschen wälzten sich schreiend und wimmernd auf dem Boden. Ich hielt einen Mann auf, der vertrauenswürdig wirkte, griff in den Gürtel und gab ihm zwei Goldstücke. Ich rief:

»Monsieur! Kümmert Euch bitte um die Unglücklichen! Meine schöne Begleiterin ist entführt worden. Ich kann nicht verweilen.«

Bleibe ruhig! sagte der Extrasinn. Die Pferde hatten sich beruhigt. Ich kramte mildernde Salbe aus der Satteltasche. *Erinnere dich an ihre Waffe und an Ricos Peilsender.*

Mit trockenem Tuch und Salbe versorgte ich die Wunden der Pferde, redete mit den Umstehenden und fragte, ob jemand den Kutscher oder die Kutsche kannte. Bald war man sich einig, daß das Wappen an der Tür verhängt oder schwarz übermalt worden war. Niemand kannte die drei oder vier Männer, die am Überfall beteiligt gewesen waren. Ich sah, daß die Verwundeten weggetragen wurden und schaute mich um. Zögernd kam der Gaukler näher. Die Kutsche war längst im Gewirr der Straßen und Gassen verschwunden. In der einsetzenden Dunkelheit wäre der Versuch, sie zu verfolgen, mehr als unsinnig gewesen.

»Hört zu!« rief ich. »Ich bin Adlon Beauvallon, ein Landedelmann von der Ardèche, weder reich noch bedeutend. Ich hab' ein Häuschen in der Rue des trois Chataignes. Jeder kennt mich dort. Meine schöne Geliebte ist entführt worden. Wenn Ihr etwas erfahrt – sagt es mir. Oder sagt es in der Fechtschule von D'Artagnan. Eine gute Auskunft bringt ein Goldstück. Natürlich werd ich selber nach Graciana suchen. Bitte, helft mir!«

Die Pariser Bürger nickten und stimmten begeistert, wild durcheinander redend, meinen Worten zu. Jede Art Aufregung war ihnen willkommen. Ich holte tief Atem.

Wenn sich Graciana wehrte und dabei Blut floß, wußten wir, welche Katastrophe sich anbahnte. Im dicht besiedelten Paris, das weder Sauberkeit noch Abstand zwischen den Bewohnern kannte, konnte es den Ausbruch einer Seuche bedeuten, die schlimmer als die Pest wütete.

Warum Graciana entführt wurde, blieb mir schleierhaft. Wegen ihres Schmucks? Sie trug nur drei Ringe und eine Goldkette. Um mir zu schaden? Ich hatte bisher niemanden beleidigt, hatte weder Versprechungen noch Schulden gemacht, war in Paris so gut wie bedeutungslos geblieben.

Der Gaukler berührte mich am Arm, als ich in den Sattel steigen wollte. Er sagte leise:

»Monsieur le Comte. Ich glaube, ich kenne den Kutscher.«

Ich setzte meinen Fuß wieder aufs Pflaster. Die Menge begann sich zu zerstreuen. Inzwischen brannten fünf Straßenlaternen. Die Helferin des Gauklers näherte sich mit dem Korb, in dem sie die Jongleurutensilien aufbewahrte.

»Das sollte mich nicht ärgern«, sagte ich grimmig. »Ihr habt scharfe Augen.«

»Ich weiß nur seinen Namen. Es ist Pierre Orny. So rufen sie ihn. Er hat keinen festen Platz. Wo er wohnt, weiß ich nicht.«

Ich gab ihm eine silberne Münze, die ein Pfund wert war und bedankte mich. Die Frau fügte leise hinzu:

»Wir kommen in der ganzen Stadt herum mit unseren Kunststücken. Da sieht man immer wieder dieselben Leute.«

Ich schwang mich in den Sattel und wartete aufgeregt auf die Gelegenheit, mit Rico sprechen zu können. Das dick geschminkte Gesicht des Gauklers hob sich. Er sagte leise:

»Eure Gefährtin ist nicht die erste Frau, die entführt wurde. Das passiert alle Tage irgendwo.«

»Danke«, sagte ich. »Es gibt so viele verdammte Schurken.«

Ich ritt an, winkte kurz und zog Gracianas Pferd hinter mir her. Als ich in der Straßenmitte genügend weit von jedem Zuhörenden entfernt war, drückte ich einige Nieten des Lederarmbands und sagte drängend:

»Rico! Du hast uns mit einer Sonde verfolgt. Hast du gesehen, wie Graciana in einer Kutsche weggebracht worden ist?«

»Ich habe ein Durcheinander beobachtet. Der Peilimpuls des Ringes ist nicht immer klar und deutlich anzumessen. Die Trägerin des Ringes ist in der inneren Stadt. Ich kann nicht feststellen, ob sie sich noch in der Kutsche befindet.«

»Du wirst das Signal auf keinen Fall verlieren, Rico«, sagte ich. »Ich bringe die Pferde zurück und denke über die Gegenmaßnahmen nach.«

»Mir sind sämtliche Konsequenzen bekannt, die mit Graciana zusammenhängen. Ich werde mein Beobachtungspotential heraufsetzen. Ist meine Anwesenheit erforderlich?«

»Vielleicht mußt du kommen. Warte noch.«

»Ich warte. Verstanden.«

Überstürztes Handeln würde die Lage nicht klären, dachte ich und ritt zum Mietstall. Ich bemühte mich, meine Aufregung zu unterdrücken und sagte dem Stallaufseher, daß ich vielleicht noch diese Nacht ein frisches Pferd brauchen würde. Er nahm die Sättel ab und versicherte, die Wunden der Tiere zu versorgen und mein Pferd bereitzuhalten. Ich ging schnell zu meinem Haus, an der *Imprimérie* vorbei, in der noch Licht brannte. Ich verriegelte die Eingangstür, nachdem ich mich versichert hatte, daß die Spionsonde in der Dunkelheit das Haus umkreiste, und nahm die Treppe zum Dachgeschoß so schnell ich konnte.

Ganz ruhig, Atlan. Keine überhasteten Aktionen, sagte der Logiksektor. *Graciana kann sich wehren. Verfolge den Impuls und warte, bis er zur Ruhe gekommen ist.*

Ich aktivierte einige der versteckten Geräte und klappte eine große Truhe auf. Ein zweidimensional arbeitender Bildschirm erhellte sich. Die Linien und Vierecke einer Karte, die nach Luftaufnahmen hergestellt worden war, erschienen. Ich baute die Funkverbindung zu Rico wieder auf und dachte in einem verzweifelten Augenblick lang, daß Rico nicht Graciana verfolgte, sondern das Signal des Ringes, den die Entführer ihr vom Finger gerissen hatten.

Seit dem Überfall war keine Stunde vergangen.

Ich kauerte in einem Sessel, betrachtete das langsam wandernde Signal auf der Karte, die alles andere als genau war. Entweder gingen die Pferde der Kutsche im Schritt, oder Graciana ritt, oder ging zu Fuß, oder ein Entführer trug ihren Ring. Waren wir zu sorglos gewesen? Bedrohliche Bilder, die Gracianas Schicksal betrafen, entstanden und vergingen in meinem Kopf.

Ich sprang auf und legte einen Teil meiner Ausrüstung bereit: Schwebeaggregat, schwere Lähmstrahler, Deflektorfeld-Generator, Strahler … konzentrierte ich mich nur auf das Peilsignal, verlor ich vielleicht Graciana selbst aus den Augen. Eine einzelne Person in Paris zu suchen und zu finden war nahezu eine Unmöglichkeit. Besonders jetzt, in tiefer Nacht.

»Was tun, Graf Adlon?« stöhnte ich. Der Punkt der Peilung kam inmitten eines unübersichtlichen Systems von Gassen und kleinen Häusern zur Ruhe. Ich starrte das langsam pulsierende Signal verzweifelt an, näherte mein Gesicht dem winzigen Mikrophon und sagte:

»Rico. Mache dich bereit, hierherzukommen.«

»Benötigst du den Gleiter?«

»Nein«, sagte ich nach kurzem Nachdenken. »Ich glaube, ich brauche dich als Ciron, den kampferprobten Gascogner.«

»Du glaubst, die Entführer tun Graciana etwas an, nicht wahr?«

»Alles ist vorstellbar«, knurrte ich. »Gegenwärtig kann ich noch keine sinnvolle Gegenmaßnahme erkennen. Das kann sich schnell ändern. Das Signal ist zur Ruhe gekommen.«

»Ich sehe es. Ich komme über die Transmitter von Sagittaire und *trois Chataignes*. Einverstanden?«

»Ich erwarte dich.«

Ich aktivierte den Transmitter, würgte etwas Essen hinunter und leerte ein Glas Wein. Noch immer sah ich in der Entführung keinen rechten Sinn, außer daß – vielleicht Angehörige der Fronde? – ein paar teure Kleider, etwas Schmuck und Reiterstiefel geraubt und die schöne Frau den niederträchtigen Absichten der Verbrecher unterworfen wurde. Graciana hatte mir vertraut, dachte ich, und jetzt war sie auf sich selbst gestellt.

»Nicht mehr lange, meine Schönste!« murmelte ich, legte Degen und Degengurt ab und begann das Tornistergerät durchzuchecken. Das Signal blieb noch immer konstant an der gleichen Stelle; Mitternacht rückte näher.

Als ich den gesicherten Strahler in die Schutzhülle zurückschob, hörte ich die Geräusche des Transmitters. Kurze Zeit danach dröhnten Ricos Schritte auf der Bohlentreppe. Er trat ein, stellte zwei gefüllte Felleisen ab und wandte sich zu mir herum.

»Gascogner Ciron«, sagte ich mit unsicherem Grinsen, »Ihr seid absolut lebensecht.«

Er nickte, aktivierte drei kompakte Spionsonden, öffnete das Fenster und steuerte sie in die Finsternis hinaus. Ich deutete auf meine Ausrüstung und sagte:

»Vielleicht finde ich nichts. Aber ich besuche dieses Viertel, und du kontrollierst alle Bewegungen.«

»Bis zum heutigen Tag haben wir derlei Aktionen stets unter unserer Kontrolle gehalten, Graf Adlon«, sagte Rico. »Graciana ist mir ans Herz gewachsen. Ich aktiviere alle meine Kräfte.«

Er half mir, die Ausrüstung anzulegen. Ich aktivierte das Deflektorfeld und schwebte mit einiger Mühe durch das enge Fenster, stieg mit leise summendem Aggregat senkrecht in die Höhe. Die warme, von tausend Gerüchen geschwängerte Nachtluft über den Dächern von Paris umwirbelte mich, als ich mich am Band des Flusses orientierte, vom Mondlicht in trügerischen Silberglanz getaucht.

Du bist hervorragend ausgerüstet, sagte der Extrasinn beschwichtigend. *Graciana ist erst drei Stunden in der Gewalt der Entführer.*

»In drei Stunden sind ganze Dörfer verwüstet und alle ihre Frauen geschändet worden«, murmelte ich. Ricos Stimme wisperte neben meinem Ohr:

»Du bist auf richtigem Kurs, Graf.«

Mit der Geschwindigkeit eines trabenden Pferdes schwebte ich sechzig Ellen über dem Straßenunrat dahin, zwischen

Dächern und vereinzelten Straßenlaternen, von denen keine die Dunkelheit richtig zu durchdringen vermochte. Von dem Stadtviertel, vielleicht eine halbe Meile lang und eine Viertelmeile breit, zwischen zwei breiten, gepflasterten Straßen eingezwängt, wußte ich, daß in den Kellern Bettler und Lichtscheue lebten, in vielen alten Häusern jene Bürger, die ihr Geld durch Arbeit verdienten, und hinter hohen Mauern, oft inmitten von Gärten, einige begüterte Mitbürger ruhig und angenehm wohnten.

Ich näherte mich dem Mittelpunkt dieser langgezogenen Ansammlung von Gebäuden. Ab und zu stank es nach nassen Mauern und ausblühendem Salpeter. Ricos Stimme:

»Mehr nach rechts, auf die Häuser um den Innenhof zu.«

Ich drosselte die Geschwindigkeit, prägte mir die Formen der Häuser und das Bild der abenteuerlich schmalen Gäßchen ein und versuchte, in den wenigen beleuchteten Zimmern etwas zu sehen; nur wenige Kerzen oder Talglichter brannten. Aus Dutzenden Wohnungen drangen Schnarchen und alle anderen Laute, die viele Menschen nachts verursachten. Streunende Katzen jaulten erbarmungswürdig. Ich hing in einer Säule aus Gestank, die aus dem Mauerschlot des Innenhofs aufstieg.

»Du bist an Ort und Stelle«, wisperte die Roboterstimme. »Deine Position ist deckungsgleich mit dem Signal des Ringes.«

»Zu ungenau, Rico!«

»Ich kann keine präzisere Ortungsangabe machen. Ring oder Graciana sind innerhalb dieses Vierecks.«

Ich bewegte mich seitwärts aus dem stinkenden Luftstrom hinaus und schwebte entlang der Außenmauern des Hausgevierts. Ich zuckte im selben Augenblick zusammen, als der Logiksektor einen Hinweis zischte: *Die Kutsche? Unter dir!*

Ich tauchte hinab in eine Gasse, die kaum breiter als das Gefährt war. Zwei dunkle Pferde, die Köpfe tief in umgehängten Futterbeuteln, waren angeschirrt. Ich hatte, an der Brücke über den Louvre-Wassergraben, nicht auf die Farbe der Kutschpferde geachtet. Aber als ich hinter der Kutsche landete, mich mit dem Rücken zur Mauer zu einer der Türen vorschob, sah ich das alte, von Farbe verkrustete, zum Teil unkenntlich gemachte Wappen. Mir schien, daß Pierre Orny die Kutsche gekauft hatte und zu faul gewesen war, das Wappen des Vorbesitzers zu entfernen. Ich riß die Kutschtür auf, ein Lichtkegel flammte auf: nichts.

Ich griff in die Brusttasche meines Wamses und aktivierte den starken Peilsender, ehe ich das Gerät unter den Wagenboden an eine Stelle heftete, wo es kaum entdeckt und nur schwer weggerissen werden konnte.

»Einer, der mir nicht entgeht«, brummte ich, als Rico den Empfang bestätigte. »Hoffentlich ist es der Richtige.«

Ich prägte mir das Aussehen des Wappens ein, stieg entlang der Mauer in die Höhe und lauschte an jedem geschlossenen Fenster, an jeder Balkontür, spähte durch alle geöffneten Fenster und Türen, aber alles, was ich außer Schnarchen und Röcheln und dem Pfeifen von Ratten hörte, waren nur bedeutungslose Satzfetzen; bedeutungslos für mich.

»Ich suche weiter.«

Immerhin schien ich eine erste Spur zu haben. Langsam, mit angespannten Sinnen, schwebte ich entlang der schmutzigen Mauern mit ihren bröckelnden Simsen und Fensterstürzen. An drei Außenmauern des Vierecks fand und hörte ich nichts, das mich bei meiner Suche weitergebracht hätte. Ein Stockwerk der südlichen Breitseite, die auf einen Hof mit zwei Platanen sah, war von vielen Kerzen beleuchtet. Ich schwebte heran und sah in die Zimmer. Vielleicht zwei Dutzend Männer und Frauen, der Kleidung und der Perücken nach Adlige oder reiche Bürger, saßen da, gingen umher, tranken und redeten miteinander; offensichtlich eine Versammlung von Angehörigen der Fronde.

Ich belauschte sie, so gut ich es verstand. Weder vom Überfall noch von Graciana war die Rede, dafür mehr vom unmündigen König, von Mazarin und der Königinmutter, vom Parlament und von den schlechten Zeiten, in denen man sich befand, einige redeten von schwarzen Kerzen, von der zehnjährigen Louise-Athénaïs de Rochechouart und deren allerliebsten Nachtgesang. Ich versuchte, in den Stockwerken darunter und darüber einen Hinweis zu finden. Meine Erregung stieg, meine ohnmächtige Wut nahm zu, aber ich sah nach einer Stunde ein, daß ich heute nacht hier nichts erreichte.

Zwei der Versammelten würde ich am kommenden Tag, höchstwahrscheinlich, in der Fechtschule treffen. Ich erinnerte mich an ihre Namen; der Fechtmeister würde mir mehr über sie sagen können.

Ich brach die Suche ab und schwebte zu meinem Haus. In der *Boulangerie* arbeiteten schon der Meister und die emsigen Gesellen. Es roch nach frischem Brot und Backwaren aus weißem Mehl. Ich gönnte mir drei Stunden Schlaf, zog mich meinem Vorhaben gemäß an und sagte zu Rico:

»Verfolge den Peilimpuls der Kutsche. Wo immer Orny heute steht oder fährt – ich werde ihn finden.«

Rico hatte das Signal bei Sonnenaufgang auf dem kleinen Platz vor der Kirche Notre-Dame lokalisiert. Ich ließ im Mietstall das bereitgehaltene Pferd satteln und ritt, so schnell ich konnte, zur Seineinsel. Das Peilsignal des Ringes war in den letzten Stunden der Nacht gewandert, hatte das Gebäude verlassen und war in einem Palais in Stadtmitte verschwunden und bewegte sich jetzt auf einer breiten Straße in die Richtung des Louvre. Eine von Ricos Spionsonden war auf dem Weg zu diesem langsamen, schwachen Signal.

Stadtbürger, Besucher und Pilger füllten den Platz vor der Kirche. Einige zerlumpte Männer kehrten und schaufelten

Unrat vom Pflaster und auf einen Karren. Langsam schob sich mein Schimmel durch die Menschenmenge, vorbei an Straßenhändlern und Essensverkäufern. Ornys Kutsche stand am Straßenrand, der Mann saß dösend auf dem Kutschbock. Als ich die Kutsche erreicht hatte, stieg ich ab und band den Zügel meines Pferdes an einen Haltegriff hinten an der Federung. Der Extrasinn warnte: *Übertreib's nicht! Orny ist wahrscheinlich nur das Werkzeug eines Mächtigeren!*

Langsam streckte ich den Arm aus, packte die Seitenlehne des Kutschbocks und zog mich mit einem Ruck zu Orny hinauf. Das Gefährt federte tief, der Kutscher schrak auf und starrte mich erschrocken an, dann grinste er und blies mir stinkenden Atem ins Gesicht.

»Eine Fahrt, Monsieur le President? Wohin soll's gehen?«

»Du bist der Pierre Orny, bekannt für Schnelligkeit und Verschwiegenheit?«

»So ist es, Herr Graf. Wohin? Und wieder zurück?«

»Hinaus, die Straße nach Fontainebleau. Ich zeig dir dann den Weg. Hab' mein Pferd hinten angebunden.«

»Der beste Platz. Soll ich die Gäule prügeln?«

Er schnalzte mit dem speckigen Zügel, knallte mit der Peitschenschnur, und wir fuhren über die Brücke und bogen ab. Mein Vorhaben konnte ich nur in einer Gegend durchführen, in der mich niemand störte.

»Nicht zu schnell«, sagte ich. »Wir haben einen langen Weg. Du fährst oft hochgestellte Herren und ihre Damen?«

»Will ich meinen. Einem, der keine Pferde mehr gehabt hat, hab' ich die Kutsche abgekauft.«

Wenn ich mich recht erinnerte, hatten schon frühere Könige die Bäume entlang dieser Straße pflanzen lassen. In schnellem Trab überholten wir schwere Fuhrwerke und frühe Müßiggänger und näherten uns im Lauf von weniger als einer Stunde den Feldern und Wäldchen, in denen Obstbäume in langen Reihen standen. Je weiter wir jenseits der früheren Stadtmauern fuhren, desto weniger Menschen sah ich.

Als ich glaubte, das Land vor uns sicher zu kennen, sagte ich:

»Bieg rechts ein und halte, nachdem du umgedreht hast, mitten auf der Lichtung an.«

Ricos Stimme, im winzigen Ohrempfänger wispernd, hatte mir mitgeteilt, daß der Träger des Ringes angemessen worden sei, daß die Sonde stechend scharfe Hologramme aufgenommen und gesendet, und daß Rico davon Bilder hergestellt hatte, die wie meisterliche Zeichnungen wirkten. Ein hochgewachsener, breitschultriger Adliger in mittleren Jahren, mit glattem Gesicht und prächtig verziertem Degengriff. Ich wußte, daß die Spionsonde dem Mann überall hin folgen würde und bückte mich unter tiefhängenden Ästen und deutete zwischen den Stämmen nach vorn. Mit der Linken hielt ich meine schulterlange weiße Lockenperücke fest; mitunter kitzelten die tiefen Pockennarben in meinen Wangen.

»Auf der Lichtung warten, sozusagen, drei Passagiere«, sagte ich und lockerte die Schneide der Lähmwaffe. »Die Überraschung, die Erkenntnis und die Wahrheit.«

»Soll mir recht sein.« Pierre streckte mir die umgedrehte Hand entgegen. Ich drückte eine Goldmünze hinein. »Ein guter Kutscher fährt alles.«

Die Räder rumpelten über Sand, Steine und abgebrochene Äste. Auf der Lichtung wendete Pierre sein Gefährt in einem engen Bogen und hielt an. Ich zog den Dolch, hielt ihn neben dem rechten Reiterstiefel und sagte:

»Ich bin der Mann dieser jungen Frau, die ihr gestern am Pont du Louvre entführt habt.« Ich grinste in sein Gesicht und feuerte einen breitgefächerten Strahl ab, der seine Knie traf. Pierre schrie auf. »Vielleicht laß ich dich leben, wenn du mir alles sagst: Alle Namen, Häuser, alles, und warum ihr die Frau entführt habt.«

»Ich sag nichts«, ächzte er und versuchte seine Knie zu massieren. Ich hob den Fuß, trat kräftig gegen seine Schenkel und stieß ihn vom Kutschbock. Wieder schrie und fluchte er.

»Glaube mir«, sagte ich, sprang zu Boden und holte aus meiner Satteltasche das Seil. Pierre wand sich am Boden und versuchte auf den Ellbogen fortzukriechen. »Du wirst mir mehr sagen, als ich wissen will.«

»Ich kann nichts sagen! Ich darf nichts sagen!« Er wimmerte und ächzte. Ich schlang das Seil um seine Knöchel, knotete das andere Ende an die Achse der Hinterräder und band mein Pferd los. Neben Pierre blieb ich stehen und sagte in erzwungener Ruhe:

»Die Straße nach Paris ist lang. Deine Haut und deine Knochen überstehen sie nicht. Bist du sicher, daß du es so willst?«

Ich wartete seine Antwort nicht ab, kletterte auf den Kutschbock und knallte dreimal mit der Peitsche. Die Pferde ruckten an, langsam straffte sich das Seil, und nach einem Dutzend Schritten sah ich, wie Pierres Körper langsam über den Boden der Lichtung gezerrt wurde. Er verlor einen Stiefel, die Jacke rutschte über sein Schultern, seine Finger versuchten sich in den Sand zu krallen; er schrie, fluchte und verfluchte mich. Ich ließ die Pferde weitergehen, im Schritt, und hörte seinem Geschrei zu. Am Rand der Lichtung zog ich die Zügel straff, knotete sie an den Kutschbock und sprang ab. Ich ging zu Pierre Orny, sah hinunter auf das Bündel aus zerrissener Kleidung und nackter Haut.

»Über die lange Sandstraße fahre ich im Trab.« Ich kauerte mich neben ihn nieder und suchte den Blick seiner Augen. »Auf der gepflasterten Straße geht's weiter im Galopp.«

»Ich hab' viel Gold bekommen«, schrie er, vor ohnmächtiger Wut, voller Schmerz und voll Angst vor neuem Schmerz und Verstümmelung. »Graf Agénorville hat mich gemietet.«

»Woher kennt der Graf meine Geliebte?«

»Er hat Euch beobachten lassen! Ihr habt im *Tour d'Argent* gegessen. Da hat er euch gesehen.«

»Was hat er mit Graciana vor?«

»Das darf ich nicht sagen. Sonst holt mich der schwarze Gottseibeiuns!«

Ich stand auf, klickte bedauernd mit der Zunge und sagte: »Der holt dich ohnehin. Jetzt fahren wir munteren Trab bis zum Kreuzweg.«

Ich ging bewußt langsam bis zum Vorderteil der Kutsche. Als ich meinen Fuß in die eiserne Aufsteighilfe stellte, rief Pierre:

»Herr Graf! Ich sag' Euch alles!«

In mir kochte die Wut. Ich lockerte die Zügel, feuerte die Pferde mit Zurufen an und wartete, bis sie aus dem Schritt in Trab wechselten, ehe ich die Tiere vor der Grenze von Gras zu grobem Sand hart anhielt. Hinter mir erstarben Pierre Ornys Angstschreie. Als ich neben seinen Schultern kauerte, sagte ich laut:

»Ich habe viel Zeit. Wir können weiterfahren, bis du nur ein ein heulendes Bündel Blut und Schmerz bist.« Die Goldmünze hatte er aus dem zerrissenen Handschuh verloren. »Deine Halsstarrigkeit nützt wenig; Graf Agénorville wird mir den Rest erzählen.«

»Herr! Ich sag's! Ich sage alles!«

»Ich höre. Also: Der Graf hat sich entschlossen, meine schöne, junge Geliebte zu entführen. Du hast die Kutsche gefahren, und der Graf war nicht allein. Wer hat ihm geholfen?«

»Einer aus der Familie der Rochechouarts, Herr! Der junge, blonde! Ich kenne nicht einmal seinen Vornamen. Er hat die Pferde gestochen!«

Ich tat, als wisse ich längst mehr, spielte mit dem Dolch und blickte um mich. Der Obstgarten und die umliegenden Felder waren noch menschenleer. Vögel zwitscherten in den Kirschbäumen.

»Ihr habt Graciana in deiner Kutsche in die Rue d'Orloge gebracht. Dort habt ihr ihren Schmuck gestohlen. Wahrscheinlich lag sie die ganze Nacht gefesselt und geknebelt da. Was wollten die Herren mit ihr anfangen? Sich an ihrer Schönheit weiden?«

»Sie haben gesagt, sie brauchen eine Schwarzhaarige zur Schwarzen Messe.«

Mich packte eisiges Entsetzen. In der Fechtschule hatte ich Gerüchte gehört, die von Adligen flüsterten, die den Teufel anbeteten, Schwarze Messen feierten und dabei sogar Menschenopfer darbringen würden, in verfallenen Kirchen und Kapellen an Kreuzwegen, mit seltsamen Riten und Gesängen; sogar längeres Leben und lange Gesundheit versprachen sie sich davon. Ich hob die Schultern und richtete die Dolchspitze zwischen Pierres Augen. Sein Gesicht war eine schmutzige, blutige Maske der Angst.

»Rede weiter. Wann soll die Schwarze Messe sein? Um Mitternacht, ich weiß ... aber wo? Und warum soll das Kind Athénaïs dabei singen?«

»In ein paar Tagen! Die Kleine hat das Blutlied gelernt. Nur eine Unschuldige darf singen.«

Freitag ist der dreizehnte Juli, sagte der Extrasinn. *In wenigen Tagen. Denke an Gift und andere Trunke! Pierre ist sicherlich nicht eingeweiht!*

»Wirst du die Grafen und Graciana zur Messe fahren?«

»Sie haben nichts gesagt.«

»Wo feiern sie die Schwarze Messe?«

»In der Ruine von Saint Benedict. Dem von den *deux platanes*. Da hab' ich sie manchmal hingefahren!«

Ich wandte mich ab, ging ein paar Schritte weit zwischen

die Bäume und sagte, den linken Unterarm angewinkelt, ins Mikro des Mehrzweckarmbands:

»Du hast uns in der Peilung, Rico. Komm sofort, ungesehen, hierher. Wenn ich weggeritten bin, bringst du Pierre Orny in den Keller unseres Häuschens. Er bleibt dort solange gefangen, wie es nötig ist. Ich reite zur Fechtschule. Gib zuvor dem Hausmeister einen Brief mit dem Bild des Mannes, der vor zwei Stunden Gracianas Ring trug. Ich glaube, ich kenne ihn. Fahr die Kutsche irgendwohin, wo man sie leicht findet. Bleib im Haus und halte dich zum Eingreifen bereit.«

»Verstanden, Gebie... Atlan. Ich warte in sieben Minuten auf dein Signal.«

Ich ging zurück zu Pierre, klaubte das Goldstück auf und steckte es ein. Orny hatte sich halb aufgesetzt und sah mir entgegen, zitternd vor Angst.

»Schildere mir den Weg vom Louvre zu dieser Kirchenruine«, befahl ich und prägte mir jedes seiner gestotterten Worte ein. Rico hörte selbstverständlich mit. Es war ein Weg von vier, fünf Stunden und in der Nacht leicht zu verfehlen. Ich stellte einige Fangfragen,

»Die Grafen und die anderen, die der Schwarzen Messe beiwohnen, haben eigene Kutschen, Pferde und Kutscher«, sagte ich. Er wimmerte:

»Sie haben Angst, daß ihre Bediensteten sie verraten.«

»Verständlich. Du weißt, wo der Graf Graciana versteckt hält? In dem Haus, vor dem heut nacht deine Kutsche stand, nicht wahr?«

»Ihr wißt alles, Herr! Ja. Im zweiten Geschoß in der Rue d'Or. Da sind die Gelasse, in der sie sich an ihren Opfern vergehen, wo die anderen gefangen sind, wo sie die Gewänder aufbewahren. Dicke Mauern, Herr, eisenbeschlagene Türen.«

»Du hast Graciana hinaufgetragen?«

»Das waren die beiden Grafen. Ich hab' unten gegessen und geschlafen.«

»Sind da viele Gefangene?«

»Ich weiß nur von drei, vier Jungfrauen und Eurer Geliebten, Herr.«

Mit einer nicht einfachen Folge von Dagor-Atemübungen bezwang ich meine Sorge um Graciana und unterdrückte Zorn und Wut. Kühle Überlegungen fluteten wie leichte Meeresbrandung in meinen Verstand zurück. Ich stand auf, blickte Pierre an und sagte:

»Wenn du jetzt stirbst, wirst du mich hochschätzen, weil ich dir viele Schmerzen erspart habe. Wir sehen uns niemals wieder, Orny.«

Der Lähmschuß, der ihn traf, warf ihn zu Boden. Seine Bewußtlosigkeit würde sechsunddreißig Stunden oder länger dauern. Ich nahm die Perücke ab, unter der ich zu schwitzen begann, stopfte sie in die Satteltasche, und mit Hilfe des kleinen Spiegels zupfte ich mit zwei Fingernägeln die Pockennarben aus meiner Haut und ließ sie achtlos ins Gras fallen.

Ich gönnte mir zwei Schluck viel zu warmen Uisge Beatha aus der Silberflasche, klaubte eine Zecke aus der Mähne meines Pferdes und stieg in den Sattel. In gemessener Eile, aber ohne überflüssigen Aufenthalt, ritt ich zur Fechtschule und stellte das Pferd unter. Im dämmerigen Treppenhaus, unter einem Fenster, riß ich den Umschlag auf und faltete Ricos »Zeichnung« auseinander. Ein bekanntes Gesicht starrte mich selbstzufrieden an.

»Parbleu!« Meine Ahnung hatte nicht getrogen. »Gigault, Graf de Agénorville. Angeblich der drittbeste Fechter in diesem ehrwürdigen Haus.«

Ich stieg die vielen Stufen hinauf. Die Geräusche der Fechtenden und die scharfen Kommandos – ich erkannte die Stimme des jungen D'Artagnan – wurden lauter. Ich meldete mich an, legte einige Münzen hin, unterschrieb die Anwesenheitsliste und ging zum Umkleideraum. Vielleicht war Agénorville wirklich der drittbeste Fechter, aber meine Klinge und mein Geschenk, die Klinge D'Artagnans, waren die besten in ganz Paris; sie stammten aus Ricos Meisterschmiede.

Der Besitzer und Leiter der Schule, die früher Kardinal Richelieu unterhalten und heute, wie man munkelte, Kardinal Mazarin großzügig unterstützte, begrüßte mich mit Handschlag. Drei Fäßchen Ardèche-Wein für die adligen Schüler, zwei Schinken und zwei Paar handgefertigte Fechthandschuhe hatten unsere Bekanntschaft freundschaftlich besiegelt. Ich sah lange in die grauen Augen des Sechzigjährigen, dessen Körper meiner Klinge glich, und sagte leise:

»Sire! Mein Freund. Ihr wißt nichts von dem, was ich Euch jetzt anvertraue. In ein paar Tagen, nach dem Dreizehnten, werdet Ihr mich deswegen wie einen Bruder schätzen.«

Er entgegnete ernst: »Ich habe Euch, Atlan, als Ehrenmann kennengelernt. Mein Freund, Sire: sprecht aus, was Ihr denkt.«

»Ist Agénorville im Haus?«

»Ja. Er übt mit D'Artagnan.«

»Gevatter Gigault de Agénorville ist ein feiges Schwein, Eurer Schule nicht würdig, ob Frondeur oder nicht. Laßt ihn gegen mich antreten, rasch, ehe mein Zorn erkaltet.«

»Das klingt verdammt ernst, Adlon!«

»Das ist es. Ich beabsichtige ihn durchs Haus zu treiben und mich, spätestens morgen früh, mit ihm zu duellieren. Alle müssen es sehen und hören.«

Er grinste mit schmalen Lippen und gelben Zähnen; an meinen Unterarmen stellten sich die Härchen auf.

»Darauf leeren wir eines Eurer Fäßchen, de Beauvallon!«

»Wo ein leeres ist, lauern seine vollen Basen und Nepoten.« Ich deutete nach rechts, er nickte und öffnete die hohe Tür zum riesigen Fechtsaal. Von einer Vielzahl fleckiger Spiegel an drei Wänden wurden vielleicht drei Dutzend junge Männer verdoppelt, die in Fechtmasken, ohne Schutz, mit nacktem Oberkörper oder gefütterten Halbrüstungen gegeneinander kämpften; siebzig oder mehr Klingen kreuzten sich klirrend, rasselnd, klickend und mit metallischem Schleifen. Leise Kommandos ertönten: »En garde. Quint! Quart! Reposte! Kreuzen! Zurück!«

Wir blieben hinter der Reihe stehen, die uns am nächsten Schritt um Schritt vorrückte, auswich und zurückwich. Zwischen den Reihen sprang D'Artagnan, Gastlehrer der Schule, hin und her und korrigierte unaufhörlich einzelne Schläge und Stiche. Er schien sechzehn Augen zu haben und bewegte sich schneller, als das Auge sah.

Als der Waffengang beendet wurde, trat der Fechtmeister vor, klatschte in die Hände und rief:

»Graf Adlon möchte heute zeigen – oder eine Lehre vom Gegenteil erhalten –, was er gelernt hat. Also soll er sich mit einem ernstzunehmenden Gegner messen dürfen. Nein, nicht mit Euch, D'Artagnan. Aber ...«

Seine Blicke glitten suchend umher und hefteten sich schließlich auf Agénorville.

»Ihr seid der Richtige, Gigault! Noch nicht der Beste, wie vor etlichen Monaten de Bergerac, aber gut genug, um Graf Adlons Ungestüm zu mindern. Meine Herren – ich darf bitten; die anderen sehen zu und merken sich Fehler und unangemessene Haltung der Füße.«

Von der gegenüberliegenden Wand kam Agénorville herangetänzelt, die Degenspitze vor den Fußspitzen. Er trug, ebenso wie ich, keinen Fechthelm. Ich atmete richtig, mein Zorn war unter Kontrolle, meine Muskeln und Reflexe auf dem Weg in eine höhere Ebene aller Reaktionen. Wir blieben dicht voreinander in der Mitte der sonnendurchfluteten

Halle stehen, vollzogen den alten Fechtergruß mit angedeutetem Kuß der Klinge dicht über dem Heft und hielten die linken Arme hinter der Schulter. Mein Gegner war Rechtshänder wie ich.

»En garde!«

Ich überließ ihm den ersten Ausfall. Als er in mein Gesicht, in meine Augen sah, erkannte ich, daß er etwas ahnte. Mir war's gleichgültig. Ich parierte eine lange Serie überlegt geführter Schläge und genoß das Klirren und die Schwingungen, die sich im Arkonmetall der Klinge fortsetzten. Langsam und überlegt, die Spitze der gegnerischen Klinge genügend weit von meinem Körper entfernt, wich ich zurück, dann fintete ich und drang auf ihn ein, verstärkte die Kraft meiner Schläge und erkannte, daß er wirklich hervorragend focht; er beantwortete jeden klassischen Schlag mit einer klassischen Parade.

»Wohlgetan, Herr Graf!« rief ich und flüsterte, als er nahe genug heran war: »Trotz der mühsamen Plackerei letzte Nacht.«

Er schlug viermal, geradezu blitzschnell zu. Ich parierte ohne Mühe. Seine Augen blitzten, aus seinem Haar sickerte an den Schläfen dünner Schweiß. Vielleicht wußte er jetzt, worauf ich anspielte. Meine nächsten Angriffe trieben ihn quer durch den Saal. Die anderen Fechter ahnten, daß dies mehr als ein Übungskampf unter schweren Bedingungen war. Seinen ersten Fehler machte Agénorville, als ich zur Seite auswich, mich drehte und aus einer Parade heraus schlug; ein Schlag, den ich, wenn ich nicht irrte, vom Bauchaufschneider Fartuloon gelernt hatte.

Ein Kreuzschlag schlitzte seine Jacke auf, ein blutiger Schnitt erschien unterhalb seines Schlüsselbeins, er schrie leise auf und beantworte die Strafe mit Schlägen, die er für unkonventionell hielt. Seine Klinge fuhr vier-, fünfmal entlang meiner Waffe und drohte an der Parierstange zu brechen. Ich hakte sie ein, drehte das Handgelenk und riß die Waffe aus seiner Hand; sie drehte sich in der Luft und blieb zitternd, weit nach rechts und links pendelnd, im weichen Holzboden stecken.

»Ihr werdet nachlässig, Graf«, sagte ich laut, und leiser: »Ihr solltet die Ringe an den Fingern wechseln.«

Jetzt begann er wirklich zu verstehen. Er sah sich nach rechts und links um, als er den Degen aus dem Parkett riß, aber ihm begegneten nur die Blicke der schweigenden Schüler, die an den Wänden lehnten oder auf dem Boden saßen. D'Artagnan flüsterte mit dem Fechtlehrer. Ich tat, als würde ich mich auf die Waffe stützen, glaubte in Agénorvilles Gesicht das erste Flackern von Furcht zu erkennen.

»Wollt Ihr aufgeben, Graf?«

Er schüttelte wild den Kopf, sprang in die Grundstellung und griff mich mit ausgestrecktem Arm an. Es war an der Zeit, sagte ich mir, Ernst zu machen. Warnend wisperte der Extrasinn: *Werde nicht leichtsinnig, Arkonide, trotz der Dagorschulung. Dein Plan erfordert kalte geistige Klarheit und einen unversehrten Körper!*

Ich gehorchte dem Rat, nahm mich zusammen und trieb in der nächsten Viertelstunde, ohne Verletzungen oder Strafen zu erleiden, meinen Gegner dreimal zur gegenseitigen Wand, in die Spiegel, zweimal diagonal durch den Saal und schließlich in die Ecke der leeren Degenständer. Dort hielt ich ihn fest, die Spitze der Klinge über seinem Herzen. Ich verharrte so einige Atemzüge lang, nahm den Degen in die linke Hand und zerrte mit den Zähnen den schweißgetränkten Stulpenhandschuh von der Fechthand, steckte ihn hinter den Gürtel.

»Ihr mögt der drittbeste Fechter hier sein, Graf«, sagte ich laut und vernehmlich, in verächtlichem Tonfall. »Aber Ihr fürchtet euch vor einem Stümper vom Fluß Allier. Das hat seinen Grund.«

Er duckte sich, fegte mit einem verzweifelten Schlag des Griffkorbes meine Klinge zur Seite und sprang aus der Ecke hervor. Ich ging drei Schritt zurück und parierte mit der linken Hand, warf die Waffe hoch und hielt sie wieder in der Rechten. Hinter meinem Rücken klatschte jemand, das Murmeln wurde lauter. Ich wich dem wüsten Schlaghagel nicht aus, beantwortete jeden Schlag und traf sein Handgelenk. Die Waffe klirrte zu Boden, rollte polternd davon, und ich täuschte eine Ohrfeige mit der linken Hand vor.

Gleichzeitig fing ich die eigene Waffe zwischen den Knien auf und schlug Gigault de Agénorville den schwer gewordenen Fechthandschuh mit aller Kraft ins Gesicht. Ich traf, wie ich nicht besser hätte treffen können; der Graf stolperte und krachte schwer zu Boden.

»Ihr seid ein Feigling, ein Wurm, Herr Graf«, sagte ich hart. »Wenn es gilt, junge Frauen zu entführen, seid Ihr mutiger. Morgen, Sonnenaufgang, am bekannten Platz? Betrachtet Euch als zum Duell gefordert. Der Meister und D'Artagnan – gebt Ihr mir die Ehre, meine Sekundanten zu sein?«

»Da Ihr überzeugende Gründe haben werdet, Adlon, sage ich zu.« D'Artagnan klang nicht begeistert. »Die Gründe will ich hören.«

»Ihr kommt, Graf Agénorville?« fragte ich und grüßte ihn mit dem Degen. Er richtete sich auf, seine Waffe in der Hand, aschfahl im Gesicht, und schrie:

»Ich werde dort sein, Graf Beauvallon. Nur um Euch zu töten.«

Ich verbeugte mich tief und bemühte mich, höhnisch zu grinsen. Dann nahm ich Degen und Handschuh, grüßte die übrigen Schüler und blieb vor den beiden wichtigen Männern stehen.

»Die Gerüchte werden bis zum Abend die Runde durch Paris machen. Der Graf, ein anderer Schurke und ein Lohnkutscher, der verschwunden ist, haben gestern abend meine Begleiterin entführt, eine spanischblütige junge Frau von beträchtlicher Schönheit. Man wird herauszufinden wissen, zu welch dunklen Zwecken sie mißbraucht werden sollte.«

»Das ändert, denke ich, die Unverhältnismäßigkeit Eures Kampfes«, sagte D'Artagnan. »Euch das Fechten lehren zu wollen, mein weißhaariger Freund, war eine Anmaßung! Bei welchem Dämon habt Ihr gelernt?«

»Ach«, sagte ich, »ich bin sicher, Ihr kennt ihn nicht. Morgen, im kleinen Wäldchen abseits des Louvre? Mit feinem, anschließendem Festmahl?«

»Ihr werdet uns berichten, was Euren Zorn so erregt hat?«

»Ich versprech's«, sagte ich, fing ein nasses Tuch auf und bedankte mich bei einem jungen Fechtschüler. »Dahinter steckt eine lange, schlimme Geschichte. Zuvor muß ich aber noch gewisse Vorkehrungen treffen ...«

»Ihr seid in Ehren beurlaubt, Meister«, sagte D'Artagnan mit breitem, freundschaftlichem Lächeln. Immerhin, dachte ich, hatte ich an diesem Tag mit zwei untadeligen Männern gesprochen und ihre Hilfe erhalten.

Ich ritt nach Hause, zu Rico, vorbei am *Traiteur* mit seinen frischen Würsten und dem duftenden Schinken und vielen Bürgern, die darauf warteten, bedient zu werden. Ich zog mich aus, duschte lange und schlief einige Stunden; Rico bewachte seine Peilsender und unsere technische Ausrüstung. Als ich mich wieder anzog und jene Waffen anlegte, die ich zu brauchen glaubte, sagte ich zu Rico:

»Ich rechne damit, daß Graciana in diesem verdammten Haus in der Rue d'Or versteckt ist. Vermutlich finden wir noch einige andere Opfer, von bizarren Einrichtungen ganz abgesehen. Wir durchsuchen jeden Raum, vom Dachboden bis in die Keller.«

»Mit robotischer Gründlichkeit«, versicherte der falsche Gascogner. »Graciana bringen wir hierher?«

»So habe ich es geplant.«

Aber mein Plan war, den besonderen Umständen gemäß, keineswegs perfekt. Agénorvilles Gehilfe und Freund war noch nicht unter unserer Beobachtung, ich mußte die Kirchenruine finden und erkunden, und Graciana war, zweifellos in mißlichen Umständen, in den Klauen der Sektierer. Wir rüsteten uns aus, Rico testete noch einmal jedes Gerät, verriegelte und sicherte jeden Zugang zum Haus und sah nach Pierre Orny. Wir verließen lautlos, mit eingeschalteten Deflektorschirmen mein Arbeitszimmer durch das Fenster und schwebten mit leise summenden Aggregaten über die Stadt, die in Mittagsruhe unter uns lag und üble Gerüche absonderte.

»Eine offene Balkontür im obersten Geschoß«, signalisierte Rico. »Der Beton ist einsturzgefährdet.«

»Ich gehe voraus.«

Ich schwebte heran, drückte die leise knarrenden Türen auf und wartete, bis sich meine Augen an das dämmerige Innere gewöhnt hatten. Die Spitze des Lähmstrahler-Dolches wies nach vorn, als ich leise aufsetzte und mich umsah. Ein leerer Raum ohne besondere Merkmale. Eine schmale Tür öffnete sich zu einer Treppe, die ich so schnell und leise wie möglich hinauflief. In diesem Teil des Hauses schien sich niemand aufzuhalten, oder alle Bewohner schliefen.

Ich stieß eine Falltür auf, schaltete den Gürtelscheinwerfer ein und tastete mich durch Staubwolken und Gerümpel von einem Ende des Dachstuhl-Gebälks bis zum anderen. Mäuse huschten pfeifend vor mir umher, ich duckte mich unter rissigen, dick mit Staub bedeckten Balken und unterdrückte mit aller Kraft einen Hustenanfall. Ich wendete und schwebte zurück zur Falltür; sie schloß sich mit dumpfem Poltern.

Ricos Stimme drang aus dem Lautsprecher, dann folgte das Geräusch eines Paralysatorschusses. »Ich bin in der Mitte des Hauses. Es gibt einen langen Korridor.«

»Ich komme.«

Ich stieß eine andere Tür auf und lief auf Zehenspitzen über Holzboden und Teppiche, entlang einer Reihe weit offener Doppeltüren. Einige Räume waren menschenleer, in anderen lagen und saßen Hausbewohner: gut angezogene Herren und Damen, Mägde und Diener, einige Halbnackte in den zerwühlten Betten, Küche und Kammern, mit Bildern an den Wänden und teuren Möbeln; von Graciana sah ich keine Spur, dafür mehr von Ricos Paralysestrahlern. Er erwartete mich, das Deflektorfeld für wenige Atemzüge geöffnet, dreißig oder vierzig Schritte vom Einstieg entfernt, auf dem obersten Absatz einer steinernen Treppe und sagte leise:

»In diesem Stockwerk gab es keine Möglichkeit, Graciana oder eine andere Gefangene festzuhalten.«

»Können sie uns stören?«

»Keiner von denen, Atlan.«

»Gut. Weiter ... hinunter.«

Wir glitten entlang kostbarer Tapisserien und herrlicher Bilder zeitgenössischer Künstler abwärts. Nur wenige Geräusche und leise Stimmen schlugen uns entgegen, als wir uns dem Bereich der dicken Mauern und der schweren Türen näherten. Rico schnitt mit einem haarfeinen Desintegratorstrahl die massiven Riegel auseinander, drückte entschlossen die Türen auf und schwebte im entschlossenen Zickzack von einem Raum zum anderen. Mehrere große Zimmer waren leer; wir sahen nur Gläser, Kelche und halbvolle Weinkaraffen. Etwa in der Mitte des langgestreckten Hauses, das von außen wie vier nebeneinander errichtete Gebäude aussahen, mit verwitterten und bemoosten Mauern, innen aber mit aufwendigem Luxus ausgestattet und überraschend gut gepflegt, stießen wir auf fast deckenhohe, eisenbeschlagene und vergoldete Türen. Rico schnitt sie auf, ich stieß die Türflügel auseinander.

Der erste Raum war voller Leuchter, deren schwarze Kerzen heruntergebrannt waren, mit lederüberzogenen Bänken, Ruten, Reitstöcken und Peitschen an den Wänden, mit großen Bildern, die grausige Szenen schilderten: Folterungen, Notzüchtungen, Martern mit glühenden Eisen, Katafalken, auf denen Nackte gefesselt waren, Gestalten in schwarzen Kutten, an die paradiesische Szenen anschlossen; ein wirres, phantastisch-düsteres Gemenge von Bildern, die letztlich allesamt abstoßend waren. In einem Nebenraum, in den wir einbrachen, waren drei junge Mädchen und ein Knabe, vielleicht zwölf Jahre alt, an große Eisenringe in den Wänden gefesselt und lagen auf fadenscheinigen Decken.

Sie sahen uns nicht, aber sie hörten wirre Geräusche. Ich feuerte auf zwei Männer, die hereinstürmten, Peitschen und Dolche in den Händen. Rico zerschnitt mit einem weißglühenden Spurstrahl die Fesseln. Ich sagte:

»Wir nehmen sie mit und legen sie entweder den Stadtwachen oder an einem Kloster vor die Eingangstür.«

»Danach. Zuerst Graciana«, gab Rico leise zurück und hob, ohne den Schirm zu deaktivieren, die halb ohnmächtigen Opfer auf. Bevor ich weiterschwebte, hin und wieder einen Fuß auf dem Boden, sah ich die Peitschenspuren auf den Rücken der Kinder.

»Danach diese Armen«, knurrte ich. »Weiter! Wenn Graciana hier ist, finden wir sie.«

»Kein Zweifel.«

Im zehnten Raum, der ebenfalls leer war, hingen Gracianas Kleider an der Wand. Ihre zierlichen Reitstiefel standen unter den goldenen Haken, in einer Schale neben einem schmalen Bett mit Blut auf den Laken lagen einer ihrer Ringe und die Goldkette mit dem getarnten Schlüssel. Mit einem Griff packte ich beides und steckte die Schmuckstücke ein. In meinen Gedanken überschlugen sich die Vorstellungen unnennbarer Verbrechen. Ich atmete tief ein und aus. Dann erst sah ich mich um und versuchte, die Eigenart dieses Raumes zu erfassen.

»Hier lag sie eine Zeitlang«, sagte ich, kochend vor Zorn. »Wohin mögen die Kerle sie verschleppt haben?«

Ich zog die Schultern hoch und schwebte in den nächsten Raum. Er war voller Wein. Fässer und Flaschen standen entlang der Wände, auf einem Tisch stapelten sich Krüge und Becher aus schwarz glasiertem Ton. Ich öffnete im gleichen Augenblick wie Rico den Schirm; wir sahen uns an, und Rico sagte:

»Ich versorge die jungen Opfer. Es dauert nicht länger als eine halbe Stunde. Oder hast du andere Befehle?«

»Nein«, sagte ich in zunehmender Ratlosigkeit. Ich war sicher gewesen, Graciana hier zu finden. »Ich brauche Zeit zum Nachdenken.«

Er verschwand hinter seinem Deflektorschirm. Kurz darauf hörte ich Glas klirren und Holz splittern, dann einen leisen Schrei. Gigault de Agénorville brütete im Stadtpalais seiner Familie dem Duell entgegen, aber wo war der junge Rochechouart? Und wo war Graciana? Der Logiksektor drängte sich in meine Gedanken, als ich weiter schwebte: *Sieh zuerst hier. Das Haus dient als Treffpunkt. Du wirst andere Beweismittel finden!*

Ich kehrte in Gracianas bisheriges Gefängnis zurück, wickelte ihre Kleidung um die Stiefel und schlang den Gürtel darum. Das Bündel warf ich über meinen Rücken und durchsuchte die folgenden Räume. Sie waren ungewöhnlich groß und hoch. Die Einrichtung entsprach der herrschenden Stilrichtung, war indes eher zurückhaltender als prunkvoll. Leere Verliese wechselten mit den hellen Räumen ab, aber es gab keine Hinweise darauf, daß in den letzten Wochen Gefangene in diesen Kammern geschmachtet hätten. Ich würde keine Hinweise auf jene Sektierer finden, die sich hier versammelten, und mir lief die Zeit davon. Ich untersuchte flüchtig Raum um Raum, bis ich das Ende des Stockwerks erreicht hatte. Im Haus war es ruhig geblieben. Ich fand niemanden mehr, den ich zu einer Auskunft hätte zwingen können.

Jetzt gab es nur noch den ebenerdigen Teil des Hauses und die Keller. Ich schwebte über den Stufen einer schmalen, uralten Treppe abwärts, setzte in einem dunklen Raum auf grobem Steinpflaster auf und leuchtete die Wände und die Decke an. Der Raum, dessen Decke aus schweren Bohlen bestand, diente zur Unterbringung der Pferde. Ich öffnete eine Brettertür und sagte ins Mikro:

»Rico. Ich bin im Erdgeschoß, am linken Ende des Hauses. Wie weit bist du?«

»Das zweite Opfer wurde gerade auf den Stufen der Polizei-Präfektur abgesetzt. Es hat sich bereits eine Menschenmenge gebildet; es scheint, die Opfer sind bekannt.«

»Verstanden. Ich suche weiter.«

Im Erdgeschoß fand ich zunächst nur Wirtschaftsräume: Küche, Vorratskammern, Lager, Wäscherei und ähnlich wichtige Einrichtungen. In der langen Mittagspause schliefen die meisten Hausbewohner. In einigen Kammern vergnügten sich Mägde mit Dienern und umgekehrt; ich konnte mich eines leichten Grinsens nicht erwehren, als ich von Raum zu Raum glitt. Türen öffneten und schlossen sich wie von Geisterhand. Im rechten Teil des Hauses, wo um die Ecke die Kutsche gewartet hatte, kam ich aus dem Korridor in ein geräumiges, weiß gemaltes Treppenhaus.

In der Mitte zwischen Auf- und Abgängen sah ich eine Art Häuschen, in dem ein Wärter schlief. Dutzende Schlüssel hingen an Wandhaken. Ich nickte grimmig, schwebte über einige Dutzend Stufen abwärts und ins Halbdunkel eines engen Ganges hinein, der ebenso wie die anschließenden Gewölbe aus der Frühzeit der Stadt zu stammen schien. Die Mauern stanken nach Feuchtigkeit, Salpeter und Mauerschwamm, selbst der Rost schwerer Gittertüren schien zu stinken. Wieder blendete das kreideweiße Licht meines Scheinwerfers auf.

Ich mußte das Schwebeaggregat abschalten. Manche Gänge waren zu eng. Ich zwängte mich hindurch, rannte von Zelle zu Zelle, sah verfaulendes Gerümpel, einige Dutzend flüchtende Ratten, verschlossene und offene Türen, Mauerbrocken und behauene Quader früherer Bautätigkeit, eine auseinander genommene Kutsche und dann – eine eisenbeschlagene Bohlentür, die kürzlich geputzt, und deren Angeln und Schlösser gefettet worden waren.

»Das sieht besser aus«, knurrte ich, »oder viel schlechter.«

Der Lichtkreis glitt über Mauern, Quaderspalten und handdicke Eisenbänder. Ich lauschte und konnte weder aus dem Labyrinth des Hauses noch aus den Gewölben hinter der Tür einen Laut hören, der mich beunruhigte.

Ricos Funkmeldung aber beruhigte mich.

»Ich bin im Anflug, Atlan. Die gefundenen Opfer sind in der Obhut der Verantwortlichen. Ein Skandal scheint sich anzubahnen. Ich dringe gerade ins Haus ein ...«

»Verhindere, daß der Wächter im Treppenhaus – ebenerdig, links! – zu schreien beginnt und bringe ihn zu den Gewölben. Etwa in der Mitte unter der Hausfront.«

»Ich habe verstanden.«

Ich zog den Desintegrator, fokussierte den Strahl eng und löste den Stein und die Füllung zwischen den Quadern an den Stellen auf, an denen die Eisenanker saßen. Stinkend vergaste der Gesteinsstaub. Als ich scharrende und klirrende Laute hörte, drehte ich mich um und sah den *Concierge* des Bauwerks schlaff in den Händen Ricos hängen, die aus dem Deflektorschirm herausragten.

»Soll ich mich ihm zeigen?« fragte der Robot. Ich nickte, dann sagte ich: »Befrag ihn. Zeige dich. Ich öffne die Tür.«

Ich zertrennte die beiden Riegel, die zuerst rotglühend, dann weiß wurden. Heiße Luft wirbelte durch die Gänge; das Atmen fiel schwer. Rico ließ den Wächter, der offenbar aus Angst ohnmächtig geworden war, zu Boden fallen, und gleichzeitig gab die gepanzerte Kerkertür nach. Die Luft, die uns entgegenschlug, war kalt und stank, aber sie war atembar. Mit aufgeblendetem Scheinwerfer drang ich in den Gang ein, leuchtete in eine leere, geradezu saubere Zelle, sah einen Lichtschimmer vor mir und schaltete den Scheinwerfer aus.

Die nächste Zelle hatte einen Insassen.

Mit fünf schnellen Schritten war ich an der Gittertür. Die Wände aus jenem bearbeitetem Kalkstein, aus dem halb Paris erbaut war, warfen das Licht einiger Kerzen aus schwarzem Wachs zurück; dreizehn Kerzen zählte ich. Ich warf einen schnellen Blick zurück: Rico hatte den Wächter mit Lederschnüren an die Schlösser und Angeln der Tür gefesselt und stand als Gascogner abwartend vor ihm.

Ich starrte, während ich mit dem Strahler auf das Schloß zielte, auf das makabre Bild. Auf einer schmalen Pritsche, von der schwarzes Tuch bis zum Boden und zu den Füßen der schwarzen Leuchter herabfiel, lag eine Gestalt, bis zum Kinn in schwarzes Tuch gehüllt. Im schwachen Licht konnte ich das Gesicht nicht erkennen, aber ich zweifelte nicht daran, daß es Graciana war. Mit zwei langen Schüssen zerschnitt ich die Riegel und schlug das heiße Metall mit dem Kolben der Waffe zurück.

Zwei, drei Schritte und ich war an der Pritsche und riß die schwarze Decke weg. Ich ächzte auf:

»Es ist Graciana!«

Man hatte die Frau auf der Pritsche ausgestreckt und ihre Fußgelenke mit Lederbändern an die Holzbeine des Lagers gefesselt, die Handgelenke neben den Schenkeln festgebunden, und auch unterhalb der Brust preßte ein Gurt den Körper derart an die Unterlage, daß sich Graciana kaum bewegen konnte. Sie war nackt und hatte das Bewußtsein verloren.

Ich fluchte leise und öffnete vorsichtig einen Gurt nach dem anderen. Rico kam herein und sagte leise:

»Ich bringe sie ins Haus und tu, was notwendig ist. Oder in die Medostation des Unterwasserverstecks?«

»Zuerst ins Haus.«

Alles war schwarz: Die Gurte, Näpfe und Krüge auf einem Tischchen, einige alte Kutten an Wandhaken, selbst die Ketten, die an einer anderen Wand hingen. Ich löste die Schnalle des Gurts, der Gracianas Körper gefesselt hatte, und wickelte sie behutsam in das schwarze Tuch ein.

»Für diese Schurken lasse ich mir etwas ganz Besonderes einfallen«, sagte ich und hob den Körper auf. Rico nahm sie mir ab, packte das Kleiderbündel, drehte sich um und stapfte davon. Ich rief ihm nach:

»Du berichtest mir, Stück für Stück, wie es ihr geht.«

»Selbstverständlich, Atlan. Komme so schnell wie möglich nach.«

Ich prägte mir jede Einzelheit der Zelle ein, verließ die Gruft und leuchtete in jeden Raum der Gewölbe hinein. Die Gelasse waren ohne weitere Gefangene. Dann rannte ich zu dem Wächter zurück, der zu sich gekommen war und meine Schritte näher kommen hörte. Ich blieb für ihn unsichtbar und fragte:

»Die Gefangene wird auf der Messe am Dreizehnten geopfert? Ja oder nein?«

Die Fesseln, an denen er hing, dämpften das Zittern seines Körpers. Aus seiner Stimme klang nichts als schiere, nackte Angst.

»Ja.«

»Ich, der Furchtbare, der unsichtbare Böse, habe sie für meine eigenen Zwecke geholt. Ihre Schönheit hat mich gereizt und erregt. Sag den anderen, daß sie während der Messe zu meinen Ehren ebenso aufregenden Ersatz finden werden. Sag's!«

»Ich sag alles, was du willst!« heulte er.

»Wo finde ich meinen Anbeter, den jungen Rochechouart?«

Er stotterte die Namen von Plätzen, Gassen und Häusern und schilderte falsch, aber verständlich, Farbe und Aussehen des Wappens.

»Sag ihm, daß ich Gigault de Agénorville im sündigen Morgengrauen helfe, seinen Widersacher zu töten. Er ist der Geliebte der schönen, schwarzhaarigen Sünderin. Habt ihr euch erfolgreich an ihr vergnügt?«

Jetzt wimmerte er. »Das tun sie erst nach der Schwarzen Messe, wenn der dritte Trunk wirkt.«

Eine eisige Hand schien meinen Herzschlag anzuhalten. Wieder half mir eine Dagortechnik, mich zu beruhigen.

»Du hast ihr den ersten und zweiten Trunk gegeben?«

»Ich hab' nur den Krug gehalten, weil ... sie hat sich so gewehrt und den Meister verwundet.«

»Sie ist voll innerem Feuer.« Ich lachte und glaubte zu hören, wie sich das Echo im Gewölbe verlor. »Nun, bei mir ist davon mehr als übergenug. Und – das Kind wird singen?«

Er wand sich in den Fesseln und versuchte mit den Fußspitzen den Boden zu berühren.

»Ja. Wie jedesmal. Athénaïs wird singen.«

Louise-Athénaïs de Rochechouart-Mortemart, zehn oder zwölf Jahre alt, zukünftige Marquise und Schwester von Agénorvilles Helfer, als Sängerin während einer Schwarzen Messe. Sie begannen früh damit, ihre Langeweile mit verbrecherischem Sektierertum zu bekämpfen! Ich kicherte wieder so teuflisch wie möglich, lachte dröhnend und rief:

»Sag ihnen allen, daß mir gefällt, was sie treiben und wie sie's tun. Ich werde dabei sein, bei der Schwarzen Messe. Wie immer – in Saint Benedict à les deux Platanes?«

»Ja! So wie immer!«

Zwischendurch hörte ich immer wieder Ricos Funkstimme, die mir schilderte, wie der Robot Graciana versorgte.

»Du bist ein braver Teufelsknecht«, sagte ich und feuerte einen Paralysatorschuß in seinen Oberkörper. Er sackte in den Fesseln zusammen. Ich eilte den ganzen Weg durch die Gewölbe zurück, verließ das Haus durch das Tor und flog im beginnenden Abend zurück in mein Arbeitszimmer.

Wenn ein anderer als ich Rico beobachtet hätte, wäre er aus der Verwunderung nicht mehr erwacht: Mit der rührenden, fachkundigen Hingebung einer Hebamme kümmerte sich der Robot um Graciana. Als ich, stinkend und verschwitzt, hinzutrat und den Zellaktivator auf ihre Brust legte, hatte er sie gebadet, die aufgescheuerten Stellen ihres Körpers verbunden, aufbauende Mittel in ihren Kreislauf gespritzt und ihr hochkonzentrierten Nahrungsbrei und viel kühles Wasser eingeflößt. Graciana lag schlafend in ihrem Bett; mit schmalem, weißem Gesicht und eingefallenen Wangen.

Ich sagte, während ich mich meiner Ausrüstung entledigte:

»Ist sie, abgesehen von den Abschürfungen, ernsthaft verletzt worden?«

»Ich konnte nichts feststellen. Aber ihr Verstand scheint, wenn auch leicht, verwirrt zu sein. Wir sollten sie erst einmal ausschlafen lassen.«

»Nichts anderes würde ich vorschlagen. Mit einiger Wahrscheinlichkeit, um mit deinen Worten zu reden, können wir wohl eine Massenansteckung ausschließen?«

»Mit großer Wahrscheinlichkeit. Nach der Schwarzen Messe hätte – ebenso wahrscheinlich – eine Epidemie um sich gegriffen.«

Ich breitete die dünne Decke über Gracianas Brust und zog die Vorhänge vor das Fenster. Der Raum fiel in bernsteinfarbene Dämmerung; Gracianas Gesicht und Hals verloren das gespenstische Aussehen. Rico reichte mir ein großes Glas tiefroten Wein, das ich mit bedächtigen Schlucken leerte. Graciana war frei. Es war Zeit, an das Duell zu denken.

Meine Sekundanten standen unter einem Baum, tranken heißen Würzwein und begrüßten mich und Ciron de Beauvallon, bevor er die Pferde wegführte. Ich trug unter dem Reitermantel nur Stiefel, Hose und ein weißes Hemd mit Spitzenbesatz an den Ärmelsäumen; man würde jeden Blutfleck sofort sehen können. D'Artagnan sah zum erstenmal, seit ich ihn kannte, ausgeschlafen aus. Er zählte vierzig Sommer, aber sein schmales Gesicht ließ ihn viel jünger erscheinen.

»Messieurs!« Ich berührte den Griff des Rapiers. »Ich grüße Euch und bedanke mich für Euer Entgegenkommen. Geht's nach mir, dauert es nicht allzulang.«

»Agénorville wird Euch töten wollen«, sagte der Fechtmeister. Graues Haar lugte unter der weißen Perücke hervor.

»Damit rechne ich.« Als Schutz trug ich nur verstärkte Fechthandschuhe und, als goldglänzende kleine Kugel neben dem Zellaktivator, einen Feldprojektor, dessen Energieschicht meinen Oberkörper schützte. Am anderen Ende der Lichtung hielten hintereinander zwei Kutschen. Die höchsten Baumwipfel färbten sich rötlich. Ciron brachte die Handschuhe, die Ersatzwaffe, das Kästchen mit blutstillendem Mittel und Binden und die Silberflasche voll Uisge Beatha. Er nahm mir den Mantel und den Federhut ab, faltete den Mantel zusammen und trat in den Hintergrund.

Auf dem Ritt zum Duellplatz hatte der Robot mir das

Ergebnis seiner nächtlichen Tätigkeit mitgeteilt: Der junge Rochechouart würde Agénorville sekundieren. Jetzt stiegen beide aus der Kutsche und kamen auf uns zu. Agénorville war kreidebleich. Er schien vor Wut zu zittern.

»Eine freundschaftliche Begrüßung erübrigt sich wohl«, rief er mit halberstickter Stimme. »Seid Ihr bereit, d'Arcoyne?«

»Jederzeit, wie Ihr seht.«

Die Sekundanten zogen ihre Degen, um eingreifen zu können. Agénorville hatte zwei ältere Diener mitgebracht, die ihm halfen. Ich sah lange ins Gesicht des jungen Mannes und erkannte, daß ihm dieses Abenteuer schon lange über den Kopf gewachsen war. Unsere Waffen wurden geprüft; es zeigte sich kein Fehler.

»Bereit?« Der Fechtmeister wandte sich an beide Parteien. Wir senkten die Degenspitzen und stimmten zu.

»En garde!«

Wir gingen in Angriffsstellung. Kaum hatte ich mich bewegt, versuchte mein Gegner einen Stich, der auf mein Herz zielte. Ich schlug seine Waffe zur Seite und zog die Brauen hoch, grinste in mich hinein und griff mit einer Mischung aus klassischen und halb gefinteten, der Samuraitechnik nicht unähnlichen Hieben an. Zwei Dutzend Schritte weit trieb ich Agénorville vor mir her und ließ ihn zwischen zwei Baumstämmen stehen.

»Es beginnt schlecht für Euch, Gigault«, sagte ich. »Bevor die Sonne aufgeht, hat Euch der Teufel geholt. Nicht anders als es Eurer schönen Beute erging. Ihr feiert Eure letzte Messe – hier.«

Ich hatte so leise gesprochen, daß nur er meine Worte verstehen konnte. Mit heiseren Schreien warf er sich vorwärts, aber ich hatte seinen Angriff erwartet. Klirrend und schleifend begegneten sich unsere Klingen. Ich wehrte drei, vier wirklich meisterliche Schläge ab, parierte eine Menge unüberlegter Hiebe und Stiche, und noch immer überlegte ich, ob ich ihn töten oder nur verwunden sollte.

Diesmal hetzte ich ihn mit einer anderen Schlagfolge im Zickzack über die taufeuchte Wiese. Unsere Sekundanten sahen mit versteinerten Gesichtern zu. Ich übte jetzt ohne jede Rücksicht meine gesamte Erfahrung aus und merkte erleichtert, daß bisher nicht einmal die Degenspitze mein Schutzfeld berührt hatte. Die nächste Parade traf in die linke Schulter meines Gegners und stach eine tiefe Wunde. Ich sprang zurück, wehrte den Contreschlag ab und rief:

»Gebt Ihr öffentlich zu, Graf, daß Ihr ein schurkischer Lump seid? Ihr und Euer mindersinniger Freund Rochechouart? Und was Eure Fechterei angeht – Ihr seid der drittletzte Stümper der Schule.«

Er blieb keuchend stehen, seine Wunde blutete. Auf D'Artagnans Frage, ob er aufgeben wolle, antwortete er mit einem unterdrückten Fluch und einem gekeuchten »Nein!«

Plötzlich packten mich Überdruß an dieser komödienhaften Tragödie und der drängende Wunsch, das Schauspiel zu beenden. Ich holt tief Luft, führte einen Kreuzschlag durch die Luft aus und drang mit einem Schlaghagel auf ihn ein. Wieder trieb ich ihn vor mich her, zerfetzte sein Fechtwams, zeichnete seine Schultern und Oberarme, traf den Oberschenkel und hatte dreimal Gelegenheit, ihn mit einem schnellen Stich zu töten. Er wußte jetzt, daß ich ihn als den Schurken erkannt hatte; vielleicht wußte er auch, daß der Teufel seine Beute geholt hatte – falls er, selbst abergläubisch, dem vor Angst schlotternden Hausbewacher glaubte.

»Mit Verlaub«, sagte ich, fetzte die Reste des Wamses von seinem Oberkörper, verwundete ihn mehrmals und schlitzte den rechten Oberarm auf. Ich sprang zurück und hob die Waffe.

»Der nächste Stich, Graf, beendet Euer Leben. Gebt Ihr auf?«

Er blutete aus einem Dutzend ernsthafter Wunden und wurde zusehends schwächer. Er schwankte hin und her, wehrte meine Schläge wie ein Schlafender ab, und der Waffengang endete damit, daß sein Degen zerbrach und ich die Spitze meiner Waffe abwechselnd auf sein Auge und sein Herz richtete.

»Ihr habt gewonnen«, sagte er halb lallend, mit versagender Stimme. Ich ging auf Rochechouart zu, den Degen quer über meinem Kopf und sprang, einer Eingebung und dem Zischen des Extrasinns gehorchend, zur Seite.

Agénorville hatte den abgebrochenen Degen wie einen Speer geschleudert, zwischen meine Schulterblätter zielend. Die Waffe flog durch die Luft, an mir vorbei, aufs Knie des jungen Adligen zu, der ebenfalls zur Seite sprang. Die abgebrochene Schneide bohrte sich tief in den Boden, und der Strahlenglanz der ersten Sonnenstrahlen überschüttete die Lichtung.

»Als Angehöriger des Adels seid Ihr erledigt«, sagte ich über die Schulter. »Und Ihr, Rochechouart, solltet bei der Schwarzen Messe sehr genau den Ereignissen folgen. Verbindet ihn, sonst verblutet er.«

Es war erklärlich, daß ich in diesen Tagen überall, wo ich Blut sah, an die Seuche dachte. Ich ging zu D'Artagnan und dem Fechtmeister, verneigte mich tief und sagte:

»Dieses Restaurant, ein paar Schritte neben der Schule – ist es gut? Der Wein nicht gepantscht? Die Bedienerinnen hübsch? Treffen wir uns dort um Mittag?«

»Versprochen ist versprochen, Adlon«, sagte D'Artagnan. »Warum habt Ihr ihn nicht getötet?«

»Weil er als Lebender die Schande von ganz Paris sehr viel länger ertragen wird müssen. Ich erzähl Euch, spätestens beim Dessert, die ganze schlimme Geschichte.«

Rico kam mit feierlichem Schritt und brachte mir, die Zügel über der Schulter, Mantel und Hut. Ich verbeugte mich abermals, sah einige Atemzüge lang zu, wie sich drei Männer um mein Opfer bemühten und wischte mit einem weißen Spitzentuch das Blut vom Ende meiner Waffe. Ich schob sie in die Scheide zurück und nahm die Zügel meines Pferdes.

»Gibt es einen Grund, Graf Ciron«, fragte ich, »länger hier zu verweilen? Mich dürstet.«

Er reichte mir mit vollendeter Grazie die flachgedrückte Silberflasche. Ich nahm einen herzhaften Schluck, stieg in den Sattel und warf Ciron die Flasche zu. Er fing sie auf und ritt neben mir zum Haus in der Rue des trois Chataignes, wo wir beide in Gracianas Zimmer hasteten.

Sie hatte tief und lange geschlafen und die Krüge, die wir bereitgestellt hatten, leergetrunken. Aber trotz des Schlafs und der Beruhigungsmittel hatte sie sich nicht erholt. Sie griff nach Cirons Hand und rief unterdrückt:

»Einmal war mir übel, dann hab' ich geglaubt, sterben zu müssen. Ich träumte furchtbare Erlebnisse. Immer wieder wache ich auf, und dann erinnere ich mich.«

»Was tun?« brummte ich unschlüssig. »Wir bringen dich nach Beauvallon, ins Schlößchen, zu Roquette und den Medorobots.«

»Dort ist größtmögliche Hilfe möglich«, sagte Rico.

In die Obhut der Maschinen unseres Unterwasserverstecks also. Während Rico in der Küche aus bestimmten Kräutern einen Aufguß kochte, saß ich an Gracianas Bett und redete mit ihr.

»Deine Entführer haben dich betäubt und in dieses Haus gebracht, erst in ein Zimmer, in dem du begutachtet und für die Schwarze Messe als geeignet befunden wurdest. Man hat dir einen Trunk verabreicht, der dich willenlos machen sollte – du hast trotzdem gekämpft. Dieser Trunk und die giftigen Substanzen müssen aus deinem Körper herausgeschwemmt werden. Deswegen bringt dich Ciron zu Roquette.«

»Ich vertraue euch. Wem könnte ich sonst vertrauen?« Sie schloß plötzlich die Augen, warf den Kopf hin und her und begann zu wimmern, zu stöhnen und gegen unsichtbare Dämonen zu kämpfen. Als der Anfall nach einer halben Stunde vorbei zu sein schien, war sie schweißgebadet. Rico brachte den warmen Sud, den wir ihr einflößten. Sie schlief wieder ein, als habe ich sie betäubt.

»Hier können wir ihr nicht entscheidend helfen«, sagte ich. »Ihr gesamter Organismus muß entgiftet werden. Das kann lange dauern.«

»Vor unserem Essen oder danach?«

»Danach, aber vor unserem Ausflug nach Saint Benedict.«

Rico packte Gracianas wichtigste Besitztümer zusammen. Ich begann einen kurzen Brief an die Präfektur der Stadtwachen. Dann zog ich mich um und ritt zum ältesten und besten Pariser Restaurant, dem *Tour d'Argent*. Seit fast siebzig Jahren speiste der Adel in diesem Haus; mein Bote hatte einen Tisch bestellt. Bei einem ausufernden, hervorragenden Essen schilderte ich dem Fechtmeister und D'Artagnan, was seit dem Überfall an der Louvrebrücke geschehen war; unter Auslassung jener Einzelheiten, die mich des Schutzes meiner Maske berauben würden. Beim letzten Glas, einem betäubend riechenden Kräuterschnaps, sagte D'Artagnan, der zukünftige Hauptmann des königlichen Musketierregiments:

»Das klingt wie ein wüster Alptraum aus einer gesetzlosen Welt. Meiner Seel'! Ich hätte an Eurer Stelle die Schurken durchlöchert wie ein Sieb.«

»Ich hoffe, Ihr werdet trotzdem weiterhin zu uns kommen?«

Der Fechtmeister hob das Gläschen. »Üben, es den jungen Kadetten zeigen, ein wenig Frohsinn verbreiten!«

»Das verspreche ich Euch aus vollem Magen und vollem

Herzen«, rief ich. »Und die schöne Graciana stell ich Euch vor, wenn sie wieder ganz gesund ist.«

»So wollen wir es halten!«

Ich zahlte eine stattliche Summe. Wir brachen auf, ich gab das Pferd zurück, und Rico brachte die Schlafende über die Transmitterverbindung in die medizinische Station. Dort mußten die Maschinen versuchen, mit einem ausgeklügelten Programm auch den letzten Rest der unbekannten Substanzen aus Gracianas Körperzellen herauszufiltern. Nachdem Rico zurückgekommen und die Transmitter deaktiviert waren, warteten wir auf die Abenddämmerung und die Nacht.

Die Kirchenruine Saint Benedict, längst von Büschen und Bäumen und fast unübersehbar großen Flächen Efeu überwuchert, bot im Licht der tiefstehenden Sonne einen romantischen Eindruck. Der Turm war ein unkenntlicher Trümmerhaufen, in den Strebungen der Fenster hatten Vögel ihre Nester gebaut. Langsam umkreisten Rico und ich das Bauwerk, von dem nicht einmal mehr alle Außenmauern standen.

»Du wirst nicht verhindern können, Atlan, daß sich Sekten bilden, auflösen und neu zusammenfinden. Es ist eine abergläubische Zeit, voll von Wirrnis, ohne königliche Gesetze.«

»Das weiß ich«, sagte ich und entdeckte unter mir einen Pfad, der von einem breiten Sandweg ins Kirchenschiff führte. »Mir geht es nicht um die Rettung des Glaubens, sondern um die Bestrafung dieser einen Gruppe.«

Die Ruine war von Kornfeldern umgeben, deren Halme kniehoch standen und sich wie Meereswellen bewegten, wenn der Abendwind darüberstrich. Früher, dachte ich, glaubten die Menschen in diesen Bewegungen den Schritt eines unsichtbaren Gottes zu sehen. Ich sank zum Pfad hinunter und sagte:

»Der Pfad wurde benutzt. Aber wir bleiben noch einige Zeit unsichtbar.«

»Verstanden. Besser so.«

Die Spur führte in Schlangenlinien zwischen Mauerresten, Brombeerranken, Büschen, hohem Gras und Brennesseln in die Nähe des einstigen Altars. Schlangen und Eidechsen raschelten davon, als ich den Generator deaktivierte und meine Sohlen den Pfad berührten. Langsam folgte ich der Spur und stand endlich vor einer gemauerten Umfassung im Boden, deren Umgebung freigesichelt worden war. Eine Öffnung, mit dicken Balken bedeckt, führte in die Tiefe. Rico landete unsichtbar neben mir, schaltete das Deflektorfeld aus und räumte die Bohlen zur Seite. Eine Treppe aus sauberen Kalksteinblöcken zeigte sich und verschwand in der Finsternis der Krypta. Mit aufflammenden Scheinwerfern drangen wir ein.

»Weit und breit war kein Besucher zu orten«, erklärte Rico. Ich trat am Ende von zwölf Stufen in ein uraltes Gewölbe ein, in dem ich keinerlei Schmutz entdecken konnte. Steinerne Grabplatten waren im Boden eingelassen, mit unleserlichen Aufschriften. Steinbänke waren in die Mauern eingefügt, auf Dutzenden steinerner Sockel klebten schwarze Wachskegel, in denen heruntergebrannte Kerzen steckten. In der Mitte des Raums, der kaum länger als vierzig Schritte und nicht höher als fünf Ellen war, lagerte ein wuchtiger Steinblock, zur Hälfte schwarz verhüllt, und mit eisernen Ringen an den Längsseiten.

»Nun denn«, murmelte ich. »Hier feiern sie ihre Schwarze Messe. Ich werde für ein unvergeßliches Ereignis sorgen. Hör gut zu …«

Die Ermahnung war überflüssig. Als ich geendet hatte, sagte Rico mit ehrfürchtigem Unterton:

»Ich habe schon immer deinen Einfallsreichtum bewundert. Nicht weniger als den Hang zu drastischen Scherzen und deine Rachsucht.«

»ES hat es mich gelehrt.«

Wir versteckten einige einfache Geräte, Rico startete eine neue Sonde, und wir zogen uns, alle unsere Spuren verwischend, zurück. Ich entwickelte auf dem Heimflug meinen Plan, der den Vorteil drastischer Einfachheit hatte, dann schob ich den Brief unter der Tür der Präfektur hindurch und begann jene Ausrüstung zu packen, die ich in Carundel zu brauchen glaubte. In den Nachtstunden hörte ich die Berichte Roquettes über Gracianas Zustand ab und betrachtete mitunter die Bilder der Spionsonden. Die Heilung unseres schönen Mündels würde keineswegs einfach sein und viel Zeit brauchen.

Die Mondsichel schwebte über dunklen Feldern, aus denen schwarz und wuchtig Saint Benedict aufragte. Seit knapp zwei Stunden rollten Kutschen vor, entließen ihre maskierten Insassen und fuhren wieder zur Stadt zurück. Entlang des Pfades steckten lodernde Fackeln im Boden. In einem schwarzen Zelt zogen die Männer und Frauen schwarze Kapuzenumhänge an und folgten den Fackelflammen bis zum Einstieg zur Krypta. Einige Männer trugen Musikinstrumente: Lauten, Trommeln, Flöten und Querpfeifen und einige Haut-bois-Röhren.

Einer nach dem anderen verschwand im Eingang der Krypta. Ich zählte sie nicht, aber es waren mehr als zwei Dutzend. Nach einer Weile hörten wir das Klirren von Bechern und die dumpfen Geräusche voller Krüge. Ein paar verirrte Klänge drangen in die Nacht. Als der Abstand zwischen zwei Teilnehmern groß genug war, schwebte ich zur Bodenöffnung, schaltete das Aggregat ab und betrat den Gruftraum, der vom Licht einiger Dutzend Kerzen in flackerndes Halbdunkel getaucht war.

Die meisten Teilnehmer saßen auf den Steinbänken, tranken und redeten leise miteinander. Leise pochten zwei Männer auf einer großen und einer kleinen Trommel.

»Ich bin im Gewölbe und hinter der Säule am Westende versteckt«, hauchte Ricos Stimme in meinem Ohr. Die Versammelten warfen neugierige, begehrliche Blicke auf die ausgestreckte Gestalt, die auf dem Opferstein lag, von Tüchern bedeckt, die nur einen drei Finger breiten Streifen über den Augen freiließen. Ich wußte, daß die Frau ebenso gefesselt war wie Graciana.

»Ich bin genau dir gegenüber«, antwortete ich und zuckte zusammen, als die Flöten und Pfeifen in den Takt der Trommeln einfielen und das Gewölbe mit dumpfen Schlägen und kreischenden Lauten erfüllten, die in den Ohren gellten. Es schienen nur noch wenige Eingeweihte zu fehlen, denn einige Gestalten gingen ohne Eile mit silbernen Krügen umher und träufelten eine streng riechende Flüssigkeit in die schwarzen Weinbecher. Jetzt setzten die Lauten und die mehr als armlangen Blasinstrumente ein. Eine monotone Melodie, von der jeder Gänsehaut bekam, schluckte die lautesten Worte der Unterhaltungen, die Kerzenflammen schienen sich zu krümmen und zu winden.

Mitternacht kam näher. Ich kannte die Zeremonie nicht, aber war einigermaßen sicher, daß die Messe ihren Höhepunkt in gewöhnlichen erotischen Tätigkeiten haben würde. Zwei Gestalten nahmen einige Tücher vom Körper des Opfers herunter. Die junge Frau war an den Steinblock gefesselt, aber ihr Gesicht blieb verhüllt. In vier Becken voll glimmender Holzkohlen streute man einige Handvoll weißes Pulver, und nun füllte sich die Luft nicht nur mit den wirren, aufpeitschenden Klängen, sondern mit Rauch, dessen Inhaltsstoffe vermutlich Halluzinationen und Visionen erzeugten. Zwei Gestalten halfen einer dritten, kleinen auf ein Steinpodest; als man dem Kind die Kapuze herunterzog, erkannte ich Louise-Athénaïs.

Die Musik schwieg, setzte wieder ein, spielte eine weniger wilde Melodie, dann begann das Kind zu singen; mit durchdringender, kristallklarer Stimme, die kaum weniger schmerzte als das Geschrill der Pfeifen.

Athénaïs sang eine Anrufung an die Dämonen der Lust, der Leidenschaft, der Trunkenheit und der Raserei. Die Worte beschworen die Unterwürfigkeit des zu Opfernden ebenso herauf wie die Bereitschaft aller Versammelten, jede bürgerliche Regelung zu vergessen.

Der Text war beeindruckend und verführend. Die Worte hätten von Pierre Corneille sein können. Das Lied war nicht lang, aber es verfehlte seine hypnotisierende Wirkung nicht. Die Versammelten näherten sich von allen Seiten dem Opfer. Rico und ich machten uns bereit. Als der letzte Refrain verklang und die Musik die Versammelten abermals aufpeitschte, zündeten einige Explosivkörper. Gleißend helle Blitze zuckten auf, dann erstrahlte alles in giftgrünem und blutroten Licht.

Ich schwebte heran und zog das Tuch vom Kopf der Frau. Die Fesseln lösten sich auf, die Frau stemmte sich in die Höhe und sah sich verstört um. Entfernt glich Agénorvilles Schwester unserer Graciana, denn Rico hatte ihr Haar kurz geschnitten, während sie am Nachmittag vorübergehend unsere Gefangene gewesen war.

Schreie gellten auf. Ich schwebte zur Treppe und beschrieb mit dem Lauf des Paralysators langsam einen Halbkreis. Die Trommelschläge rissen ab, Frauen und Männer brachen zusammen, das falsche Opfer sprang kreischend vom Steinblock und hüpfte zwischen den Schwarzgekleideten umher.

Einige Kutten fingen an den Kerzenflammen Feuer. Weinbecher barsten, Flüche waren zu hören, als sich über den Boden bleicher, künstlicher Nebel ausbreitete und hochstieg. Rico folgte mir zur Treppe, ich schwebte in die Nacht hinaus und hörte Ricos Paralysator. Dann detonierten in der Krypta mit dumpfem Puffen zwei Behälter und entließen betäubendes Gas.

»Jetzt fehlt nur noch die Truppe der Präfektur«, sagte ich grimmig, als wir die höchste Mauer erreichten und uns, voll sichtbar, auf die Kante setzten. »Die Bestrafung wird sich in Grenzen halten, aber alle Beteiligten sehen sich rasch dem Gelächter der Stadt ausgesetzt.«

»Und bekanntlich tötet auch Lächerlichkeit«, stimmte mir Rico zu. »Ist Euch noch eine Variante eingefallen, Graf Adlon?«

»Nur eine unbedeutende Ergänzung. Du wirst es gleich sehen – nicht nur du.«

Ich hatte im Brief an den Präfekten angegeben, daß die Schwarze Messe, einhergehend mit Schmähungen des Königs, Gifttrunken, mehrfacher Vergewaltigung und Auspeitschung Unschuldiger, Lästerungen gegen die Kirche und anderen Delikten, bei Sonnenaufgang endete. Der Logiksektor sagte verschlafen: *Vielleicht hocken die Schergen des Präfekts schon in den Kornfeldern ringsum.*

»Und danach?«

»Zu Graciana und nach Carundel Mills.«

Um die scheußlichen Gerüche zu vertreiben, die aus dem Niedergang zur Krypta aufstiegen, nahm ich einen Schluck aus der Silberflasche. Im Gewölbe war es totenstill geworden. Ich winkte Rico, wir aktivierten die Deflektorschirme und stiegen mit summenden Generatoren von unserem Hochsitz auf. Als wir eine halbe Meile von der Ruine entfernt waren, sagte ich:

»Halt. Sieh genau hin.«

Ich drückte zufrieden grinsend einen verkappten Schalter des Mehrzweckarmbands. An fünf Stellen, stets auf der Oberkante der Kirchmauern, entzündeten sich Behälter mit lang und hell brennenden Kohlenwasserstoffen. Vier Ellen lange Flammen loderten in unterschiedlichen Farben auf, von deren Spitzen sich weiße Rauchsäulen in die Nacht drehten; das ausdrucksvolle Bild einer brennenden Ruine.

»Ganz Paris sieht es«, murmelte der Roboter. »Halb Paris wird zusammenlaufen.«

»Und so werden viele große Namen in die gesellschaftliche Bedeutungslosigkeit abfallen.« Wir setzten unseren Flug fort und warteten nicht mehr ab, worüber Paris in den folgenden Tagen lachte. Ein Stunde später war das Haus versiegelt, und als wir in der Unterwasserstation materialisierten, schaltete sich der Transmitter in der Rue de trois Chataignes ab.

15.
Oliver Cromwell

Auf einem seiner wenigen, schnellen und meist erfolgreich geheimgehaltenen Ritte in den Norden der Insel kam Oliver Cromwell, ohne viel Aufsehen und Troß, nach Carundel Mill. Er fühlte sich wohl in der ländlichen Ruhe und bei mir, einem Mann, mit dem er völlig vorurteilslos über alles reden konnte. Wir blieben unterschiedlicher Meinung und versuchten nicht, uns gegenseitig umzustimmen. Als ich ihm sagte, daß er auf römischen Straßen ritt, die jener nicht ganz legendäre King Arthur vor neun Jahrhunderten ausgebaut hatte, lachte er ungläubig.

Binnen weniger Atemzüge, nachdem ich ihn herzlich begrüßt und ihm und seiner zwanzigköpfigen Begleitung kaltes, schäumendes Bier kredenzt hatte, erfaßten seine Sinne die Stimmung, die in meinem Häuschen herrschte. Auf der Terrasse, im Schatten, berichtete ich ihm das Notwendige; er schien Gracianas Lage intuitiv zu verstehen und sagte schließlich:

»Die großen Städte sind voller Todsünden! Sicherlich sind wir, Graf, nicht einer Meinung über die Weltanschauung von uns calvinistischen Puritanern. Aber auf dieser Welt gibt es, wie Berge und Meer, unveränderliche Werte. Ich weiß, daß du sie anerkennst.«

»So ist es. Und der flammende Hagel des rächenden Gottes trifft gar zu selten jene, die ihn verdienen. Sondern Unschuldige. Opfer wie Graciana, deren ererbte Schönheit für sie wie ein Verbrechen waren. Ihr Körper ist geheilt. Aber ihre Seele, noch mehr ihr Verstand, brauchen Ruhe und liebevolle Fürsorge.«

»Darf ich zu ihr? Schläft sie?«

»Du darfst zu ihr. Ob sie schläft, weiß ich nicht.«

Er hatte sich meinen Bericht schweigend angehört. Ein seltsamer Ausdruck, nahe einer gewissen Verklärtheit, voll von Verständnis und Mitleid, trat in sein hart gewordenes Gesicht. Er blickte mich lange an und sagte:

»Ich werde für sie beten, Freund Adlon.«

»Ich glaube dir, daß du sicher bist: Es hilft und nützt ihr«, sagte ich leise. Er nahm meine Hand und drückte sie; eine Geste von archaischer Einfachheit. Wegen solcher Blicke und Gesten, das wußte ich längst, waren Männer zu Freunden geworden. Ich nickte lächelnd und legte ihm die Hand auf die Schulter.

»Danke, Oliver«, sagte ich. »Ich bringe dich zu Graciana. Komm mit.«

Wir durchquerten das Haus. Oliver trat hinter mir in Gracianas kühlen Schlafraum; die Luft trug noch den leichten Geruch von Pariser Duftwasser. Sie lag mit offenen Augen da, blaß und ein wenig abgemagert, und was der Trank in ihrem Verstand angerichtet haben mochte, wußte ich nicht.

»Oliver möchte mit dir reden, meine müde Schöne«, sagte ich leise. »Ich laß euch allein.«

Sie nickte. Ihr Gesicht war friedlich. Leise schloß ich die Tür und verwarf nach einigem Nachdenken den Wunsch, zu Virginia Hanley hinüberzureiten. Für die Tage und Monate, in denen Graciana wieder genesen war, hatte ich mir eine Folge von Reisen ausgedacht, die sie ihre Erlebnisse vergessen lassen würden.

Ich setzte mich in den Schatten, mischte Wein mit Wasser und wartete auf Cromwell, der nach einer knappen Stunde kam und mir winkte. Wir gingen zu Graciana, die in tiefem Schlaf lag. Cromwell flüsterte:

»Sieh ihr Gesicht. Und ihre Hände. Ihr Körper ist nicht mehr verkrampft. Der Herr hat geholfen.«

Seine Beobachtungen sind zutreffend! sagte der Extrasinn. *Erklärungen sind kaum möglich; erfreue dich am Ergebnis.*

Ich senkte den Kopf und flüsterte: »Danke, Oliver.«

Als wir auf der Terrasse saßen und den Arbeitern zusahen, deutete Cromwell auf die frisch eingesäten Flächen, auf die Mauern, Gräben und Fundamente und das neue rote Dach der Wassermühle.

»Ganz England, selbst die hassenswerten Schotten und Iren, werden den göttlichen Ernst und die reiche Belohnung von Arbeit, Sparsamkeit und Selbstzucht begreifen – in den langen Jahren nach dem Krieg, der den Frieden bringt.«

Ich sah an seinen Augen, daß er es ehrlich meinte. Ich zuckte mit den Schultern und erwiderte:

»Meinethalben, Oliver, kannst du ganz England in ein Land verwandeln, das säuerlich nach rechtschaffener Moral riecht. Mich wirst du nicht überzeugen. Die Arbeiter, die du siehst, schuften viel weniger für den Glauben als für mein feines Silber. Und weil sie mir und Master Will Palgrave gehorchen, wird die Arbeit pünktlich und sauber erledigt.«

Er senkte den Kopf und murmelte:

»Mein Glaube ist ungebrochen, Adlon. Aber ich weiß, daß ich und das Land noch einen langen Weg vor uns haben. Er muß in aller Entschiedenheit beschritten werden.«

»Glaub es mir: Es ist ein Weg, der niemals endet.«

Er nickte, obwohl er mir nicht glaubte, und nahm einen tiefen Schluck Wein. Ich hoffte, der Wein war ihm dünn und sauer genug.

Zuerst saß Graciana lange in verträumtem Schweigen im Schatten auf der Terrasse. Das Land erfreute sich eines schönen Sommers: Sonne und Hitze an den Tagen, Gewitter und Regen in vielen Nächten. Dann folgten, an meinem Arm, kurze und immer längere Spaziergänge in den Gärten und zwischen den Feldern von Carundel Court. Schließlich wagte sich Graciana wieder in den Sattel, und wir unternahmen stundenlange Ausritte. Die Ringe, die sie an Paris erinnerten, streifte sie nie wieder über ihre Finger.

Ich bemühte mich, möglichst viele Stunden auf der Planetenoberfläche zu verbringen, die es wert waren, sich daran beim Aufwachen zu erinnern: Sonne, gute Gespräche und lange Ritte, leidenschaftliche Nächte mit Virginia Hanley, Weine und die Flüge mit Graciana zu Bauwerken, Bildern, musikalischen Genüssen und einige Versuche, wichtige Spuren von Frauen und Männern wiederzufinden, die ich gekannt hatte. Gracianas üble Erinnerungen versanken unter einer farbigen, strahlenden Decke neuer Eindrücke aus vielen Teilen des Planeten.

16.
Das Kloster in der Extremadura

Graciana zwang sich, die tröstliche Wärme zwischen den kratzenden Decken zu verlassen, aufzustehen und die wenigen Schritte bis zur Wand zu gehen. Die tönernen Bodenfliesen waren eiskalt.

Sie öffnete das zwei Handbreit kleine Fenster aus Holz, mit Schweinsblase bespannt. Wieder einmal – nach wievielen Jahren? – hatte es in der Nacht in der Extremadura geschneit. Auf dem steinernen Tisch, dem Hocker und dem verwelkten Gras, ebenso wie auf den untersten Blättern der Eiche, lag eine dünne Schneeschicht. Eisige Luft schlug Graciana entgegen; jetzt Novicia oder Sor Graciana. Madre Felicitas, die Superiora des Klosters, hatte ihr erlaubt, weiterhin Tinte und Federkiel zu benutzen und, mit einem Teil des Geldes, mit der Gracianas Aufenthalt bezahlt worden war, neues Papier zu kaufen. Graciana schloß das Fenster und wusch sich in der dunklen Zelle mit eiskaltem Wasser von Kopf bis zu den Zehen; längst war die letzte Sonnenbräune ihrer Haut verblichen.

»Virgen de Montserrat«, flüsterte sie, vor dem Kruzifix auf dem Steinboden kniend, »hilf mir, die Wahrheit in wenigen Worten zu schreiben. Die Wahrheit, wie sie sich zugetragen hat, nicht wie ich will, daß sie sein soll. Es fehlt nur wenig, und das Ende ist rasch erzählt.«

Graciana stellte die leere Schale, das leere Körbchen und die halb heruntergebrannte Kerze in die Durchreiche zum Kreuzgang. Knarrend schloß sich das Türchen.

Nach einer Weile klopfte Sor Concepción ans äußere Türchen. Graciana öffnete die Durchreiche; die Kerze brannte, in den Schalen war Brot und eine dicke, dampfende Suppe, in der ein Holzlöffel steckte. Graciana löffelte langsam das Frühstück, bewahrte das Brot für später auf und trug die Kerze vorsichtig zum Tischchen, zum Papier und zum Tintenkrüglein.

»An Oliver Cromwell erinnere ich mich«, sagte sie im geflüsterten Selbstgespräch. *»Er war kein herrschsüchtiger Schurke, sondern wie wir alle: grausam, liebenswert und starrköpfig, zuversichtlich, gottesgläubig und zweifelnd und von seiner Aufgabe überfordert. Dennoch: Er richtete viel Schaden an; er knebelte die Freiheit. Zu mir war er gut. Seine Gebete um meine Genesung waren inbrünstig wie Todesschreie.«*

Sie griff zu Feder und Tinte und zögerte lange, bis sie schrieb:

Erst durch Atlan erfuhr ich, daß es in den Jahren, als ich und Gringeure durch das Pyrenäengebirge ritten, noch immer Krieg zwischen Spanien und Frankreich gab. Jeder, der die Grenze querte, war in Gefahr. Aber der Zug der Kaufleute, ich entsinne mich, bestand aus Spaniern und Franzosen, und sie hatten sicherlich Schutzbriefe. Gringeure bewahrte mich davor, allzu laut darüber zu reden, daß ich Spanierin sei; daß ich als Reiterin durch Südfrankreich nicht festgenommen wurde, verdanke ich meinem Glücksstern, der Lehre Gaspards und der Hilfe Gringeures und Cirons, der mich traf, ehe etwas geschah, das mir schadete. Aber nun schloß sich der Kreis: Das Kloster der Benediktinerinnen ist umwachsen von den Korkeichen der Extremadura, deren feuriger Bast selbst in der Kälte heimatlich duftet.

Als sie im Sommer, draußen im Gärtchen, zu schreiben begann, fürchtete sie, die Tinte in der Feder könne vertrocknen. Jetzt schien es, als frören die Buchstaben auf dem Papier fest.

Mein Leben als Mädchen und Frau in der Abgeschiedenheit von Casa Carvajal und dem Dörfchen Yuste war in unschuldiger Freiheit verlaufen. Niemand sah es, keiner wußte davon, und wenn jemand es gewußt hätte, würde er es weder einem Priester noch einem Vertreter des armen königlichen Spaniens gebeichtet haben: Auch daran, daß Gaspard und ich uns liebten, nahm niemand Anstoß. Erst durch Atlan erfuhr ich, wie unerbittlich die Bräuche und Gesetze dort durchgesetzt wurden, wohin das Auge der Gerichtsbarkeit fiel. Was ich mir damals selbstverständlich nahm, entbehrte ich später: Das äußerste an Leidenschaft, das ich mir gönnte, waren Atlans Finger, die meine Wange streichelten oder meine Hand hielten, und meine Hand, die ich auf sein Handgelenk legte.

Es waren nicht das Dunkel und die Einsamkeit meiner kurzen Gefangenschaft, die mich krank werden ließen, sondern die Gifte im Wein, den man mir gewaltsam einflößte. Daß gierige Blicke meinen Körper trafen, darüber war ich nicht entsetzt, denn ich brauche mich meines Körpers nicht zu schämen: Ich bin schön. Aber mein Verstand gebar Träume, die ich als Wirklichkeit erlebte, und diese Träume waren furchtbar. Ich wanderte durch Abgründe meiner Seele, erlebte düstere Leidenschaften, die ich nicht zu schildern vermag, und wurde zum Mitglied einer satanischen Gemeinde, deren Gesetze ein würdiges Leben zwischen anderen Menschen verboten.

Aber selbst in den wüstesten Orgien wußte ich unumstößlich, daß sich jene Erreger in meinem Blut ausbreiteten, daß ich jeden Mann und jede Frau, die mir zu nahe kamen, mit der Seuche ansteckte. Es war wie der Kelch, der von Mund zu Mund ging; jeder trank daraus. In der alptraumhaften Wirklichkeit des Dahindämmerns, bis zur Bewegungslosigkeit gefesselt, sah ich so viele Kranke, Sterbende und Tote, daß ich sie nicht mehr zählen konnte. Sie schwammen in einem See aus Blut, und ihr Jammern und Schreien reichte bis zu den Wolken. Und abermals waren es Atlan-Adlon und Ciron, die mich befreiten und, vielleicht ohne es selbst zu wollen, Tausende Leben retteten. Ich war frei und blieb dennoch in den gelockerten Fesseln meines Wahns.

Die alchimistischen Geräte und »Maschinen« Cirons, die aufopfernde Pflege Roquettes und der lange Aufenthalt im dörflichen Beauvallon und die Geborgenheit in Le Sagittaire begannen die tristen Bilder zu verscheuchen. Als mich Adlon d'Arcoyne nach Carundel Mill holte und mit mir zu reiten und zu reisen begann, war es wie Schnee oder Sand, die sich in dicken Schichten über das Erlebte legten und es zudeckten: Ich begann zu vergessen. Nein. Vergessen habe ich nichts von all dem, aber es wurde kleiner, verlor an Bedeutung, minderte sich zur Geringfügigkeit wie feine weiße Narben auf meinem sonnengebräunten Körper. O wunderbare Tage und Nächte auf Yodoyas Inselchen, wo mich Atlan am Strand voller Muscheln, beim Schwimmen in der Lagune und mit faulen, langen Gesprächen auf die Einsamkeit des Klosters vorbereitete. Erst, als alle Alpträume unter solchen und schöneren Erinnerungen begraben waren, entschloß ich mich, ihn um Geld zu bitten, und kaufte mich ins Kloster ein. Hätte ich nicht in Atlans Bibliothek so vieles gelesen, würde ich nicht niederschreiben können, was ich erlebt und verstanden habe, und was mir Ciron und mein unerreichbarer Geliebter mit den vielen Masken berichtet und erzählt haben.

Nachschrift:

Meine Krankheit ist unheilbar. Meine Freunde Ciron, Roquette und Atlan haben alles getan, um mir zu helfen. In den Kammern unter dem Schlößchen – oder sind sie an ganz anderer Stelle, an ebenso geheimem Ort? –, angefüllt mit Schönem, Rätselhaftem und Wunderbarem, habe ich Ciron zu Atlan sagen hören:

»Vielleicht wird man morgen, in zehn Jahren oder irgendwann in der Zukunft auch diesen Erreger unschädlich machen können.« Adlon-Atlan hatte geantwortet: »Es würde bedeuten, daß Graciana bis zu diesem Zeitpunkt einsam und tief im Kälteschlaf verweilen muß. Was bedeutet ihr mehr? Abgeschieden von der Welt, in klösterlicher Gemeinschaft zu *leben?* Oder tatenlos, reglos und eiskalt ihre Zeit und ihr Zeitalter zu verschlafen in der unsicheren Hoffnung auf Heilung in ferner Zukunft? Ich vermag es nicht zu entscheiden.«

Ich habe mich entschieden, o Atlan, Graf von Beauvallon, unerreichbarer Geliebter mit den vielen Namen! Ich bin hier, im ersten Monat Anno Domini 1652, am Ende von allem Geschriebenen. Ich warte.

ENDE